專為華人設計的日語教材

自學日語
看完這本就能說！

50音＋筆順＋單字＋文法＋會話一次學會！

U0071995

全MP3一次下載

9789869878494.zip

「※iOS系統請升級至iOS13後再行下載」
此為大型檔案，建議使用WIFI連線下載，
以免佔用流量，並確認連線狀況，以利下載順暢。

羅馬拼音、漢字諧音輔助拼讀
用中文也能輕鬆學日語！

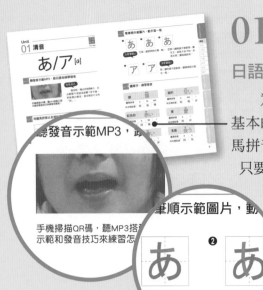

01 日語發音、筆順簡單好懂

日語零基礎，也能快速學好 50 音

　　為完全沒有任何日語基礎者所設計，從最基本的清音、濁音到撥音，利用中文漢字＆羅馬拼音輔助發音，配上嘴型示範圖片，每個音只要跟著唸就學會。搭配練習相關單字，打好日語發音基礎。

　　50 音一律附上筆順教學，一筆一畫完全和日本小孩學母語一樣自然，一次就學到最正確的字母。

02 日語單字輕鬆記

初級日語，這些單字就夠了！

　　除了基本食、衣、住、行 ... 等必備單字之外，還收集跟日本特有文化與習俗相關的用字，例如：壽喜燒、關東煮、生魚片、壽司……等，一網打盡所有常用字彙。使用羅馬拼音輔助，輕鬆學習無負擔。

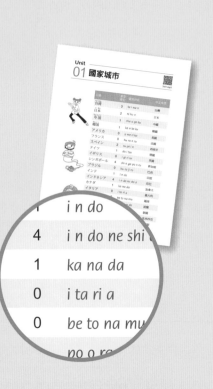

03 文法自學不求人

再多學一點，實力就從這裡開始！

針對外國人學習日語的困難點，將日語文法的重點整理出來，你也可以從實用的例句中輕鬆學到所有文法規則、與日語中特有的活用變化。

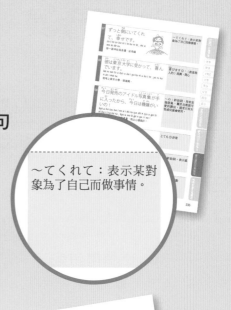

04 什麼狀況都能套用的常用短句

從迷你句快速累積會話實力

精選 23 個句型主題，輔以簡單的字詞解說，你能學到最基礎的例句，透過句型會話加強練習，更能有效地累積溝通實力。

05 場景式生活會話

與日本人應答絕對聽得懂

❶ 三段式延伸對話

由日語母語人士錄製，主題貼近生活，例如：覺得拉麵太鹹、餐廳訂位、電話中請對方留言、和店員殺價、預約看診、向公司主管請假……等，日本人日常生活一定會用到的場景通通在這裡！

❷ 單字與文法

貼心的單字及文法補充，學會話不用查字典。

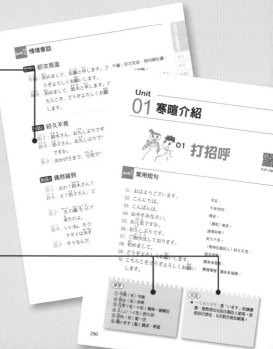

CONTENTS 目錄

1 發音課・日語50音與筆順

2 文法課・基礎文法與構句

3 單字課・最常用的分類單字

4 句型課・最口語的日常短句

5 **會話課** · 情境模擬生活會話

發音課
日語50音與筆順

1 清音	5 長音
2 濁音	6 促音
3 半濁音	7 撥音
4 拗音	8 重音

日籍老師示範發音方式影片

Japaness_all_in_one.mp4

あ / ア [a]

Step 1 聽發音示範MP3，跟日語老師學發音

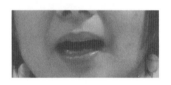

手機掃描QR碼，聽MP3搭配口型
示範和發音技巧來練習怎麼說！

發音技巧

　　發音時，嘴自然張開略大，舌尖輕鬆不刻意地接觸下排牙齒，然後發出聲音。發音類似中文的「阿」。

Step 2 用羅馬拼音以及相似音，快速學發音

	あ / ア
羅馬拼音	a
中文相似音	阿
英文相似音	[a] / m*a*rch

小叮嚀 念時呈現自然輕鬆、大小舒適的嘴型，不像中文「阿」是大大地上下左右擴張的嘴型。

日語50音與筆順

清音

濁音

半濁音

拗音

長音

促音

撥音

重音

基礎文法與構句

最常用的生活單字

最口語的日常短句

情境模擬生活會話

Step 3 看筆順示範圖片，動手寫一寫

❶ ❷ ❸

注意筆劃!! ①第二劃要稍稍右彎一點。　②第三劃開頭不要跟第一劃交叉，結尾不長不短，約落在第二劃尾端結束。

❶ ❷ ア

注意筆劃!!

第二劃的頭不能跟第一劃橫槓部分黏在一起。

Step 4 讀單字，練習發音

頭	あたま 頭		
羅馬拼音	a	ta	ma
中文相似音	阿	他	媽

甜的	あま 甘い		
羅馬拼音	a	ma	i
中文相似音	阿	媽	伊

紅色的	あか 赤い		
羅馬拼音	a	ka	i
中文相似音	阿	咖	伊

愛	あい 愛	
羅馬拼音	a	i
中文相似音	阿	伊

（天氣） 熱的	あつ 暑い		
羅馬拼音	a	tsu	i
中文相似音	阿	資	伊

見面	あ 会う	
羅馬拼音	a	u
中文相似音	阿	烏

9

Unit 01 清音

1-02.mp3

い／イ [i]

Step 1 聽發音示範MP3，跟日語老師學發音

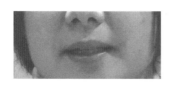

手機掃描QR碼，聽MP3搭配口型
示範和發音技巧來練習怎麼說！

發音技巧

　　嘴角些微上揚，不到笑的程
度，接著將嘴微開，再將嘴向左右
微擴張。上齒和下齒距離極近，並
發出類似「伊」一樣的音。

Step 2 用羅馬拼音以及相似音，快速學發音

い／イ	
羅馬拼音	i
中文相似音	伊
英文相似音	[ɪ] / li̲p

小叮嚀 「い」不能寫太長，會長得像平假名的「り」或片假名的
「リ」。

10

日語50音與筆順

清音

濁音

半濁音

拗音

長音

促音

撥音

重音

基礎文法與構句

最常用的生活單字

最口語的日常短句

情境模擬生活會話

Step 3 看筆順示範圖片，動手寫一寫

❶ ❷

 ①第一劃尾端要稍稍打勾，但第二劃不要打勾。
②第一劃要向右微彎，第二劃要向左微彎。
③兩個筆劃的線條不要太長。

❶ ❷

注意筆劃!!

整體要寫得比中文的「亻」部首還要寬。

Step 4 讀單字，練習發音

多少錢	いくら		
羅馬拚音	i	ku	ra
中文相似音	伊	哭	拉

椅子	椅子	
羅馬拚音	i	su
中文相似音	伊	斯

對方	相手		
羅馬拚音	a	i	te
中文相似音	阿	伊	鐵

去	行く	
羅馬拚音	i	ku
中文相似音	伊	哭

好孩子	いい子		
羅馬拚音	i	i	ko
中文相似音	伊	伊	摳

烏賊	いか	
羅馬拚音	i	ka
中文相似音	伊	咖

01 清音

う/ウ [u]

Step 1 聽發音示範MP3，跟日語老師學發音

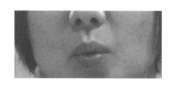

發音技巧

手機掃描QR碼，聽MP3搭配口型
示範和發音技巧來練習怎麼說！

　　嘴角微上揚，不到笑的程度，
接著唇角微微往中間收，但不要靠
攏至呈現嘟嘴的狀態，上下唇微開
狀態，然後發似「烏」的音。

Step 2 用羅馬拼音以及相似音，快速學發音

う/ウ	
羅馬拼音	u
中文相似音	烏
英文相似音	[u] / p*u*t

小叮嚀 中文的「烏」發音時會噘起來，雙唇向外突出，但實際上唸
「う/ウ」的雙唇成為扁平狀。

日語50音與筆順

清音

濁音

半濁音

拗音

長音

促音

撥音

重音

基礎文法與構句

最常用的生活單字

最口語的日常短句

情境模擬生活會話

Step 3 看筆順示範圖片，動手寫一寫

❶ ❷

注意筆劃!!

①第一劃類似逗點的寫法，不要寫平的，要向右下角頓點。
②第二劃畫似一個耳朵，略長。

❶ ❷ ❸

注意筆劃!!

第三劃橫線要寬。

Step 4 讀單字，練習發音

好吃	旨い（うま）		
羅馬拼音	u	ma	i
中文相似音	烏	媽	伊

歌	歌（うた）	
羅馬拼音	u	ta
中文相似音	烏	他

傳聞	噂（うわさ）		
羅馬拼音	u	wa	sa
中文相似音	烏	挖	撒

謊言	嘘（うそ）	
羅馬拼音	u	so
中文相似音	烏	搜

空氣	空気（くう き）		
羅馬拼音	ku	u	ki
中文相似音	哭	烏	ki

海	海（うみ）	
羅馬拼音	u	mi
中文相似音	烏	咪

01 清音

1-04.mp3

え/エ [e]

Step 1 聽發音示範MP3，跟日語老師學發音

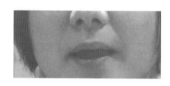

手機掃描QR碼，聽MP3搭配口型
示範和發音技巧來練習怎麼說！

發音技巧

嘴角些微上揚，不到笑的程
度，張開嘴至「あ」與「い」之間
的大小，然後發出似「欸」的音。

Step 2 用羅馬拼音以及相似音，快速學發音

え/エ	
羅馬拼音	e
中文相似音	欸
英文相似音	[ɛ] / pen

小叮嚀 發音要短，不像中文「欸」要收回尾音至「伊」的音。

日語50音與筆順

清音

濁音

半濁音

拗音

長音

促音

撥音

重音

基礎文法與構句

最常用的生活單字

最口語的日常短句

情境模擬生活會話

Step 3 看筆順示範圖片，動手寫一寫

❶ ❷

注意筆劃!! ①第一畫要像頓點。
②第二畫從左上開始，往右畫之後在往左下撇過去，要回筆時要重疊再拉上。

❶ ❷ ❸

注意筆劃!!
第一劃要比第三劃短。

Step 4 讀單字，練習發音

偉大的	偉い（えらい）		
羅馬拼音	e	ra	i
中文相似音	欸	拉	伊

換	換える（かえる）		
羅馬拼音	ka	e	ru
中文相似音	咖	欸	嚕

回（家）	帰る（かえる）		
羅馬拼音	ka	e	ru
中文相似音	咖	欸	嚕

日圓	円（えん）	
羅馬拼音	e	n
中文相似音	欸	嗯

歸還	返す（かえす）		
羅馬拼音	ka	e	su
中文相似音	咖	欸	斯

飼料	餌（えさ）	
羅馬拼音	e	sa
中文相似音	欸	撒

Unit
01 清音

1-05.mp3

お/オ [o]

Step 1 **聽發音示範MP3，跟日語老師學發音**

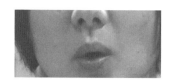

嘴巴張開程度介於「あ」與「う」中間，唇角比「え」更向中間靠，音似「歐」。

手機掃描QR碼，聽MP3搭配口型示範和發音技巧來練習怎麼說！

Step 2 **用羅馬拼音以及相似音，快速學發音**

お/オ	
羅馬拼音	o
中文相似音	歐
英文相似音	[ɔ] / b<u>a</u>ll

小叮嚀 發音短，不像英文「o」會收回尾音變「烏」音。

日語50音與筆順

清音
濁音
半濁音
拗音
長音
促音
撥音
重音

基礎文法與構句

最常用的生活單字

最口語的日常短句

情境模擬生活會話

Step 3 看筆順示範圖片，動手寫一寫

❶ 　❷ 　❸

 ①第二劃繞圈時，左圈小，　②第三劃用頓點方式，位置
　　　　　　　右圈大。　　　　　　　　　大約在第一劃右邊稍上。

❶ 才　❷ 才　❸ 才

注意筆劃!!
第二劃尾部要勾。

Step 4 讀單字，練習發音

甜點	お菓子 _{か　し}		
羅馬拼音	o	ka	shi
中文相似音	歐	咖	西

男人	男 _{おとこ}		
羅馬拼音	o	to	ko
中文相似音	歐	偷	摳

酒	お酒 _{さけ}		
羅馬拼音	o	sa	ke
中文相似音	歐	撒	ke

外甥/ 姪子	甥 _{おい}	
羅馬拼音	o	i
中文相似音	歐	伊

慢的	遅い _{おそ}		
羅馬拼音	o	so	i
中文相似音	歐	搜	伊

（無生命的） 聲音	音 _{おと}	
羅馬拼音	o	to
中文相似音	歐	偷

17

01 清音

1-06.mp3

か/カ [ka]

Step 1 聽發音示範MP3，跟日語老師學發音

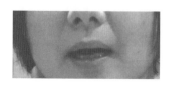

手機掃描QR碼，聽MP3搭配口型
示範和發音技巧來練習怎麼說！

發音技巧

　　嘴型像「あ」一樣，發音前舌頭抬高貼住上顎，發音時張開嘴同時迅速送出有氣的音並震動聲帶，音似「咖」。

Step 2 用羅馬拼音以及相似音，快速學發音

か/カ	
羅馬拼音	ka
中文相似音	咖
英文相似音	[ka] / copy

小叮嚀 送氣音指的是舌頭抬高頂住軟顎（上顎後段地方），擋住氣流後，迅速地放開讓氣流噴出，產生氣聲非實在的聲音。

日語50音與筆順

清音

濁音

半濁音

拗音

長音

促音

撥音

重音

基礎文法與構句

最常用的生活單字

最口語的日常短句

情境模擬生活會話

Step 3 看筆順示範圖片，動手寫一寫

❶ か　❷ か　❸ か

①第一劃轉彎時要有弧度。　②第二劃不要長於第一劃的尾端。

❶ カ　❷ カ

注意筆劃!!

①要寫得有稜有角，否則會像平假名的「か」。

②片假名的「カ」右上角沒有像平假名的「か」有頓點。

Step 4 讀單字，練習發音

假名	仮名 (かめい)		
羅馬拼音	ka	me	i
中文相似音	咖	每	伊

河川	川 (かわ)	
羅馬拼音	ka	wa
中文相似音	咖	挖

辣的	辛い (から)		
羅馬拼音	ka	ra	i
中文相似音	咖	拉	伊

他/男朋友	彼 (かれ)	
羅馬拼音	ka	re
中文相似音	咖	勒

輕的	軽い (かる)		
羅馬拼音	ka	ru	i
中文相似音	咖	嚕	伊

紙	紙 (かみ)	
羅馬拼音	ka	mi
中文相似音	咖	咪

1-07.mp3

き／キ [ki]

Step 1 聽發音示範MP3，跟日語老師學發音

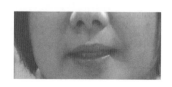

發音技巧

手機掃描QR碼，聽MP3搭配口型示範和發音技巧來練習怎麼說！

　　嘴形跟「い」一樣，發音前舌頭抬高貼住上顎，發音時張開嘴同時迅速送出有氣的音並震動聲帶，發出似「ki」的音。

Step 2 用羅馬拼音以及相似音，快速學發音

き／キ	
羅馬拼音	ki
中文相似音	×
英文相似音	[kɪ] / kiss

小叮嚀　發音時嘴型不需向左右過於擴張，放輕鬆即可。

日語50音與筆順

清音

濁音

半濁音

拗音

長音

促音

撥音

重音

基礎文法與構句

最常用的生活單字

最口語的日常短句

情境模擬生活會話

Step **3** 看筆順示範圖片，動手寫一寫

❶ ❷ ❸ ❹

注意筆劃!! ①第一、二劃要微微向右上角畫。
②第三劃尾端可向左微微勾起，也可以不勾。
③第四劃也可以不跟第三劃連在一起。

❶ ❷ ❸

注意筆劃!! ①第一、二劃要往右上延伸。
②第三劃要往右下延伸。

Step **4** 讀單字，練習發音

季節	季節（きせつ）		
羅馬拼音	ki	se	tsu
中文相似音	ki	se	資

感受/心情	気持ち（きもち）		
羅馬拼音	ki	mo	chi
中文相似音	ki	謀	七

昨天	昨日（きのう）		
羅馬拼音	ki	no	u
中文相似音	ki	讓	烏

喜歡	好き（すき）	
羅馬拼音	su	ki
中文相似音	斯	ki

討厭的	嫌い（きらい）		
羅馬拼音	ki	ra	i
中文相似音	ki	拉	伊

切/剪	切る（きる）	
羅馬拼音	ki	ru
中文相似音	ki	嚕

1-08.mp3

く / ク [ku]

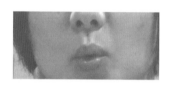

發音技巧

手機掃描QR碼，聽MP3搭配口型示範和發音技巧來練習怎麼說！

嘴巴張開與「う」一樣，發音前舌頭抬高貼住上顎，發音時張開嘴同時迅速送出有氣的音並震動聲帶，音似「哭」。

く / ク	
羅馬拼音	ku
中文相似音	哭
英文相似音	[ku] / cook

小叮嚀 「く」和「う」一樣，嘴巴都成扁平狀，不能嘟嘴發音。

日語50音與筆順

清音

濁音

半濁音

拗音

長音

促音

撥音

重音

基礎文法與構句

最常用的生活單字

最口語的日常短句

情境模擬生活會話

Step 3 看筆順示範圖片，動手寫一寫

❶

注意筆劃!!

①線條開角要略大。
②上下部線條要大略同長。

❶ ❷

注意筆劃!!

①第一劃要稍突出第二劃的開頭。
②第二劃轉折處要有稜有角。

Step 4 讀單字，練習發音

車子	車		
羅馬拼音	ku	ru	ma
中文相似音	哭	嚕	媽

暗的	暗い		
羅馬拼音	ku	ra	i
中文相似音	哭	拉	伊

黑色的	黒い		
羅馬拼音	ku	ro	i
中文相似音	哭	嘍	伊

嘴巴	口	
羅馬拼音	ku	chi
中文相似音	哭	七

藥	薬		
羅馬拼音	ku	su	ri
中文相似音	哭	斯	哩

國家	国	
羅馬拼音	ku	ni
中文相似音	哭	你

1-09.mp3

け／ケ [ke]

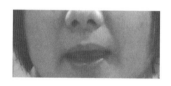

發音技巧

張嘴跟「え」的形狀一樣，發音前舌頭抬高貼住上顎，發音時張開嘴同時迅速送出有氣的音並震動聲帶，音似英文的「K」。

手機掃描QR碼，聽MP3搭配口型示範和發音技巧來練習怎麼說！

け／ケ	
羅馬拼音	ke
中文相似音	✕
英文相似音	[kɛ] / care

小叮嚀 英文的「K」發音最後會收起，結束會以相似「伊」的音結尾，但「け」只需短短念出音，且不會收尾音。

日語50音與筆順

清音

濁音

半濁音

拗音

長音

促音

撥音

重音

基礎文法與構句

最常用的生活單字

最口語的日常短句

情境模擬生活會話

Step 3 看筆順示範圖片，動手寫一寫

注意筆劃!! ①第一劃要有些微弧度。 ②第三劃最尾部要向左微彎。

注意筆劃!! 第二劃要在第一劃中間下筆，三劃要在第二劃中間下筆，否則容易寫成片假名的「ク」。

Step 4 讀單字，練習發音

景氣	景気 けいき		
羅馬拼音	ke	i	ki
中文相似音	ke	伊	ki

竹子	竹 たけ	
羅馬拼音	ta	ke
中文相似音	他	ke

輸	負ける ま		
羅馬拼音	ma	ke	ru
中文相似音	媽	ke	嚕

踢	蹴る け	
羅馬拼音	ke	ru
中文相似音	ke	嚕

黎明	明け あ	
羅馬拼音	a	ke
中文相似音	阿	ke

消除	消す け	
羅馬拼音	ke	su
中文相似音	ke	斯

1-10.mp3

こ/コ [ko]

Step 1
 聽發音示範MP3，跟日語老師學發音

手機掃描QR碼，聽MP3搭配口型
示範和發音技巧來練習怎麼說！

　　嘴型與「お」一樣，發音前舌頭抬高貼住上顎，發音時張開嘴同時迅速送出有氣的音並震動聲帶，音似「摳」。

Step 2
 用羅馬拼音以及相似音，快速學發音

こ/コ	
羅馬拼音	ko
中文相似音	摳
英文相似音	[kɔ] / cost

小叮嚀　如果嘴型正確的話，唸出來的音聽起來會較飽滿。

日語50音與筆順

清音

濁音

半濁音

拗音

長音

促音

撥音

重音

基礎文法與構句

最常用的生活單字

最口語的日常短句

情境模擬生活會話

Step 3 看筆順示範圖片，動手寫一寫

❶ ❷

注意筆劃!!

①上下兩劃都要有弧度。
②上下兩劃不能連在一起，否則會變成像平假名的「て」。

❶ ❷

注意筆劃!!

一定要分兩劃寫，不可用一劃一體成型。

Step 4 讀單字，練習發音

答案	答え (こた)		
羅馬拼音	ko	ta	e
中文相似音	摳	他	欸

困擾	困る (こま)		
羅馬拼音	ko	ma	ru
中文相似音	摳	媽	嚕

今年	今年 (ことし)		
羅馬拼音	ko	to	shi
中文相似音	摳	偷	西

這裡	ここ	
羅馬拼音	ko	ko
中文相似音	摳	摳

可怕的	怖い (こわ)		
羅馬拼音	ko	wa	i
中文相似音	摳	挖	伊

章魚	たこ	
羅馬拼音	ta	ko
中文相似音	他	摳

1-11.mp3

さ/サ [sa]

Step 1 聽發音示範MP3，跟日語老師學發音

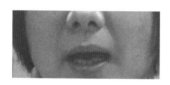

手機掃描QR碼，聽MP3搭配口型
示範和發音技巧來練習怎麼說！

發音技巧

　　舌尖靠近上排牙齒，但不碰
到，以產生狹窄的空隙，接著開口
前擠出氣流並馬上開口如同「あ」
嘴型，並發出類似「撒」的音。

Step 2 用羅馬拼音以及相似音，快速學發音

さ/サ	
羅馬拼音	sa
中文相似音	撒
英文相似音	[sa] / sign

小叮嚀 氣流及聲音雖然有前後順序差別，但兩者間隔不要太長。

日語50音與筆順

清音

濁音

半濁音

拗音

長音

促音

撥音

重音

基礎文法與構句

最常用的生活單字

最口語的日常短句

情境模擬生活會話

Step 3 看筆順示範圖片，動手寫一寫

注意筆劃!!

①第一劃要微偏右上。
②第二劃尾部可以像左稍勾，也可不勾。

③第三劃也可不跟第二劃連在一起，但要注意不要寫成注音的「さ」。

 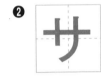 

注意筆劃!!

①第二劃是直線，第三劃則要長一點，寫到後半段時往左微撇。

Step 4 讀單字，練習發音

寒冷的	寒い（さむ）		
羅馬拼音	sa	mu	i
中文相似音	撒	母	伊

砂糖	砂糖（さ とう）		
羅馬拼音	sa	to	u
中文相似音	撒	偷	烏

魚	魚（さかな）		
羅馬拼音	sa	ka	na
中文相似音	撒	咖	哪

蔬菜	野菜（や さい）		
羅馬拼音	ya	sa	i
中文相似音	呀	撒	伊

生魚片	刺身（さし み）		
羅馬拼音	sa	shi	mi
中文相似音	撒	西	咪

櫻花	桜（さくら）		
羅馬拼音	sa	ku	ra
中文相似音	撒	哭	拉

01 清音

1-12.mp3

し/シ [shi]

Step 1 聽發音示範MP3，跟日語老師學發音

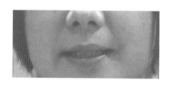

手機掃描QR碼，聽MP3搭配口型
示範和發音技巧來練習怎麼說！

發音技巧

　　舌尖靠近上排牙齦及上顎中段
中間的位置，並形成狹窄的空隙，
讓氣流擠出後幾乎同時，發出類似
「西」的音。發音時開口的嘴型與
「い」一樣。

Step 2 用羅馬拼音以及相似音，快速學發音

し/シ	
羅馬拼音	*shi*
中文相似音	西
英文相似音	[ʃɪ] / *ship*

（小叮嚀）上下排牙齒不可併攏發音，一定要發出氣流聲。

日語50音與筆順

清音

濁音

半濁音

拗音

長音

促音

撥音

重音

基礎文法與構句

最常用的生活單字

最口語的日常短句

情境模擬生活會話

Step 3 看筆順示範圖片，動手寫一寫

❶

注意筆劃!!

①筆畫的轉彎處不能有稜有角，是飽滿的圓弧。
②筆畫一開始的直線處請畫得較長，再轉彎。

❶ 　❷ 　❸

注意筆劃!!

①第一、二劃開頭皆從左方起筆，以類似頓點下筆。
②第三劃要從左下往右上提，否則會像片假名的「ツ」。

Step 4 讀單字，練習發音

考試	試驗（しけん）		
羅馬拼音	shi	ke	n
中文相似音	西	ke	嗯

壽司	すし	
羅馬拼音	su	shi
中文相似音	斯	西

比賽	試合（しあい）		
羅馬拼音	shi	a	i
中文相似音	西	阿	伊

知道	知る（し）	
羅馬拼音	shi	ru
中文相似音	西	嚕

關	閉める（し）		
羅馬拼音	shi	me	ru
中文相似音	西	每	嚕

鹽巴	塩（しお）	
羅馬拼音	shi	o
中文相似音	西	歐

1-13.mp3

す/ス [su]

Step 1 聽發音示範MP3，跟日語老師學發音

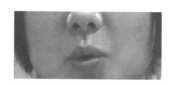

手機掃描QR碼，聽MP3搭配口型
示範和發音技巧來練習怎麼說！

發音技巧

　　舌尖靠近上排牙齒，但不碰
到，以產生狹窄的空隙，接著開口
前擠出氣流並馬上開口如同「う」
嘴型，並發出類似「斯」的音。

Step 2 用羅馬拼音以及相似音，快速學發音

す/ス	
羅馬拼音	su
中文相似音	斯
英文相似音	[su] / Spain

小叮嚀　「す」小心不要念成「蘇」。「す」的母音是「u」，也就是我
們五十音的「う」，「う」的發音嘴型是扁平狀的，不是噘嘴
嘟起的，如果念「蘇」的話，就不符合扁平的嘴型。

日語50音與筆順

清音

濁音

半濁音

拗音

長音

促音

撥音

重音

基礎文法與構句

最常用的生活單字

最口語的日常短句

情境模擬生活會話

Step 3 看筆順示範圖片，動手寫一寫

❶ ❷

注意筆劃!!

①第二劃繞圈後沿著圓圈重疊繼續往下畫。
②第二劃尾部稍微向左撇。
③第二劃的圈和直線不能分開寫。

❶ ❷

注意筆劃!!

第一劃和第二劃不可以交叉，否則會長得像片假名的「ㄨ」。

Step 4 讀單字，練習發音

一點點	少し		
羅馬拼音	su	ko	shi
中文相似音	斯	摳	西

西瓜	すいか		
羅馬拼音	su	i	ka
中文相似音	斯	伊	咖

非常好	素敵		
羅馬拼音	su	te	ki
中文相似音	斯	鐵	ki

按/推	押す	
羅馬拼音	o	su
中文相似音	歐	斯

相撲	相撲		
羅馬拼音	su	mo	u
中文相似音	斯	謀	烏

刺	刺す	
羅馬拼音	sa	su
中文相似音	撒	斯

1-14.mp3

せ/セ [se]

聽發音示範MP3，跟日語老師學發音

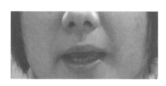

手機掃描QR碼，聽MP3搭配口型
示範和發音技巧來練習怎麼說！

　　舌尖靠近上排牙齒，但不碰
到，以產生狹窄的空隙，接著開口
前擠出氣流並馬上開口如同「え」
嘴型，並發出類似「say」的音。

用羅馬拼音以及相似音，快速學發音

せ/セ	
羅馬拼音	*se*
中文相似音	×
英文相似音	[sɛ] / *sell*

小叮嚀 英文的「say」尾音有收回發出似「伊」的音，但「せ」的音節
短，一發音就不收回，所以還是跟「say」有差別。

日語50音與筆順

清音

濁音

半濁音

拗音

長音

促音

撥音

重音

基礎文法與構句

最常用的生活單字

最口語的日常短句

情境模擬生活會話

Step 3 看筆順示範圖片，動手寫一寫

 ❶  ❷ ❸

注意筆劃!! ①第一劃稍微往右上傾斜。 ②第三劃的彎曲部分不能有稜有角，要有弧度，呈現「L」狀。

❶ ❷

注意筆劃!!

第一劃要些微往右上延伸，接著轉折處要有稜有角。

Step 4 讀單字，練習發音

世界	せ か い 世界		
羅馬拼音	se	ka	i
中文相似音	se	咖	伊

成果	せい か 成果		
羅馬拼音	se	i	ka
中文相似音	se	伊	咖

狹窄的	せ ま 狹い		
羅馬拼音	se	ma	i
中文相似音	se	媽	伊

趴下	ふ 伏せる		
羅馬拼音	hu	se	ru
中文相似音	呼	se	嚕

世紀	せい き 世紀		
羅馬拼音	se	i	ki
中文相似音	se	伊	ki

蟬	せ み 蟬	
羅馬拼音	se	mi
中文相似音	se	咪

1-15.mp3

そ / ソ [so]

 發音技巧

手機掃描QR碼，聽MP3搭配口型
示範和發音技巧來練習怎麼說！

舌尖靠近上排牙齒，但不碰
到，以產生狹窄的空隙，接著開口
前擠出氣流並馬上開口如同「お」
嘴型，並發出類似「搜」的音。

Step 2 用羅馬拼音以及相似音，快速學發音

そ / ソ	
羅馬拼音	so
中文相似音	搜
英文相似音	[sɔ] / song

小叮嚀 嘴型大小只適當輕鬆就好，不需像英文「so」般大。

日語50音與筆順

清音

濁音

半濁音

拗音

長音

促音

撥音

重音

基礎文法與構句

最常用的生活單字

最口語的日常短句

情境模擬生活會話

Step 3 看筆順示範圖片，動手寫一寫

❶

注意筆劃!!

①筆畫的第二條平行線需要比第一條還長。
②最後端的迴筆需畫得飽滿些。

❶ ❷

注意筆劃!!

兩劃的起點都在上方下筆，偏了可能
會變成片假名的「ン」。

Step 4 讀單字，練習發音

倉庫	倉庫 そう こ		
羅馬拼音	so	u	ko
中文相似音	搜	烏	摳

肚臍	へそ	
羅馬拼音	he	so
中文相似音	黑	搜

操作	操作 そう さ		
羅馬拼音	so	u	sa
中文相似音	搜	烏	撒

（衣物等） 下擺	裾 すそ	
羅馬拼音	su	so
中文相似音	斯	搜

那邊	そちら		
羅馬拼音	so	chi	ra
中文相似音	搜	七	拉

味噌	味噌 み そ	
羅馬拼音	mi	so
中文相似音	咪	搜

01 清音

1-16.mp3

た / タ [ta]

Step 1 聽發音示範MP3，跟日語老師學發音

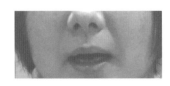

手機掃描QR碼，聽MP3搭配口型
示範和發音技巧來練習怎麼說！

發音技巧

　　舌尖頂至上排牙齒和牙齦交界
處，形成完全阻塞的狀態，接著發
音的同時，也隨之讓阻塞的氣流瞬
間迸出。發音部分似「他」。

Step 2 用羅馬拼音以及相似音，快速學發音

た / タ	
羅馬拼音	ta
中文相似音	他
英文相似音	[ta] / star

日語50音與筆順

清音

濁音

半濁音

拗音

長音

促音

撥音

重音

基礎文法與構句

最常用的生活單字

最口語的日常短句

情境模擬生活會話

Step 3 看筆順示範圖片，動手寫一寫

注意筆劃!! ①第二劃需微微往左。
②第三、四劃需要有弧度，像是寫「こ」。

注意筆劃!! 第三劃要超過第二劃往左下撇的中段部分。

Step 4 讀單字，練習發音

高的/貴的	高い		
羅馬拼音	ta	ka	i
中文相似音	他	咖	伊

痛的	痛い		
羅馬拼音	i	ta	i
中文相似音	伊	他	伊

太鼓	太鼓		
羅馬拼音	ta	i	ko
中文相似音	他	伊	摳

唱	歌う		
羅馬拼音	u	ta	u
中文相似音	烏	他	烏

拜託	頼む		
羅馬拼音	ta	no	mu
中文相似音	他	譲	母

山谷	谷	
羅馬拼音	ta	ni
中文相似音	他	你

ち/チ [chi]

Step 1 聽發音示範MP3，跟日語老師學發音

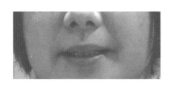

手機掃描QR碼，聽MP3搭配口型
示範和發音技巧來練習怎麼說！

發音技巧

　　舌尖頂在上排牙齦與上顎中段
之間的地方，擋住氣流，形成阻塞
的狀態，發音同時將氣流放開，讓
氣流從空隙中擠出。音似「七」。

Step 2 用羅馬拼音以及相似音，快速學發音

ち/チ	
羅馬拼音	chi
中文相似音	七
英文相似音	[tʃɪ] / *cheap*

小叮嚀 發音時上下排牙齒不可靠攏緊閉，必須留出縫隙讓氣流放出發
音。

日語50音與筆順

清音

濁音

半濁音

拗音

長音

促音

撥音

重音

基礎文法與構句

最常用的生活單字

最口語的日常短句

情境模擬生活會話

Step 3 看筆順示範圖片，動手寫一寫

注意筆劃!!

①第一劃要微向右上。
②第二劃彎曲處需飽滿無稜角。

注意筆劃!! 第一劃及第三劃都要向左下角撇。

Step 4 讀單字，練習發音

近的	近い ちか		
羅馬拚音	chi	ka	i
中文相似音	七	咖	伊

地域	地域 ち いき		
羅馬拚音	chi	i	ki
中文相似音	七	伊	ki

遲到	遅刻 ち こく		
羅馬拚音	chi	ko	ku
中文相似音	七	摳	哭

地位	地位 ち い		
羅馬拚音	chi	i	
中文相似音	七	伊	

知識	知識 ち しき		
羅馬拚音	chi	shi	ki
中文相似音	七	西	ki

爸爸	父 ちち		
羅馬拚音	chi	chi	
中文相似音	七	七	

つ/ツ [tsu]

Step 1 聽發音示範MP3，跟日語老師學發音

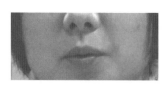

手機掃描QR碼，聽MP3搭配口型
示範和發音技巧來練習怎麼說！

　　舌尖頂在上排牙齒齒背及牙齦
交界處，堵塞氣流，並在發聲時舌
尖些微打開縫隙，讓氣流擠出，並
同時發出似「資」的音。

Step 2 用羅馬拼音以及相似音，快速學發音

つ/ツ	
羅馬拼音	tsu
中文相似音	資
英文相似音	[tʃu] / tsunami

 其實「つ」是界於「資」和「疵」之間的音。發音時將送氣音
好好發出「疵」音，也同時震動聲帶發出「資」的音，較容易
發對音。

日語50音與筆順

清音

濁音

半濁音

拗音

長音

促音

撥音

重音

基礎文法與構句

最常用的生活單字

最口語的日常短句

情境模擬生活會話

Step 3 看筆順示範圖片，動手寫一寫

❶

注意筆劃!!

①筆劃轉彎處需飽滿。
②筆劃上部要長於下部。

❶   ❷   ❸

注意筆劃!! 三個筆劃起頭都必須由上下筆，第三劃必須由上下撇，
否則會像片假名的「シ」。

Step 4 讀單字，練習發音

強的	強い（つよ）		
羅馬拼音	tsu	yo	i
中文相似音	資	又	伊

製作	作る（つく）		
羅馬拼音	tsu	ku	ru
中文相似音	資	哭	嚕

吃力的	きつい		
羅馬拼音	ki	tsu	i
中文相似音	ki	資	伊

勝利	勝つ（か）	
羅馬拼音	ka	tsu
中文相似音	咖	資

桌子	机（つくえ）		
羅馬拼音	tsu	ku	e
中文相似音	資	哭	欵

站立	立つ（た）	
羅馬拼音	ta	tsu
中文相似音	他	資

Unit

01 清音

1-19.mp3

て / テ [te]

Step 1 聽發音示範MP3，跟日語老師學發音

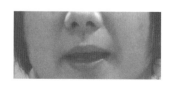

手機掃描QR碼，聽MP3搭配口型示範和發音技巧來練習怎麼說！

發音技巧

　　舌尖頂至上排牙齒和牙齦交界處，形成完全阻塞的狀態，接著發音的同時，也隨之讓阻塞的氣流瞬間迸出。發音部分似「鐵」。

Step 2 用羅馬拼音以及相似音，快速學發音

て / テ	
羅馬拼音	te
中文相似音	鐵
英文相似音	[tɛ] / ted

小叮嚀 實際的發音跟「鐵」還是有差距，發音時，保持英文「t」的氣音，發出氣音的同時，開口發出「欸」的音，如此一來的音會更接近「て/テ」。

日語50音與筆順

清音

濁音

半濁音

拗音

長音

促音

撥音

重音

基礎文法與構句

最常用的生活單字

最口語的日常短句

情境模擬生活會話

Step 3 看筆順示範圖片，動手寫一寫

注意筆劃!!

①筆劃轉折處要有稜有角。
②筆畫轉折後的曲線內縮要明顯，否則會像平假名的「へ」。

❶ **❷**  **❸**

 第三劃要往左撇。

Step 4 讀單字，練習發音

天氣	天気（てんき）		
羅馬拼音	te	n	ki
中文相似音	鐵	嗯	ki

表面	表（おもて）		
羅馬拼音	o	mo	te
中文相似音	歐	謀	鐵

定價	定価（ていか）		
羅馬拼音	te	i	ka
中文相似音	鐵	伊	咖

鐵	鉄（てつ）	
羅馬拼音	te	tsu
中文相似音	鐵	資

費心	手数（てすう）		
羅馬拼音	te	su	u
中文相似音	鐵	斯	烏

敵人	敵（てき）	
羅馬拼音	te	ki
中文相似音	鐵	ki

1-20.mp3

と / ト [to]

Step 1 聽發音示範MP3，跟日語老師學發音

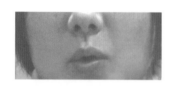

手機掃描QR碼，聽MP3搭配口型
示範和發音技巧來練習怎麼說！

　　舌尖頂至上排牙齒和牙齦交界
處，形成完全阻塞的狀態，接著發
音的同時，也隨之讓阻塞的氣流瞬
間迸出。發音部分似「偷」。

Step 2 用羅馬拼音以及相似音，快速學發音

と / ト	
羅馬拼音	to
中文相似音	偷
英文相似音	[tɔ] / s*to*re

> **小叮嚀**　「偷」發音結束前會收回似「烏」的音，但「と」一發音出
> 去，音短也不收回尾音。

46

Step 3 看筆順示範圖片，動手寫一寫

❶ ❷

 注意筆劃!!

①第一劃不可跟第二劃交叉。

②第二劃曲線的弧度要向左深入點彎曲。

❶ ❷

注意筆劃!!

第二劃不可跟第一劃交叉。

 Step 4 讀單字，練習發音

鐘錶	時計（と けい）		
羅馬拼音	to	ke	i
中文相似音	偷	ke	伊

地方	所（ところ）		
羅馬拼音	to	ko	ro
中文相似音	偷	摳	嘍

遠的	遠い（とお）		
羅馬拼音	to	o	i
中文相似音	偷	歐	伊

隔壁	隣（となり）		
羅馬拼音	to	na	ri
中文相似音	偷	哪	哩

（日期）十號	十日（とお か）		
羅馬拼音	to	o	ka
中文相似音	偷	歐	咖

都會	都会（と かい）		
羅馬拼音	to	ka	i
中文相似音	偷	咖	伊

日語50音與筆順

清音
濁音
半濁音
拗音
長音
促音
撥音
重音

基礎文法與構句

最常用的生活單字

最口語的日常短句

情境模擬生活會話

な / ナ [na]

聽發音示範MP3，跟日語老師學發音

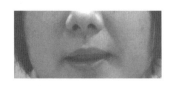

手機掃描QR碼，聽MP3搭配口型
示範和發音技巧來練習怎麼說！

發音技巧

　　舌尖頂在上排牙齒齒背及牙齦
交界處，使之堵塞，並下降上顎的
後半部，接著讓氣流由鼻腔流出，
發出音似「哪」的音。

用羅馬拼音以及相似音，快速學發音

な / ナ	
羅馬拼音	na
中文相似音	哪
英文相似音	[na] / now

小叮嚀 發音時，可以用手指捏住鼻樑，觀察有沒有震動，有震動表示
發音正確。

日語50音與筆順

清音

濁音

半濁音

拗音

長音

促音

撥音

重音

基礎文法與構句

最常用的生活單字

最口語的日常短句

情境模擬生活會話

Step 3 看筆順示範圖片，動手寫一寫

❶ ❷ ❸ ❹

注意筆劃!! ①第二劃要些微向左撇。 ②第三劃及第四劃順序不可以顛倒。

❶ ❷

注意筆劃!!

第二劃要在下半部時往左彎。

Step 4 讀單字，練習發音

七個	なな 七つ		
羅馬拼音	na	na	tsu
中文相似音	哪	哪	資

修理	なお 直す		
羅馬拼音	na	o	su
中文相似音	哪	歐	斯

（日期） 七號	なの か 七日		
羅馬拼音	na	no	ka
中文相似音	哪	讓	咖

哭泣	な 泣く	
羅馬拼音	na	ku
中文相似音	哪	哭

名字	な まえ 名前		
羅馬拼音	na	ma	e
中文相似音	哪	媽	欸

Unit 01 清音

に/二 [ni]

Step 1 聽發音示範MP3，跟日語老師學發音

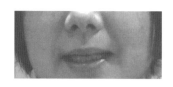

手機掃描QR碼，聽MP3搭配口型
示範和發音技巧來練習怎麼說！

發音技巧

　　舌尖頂住上排牙齒牙齦與上顎
中段之間處，阻塞氣流後，下降上
顎後部，並讓氣流由鼻腔流出，同
時發音出似「你」的音。

Step 2 用羅馬拼音以及相似音，快速學發音

に/二	
羅馬拼音	ni
中文相似音	你
英文相似音	[nɪ] / nib

小叮嚀 「に/二」也是靠鼻音發出氣流，所以發音時可以捏住鼻樑觀察
有無震動，有的話就是發音正確。

日語50音與筆順

清音

濁音

半濁音

拗音

長音

促音

撥音

重音

基礎文法與構句

最常用的生活單字

最口語的日常短句

情境模擬生活會話

Step 3 看筆順示範圖片，動手寫一寫

❶ ❷ ❸

注意筆劃!!
①三個筆劃都要有弧度。
②第一劃尾部也可些微勾起。

❶ ❷

注意筆劃!!

第二劃要比第一劃長。

Step 4 讀單字，練習發音

日本	に ほん 日本		
羅馬拼音	ni	ho	n
中文相似音	你	齁	嗯

二樓	に かい 二階		
羅馬拼音	ni	ka	i
中文相似音	你	咖	伊

行李	に もつ 荷物		
羅馬拼音	ni	mo	tsu
中文相似音	你	謀	資

螃蟹	かに	
羅馬拼音	ka	ni
中文相似音	咖	你

氣味	におい	
羅馬拼音	ni	o	i
中文相似音	你	歐	伊

庭院	にわ 庭	
羅馬拼音	ni	wa
中文相似音	你	挖

1-23.mp3

ぬ/ヌ [nu]

Step 1 聽發音示範MP3，跟日語老師學發音

手機掃描QR碼，聽MP3搭配口型
示範和發音技巧來練習怎麼說！

　　舌尖頂在上排牙齒齒背及牙齦
交界處，使之堵塞，並下降上顎的
後半部，接著讓氣流由鼻腔流出，
發出音似「奴」的音。

Step 2 用羅馬拼音以及相似音，快速學發音

ぬ/ヌ	
羅馬拼音	nu
中文相似音	奴
英文相似音	[nu] / noon

小叮嚀 「ぬ/ヌ」的母音是「う」，所以嘴型請以扁平狀態發音，不可
嘟嘴。

日語50音與筆順

清音

濁音

半濁音

拗音

長音

促音

撥音

重音

基礎文法與構句

最常用的生活單字

最口語的日常短句

情境模擬生活會話

Step 3 看筆順示範圖片，動手寫一寫

❶ ❷

注意筆劃!!

①第一劃及第二劃開頭的交叉處要偏下。

②第二劃的第一個彎曲需與第一劃及第二劃的開頭交叉。

❶ ❷

注意筆劃!!

第二劃要和第一劃交叉，但長度不要太長，否則會寫成中文的「又」。

Step 4 讀單字，練習發音

溫的	温い (ぬるい)		
羅馬拚音	nu	ru	i
中文相似音	奴	嚕	伊

拔	抜く (ぬ)	
羅馬拚音	nu	ku
中文相似音	奴	哭

偷	盗む (ぬす)		
羅馬拚音	nu	su	mu
中文相似音	奴	斯	母

死亡	死ぬ (し)	
羅馬拚音	shi	nu
中文相似音	西	奴

絲綢	絹 (きぬ)	
羅馬拚音	ki	nu
中文相似音	ki	奴

主人	主 (ぬし)	
羅馬拚音	nu	shi
中文相似音	奴	西

ね／ネ [ne]

Step 1 聽發音示範MP3，跟日語老師學發音

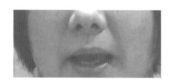

手機掃描QR碼，聽MP3搭配口型
示範和發音技巧來練習怎麼說！

發音技巧

　　舌尖頂在上排牙齒齒背及牙齦
交界處，使之堵塞，並下降上顎的
後半部，接著讓氣流由鼻腔流出，
發出音似「餒」的音。

Step 2 用羅馬拼音以及相似音，快速學發音

ね／ネ	
羅馬拼音	ne
中文相似音	餒
英文相似音	[nɛ] / never

小叮嚀 因為母音為「え」，所以開口時嘴型跟「え」相同，並以輕鬆
的大小開口發音。

日語50音與筆順

清音

濁音

半濁音

拗音

長音

促音

撥音

重音

基礎文法與構句

最常用的生活單字

最口語的日常短句

情境模擬生活會話

Step **3** 看筆順示範圖片，動手寫一寫

❶ ❷

第二劃的第一個轉折處必須要跟第一劃交叉。

❶ ❷ ❸ ❹

 整體要寫得方正且寬，不像中文的「ネ」部首窄而扁。

Step **4** 讀單字，練習發音

想睡	眠い ねむ		
羅馬拼音	ne	mu	i
中文相似音	餒	母	伊

種子	種 たね	
羅馬拼音	ta	ne
中文相似音	他	餒

錢	お金 かね	
羅馬拼音	o	ka	ne
中文相似音	歐	咖	餒

胸部	胸 むね	
羅馬拼音	mu	ne
中文相似音	母	餒

姊姊	姉 あね	
羅馬拼音	a	ne
中文相似音	阿	餒

睡覺	寝る ね	
羅馬拼音	ne	ru
中文相似音	餒	嚕

1-25.mp3

の / ノ [no]

聽發音示範MP3，跟日語老師學發音

手機掃描QR碼，聽MP3搭配口型
示範和發音技巧來練習怎麼說！

發音技巧

　　舌尖頂在上排牙齒齒背及牙齦交界處，使之堵塞，並下降上顎的後半部，接著讓氣流由鼻腔流出，發出音似「讓」的音。

用羅馬拼音以及相似音，快速學發音

の / ノ	
羅馬拼音	no
中文相似音	讓
英文相似音	[nɔ] / north

小叮嚀　「の」也是使用鼻腔發出氣流的清音，因此如同「な行」的其他音一樣，捏住鼻樑如有震動，就是發音正確。

日語50音與筆順

清音

濁音

半濁音

拗音

長音

促音

撥音

重音

基礎文法與構句

最常用的生活單字

最口語的日常短句

情境模擬生活會話

Step 3 看筆順示範圖片，動手寫一寫

❶

 注意筆劃!!

①筆劃剛開頭要微微向左斜。
②筆畫的頭及中段可連再一起，但要注意不要穿出去。

❶

 注意筆劃!!

筆劃要向左撇，要有曲線。

Step 4 讀單字，練習發音

山豬	猪 いのしし			
羅馬拼音	i	no	shi	shi
中文相似音	伊	譨	西	西

流浪狗	野良犬 の ら いぬ			
羅馬拼音	no	ra	i	nu
中文相似音	譨	拉	伊	奴

飲料	飲み物 の もの			
羅馬拼音	no	mi	mo	no
中文相似音	譨	咪	謀	譨

搭乘	乗る の	
羅馬拼音	no	ru
中文相似音	譨	嚕

建築物	建物 たて もの			
羅馬拼音	ta	te	mo	no
中文相似音	他	鐵	謀	譨

海苔	のり	
羅馬拼音	no	ri
中文相似音	譨	哩

1-26.mp3

は / ハ [ha]

Step 1 聽發音示範MP3，跟日語老師學發音

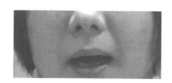

發音技巧

　　直接開口像「あ」，先發出氣流，緊接著唸出似「哈」的音。

手機掃描QR碼，聽MP3搭配口型
示範和發音技巧來練習怎麼說！

Step 2 用羅馬拼音以及相似音，快速學發音

は / ハ	
羅馬拼音	ha
中文相似音	哈
英文相似音	[ha] / _hard_

　「は」的母音是「あ」，因此張口程度要如「あ」一般，而「哈」的張口程度上下擴張程度大，正確的嘴型要依照「あ」而不是「哈」。

日語50音與筆順

清音

濁音

半濁音

拗音

長音

促音

撥音

重音

基礎文法與構句

最常用的生活單字

最口語的日常短句

情境模擬生活會話

Step 3 看筆順示範圖片，動手寫一寫

❶ ❷ ❸

 注意筆劃!!

①第一劃要勾。
②第三劃直線拉至較低處在打圓。
③圓圈不可往左偏。

❶ ❷

 注意筆劃!!

第一劃要比第二劃長。

Step 4 讀單字，練習發音

說話	話(はな)す		
羅馬拼音	ha	na	su
中文相似音	哈	哪	斯

箱子	箱(はこ)	
羅馬拼音	ha	ko
中文相似音	哈	摳

付（錢）	払(はら)う		
羅馬拼音	ha	ra	u
中文相似音	哈	拉	烏

媽媽	母(はは)	
羅馬拼音	ha	ha
中文相似音	哈	哈

剪刀	はさみ		
羅馬拼音	ha	sa	mi
中文相似音	哈	撒	咪

嘔吐	吐(は)く	
羅馬拼音	ha	ku
中文相似音	哈	哭

59

1-27.mp3

ひ/ヒ [hi]

Step 1 聽發音示範MP3，跟日語老師學發音

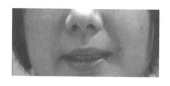

發音技巧

手機掃描QR碼，聽MP3搭配口型
示範和發音技巧來練習怎麼說！

整個舌面靠近上顎中段，形成
一個狹窄的空間，發音時將氣流擠
出，並發出似「hi」的音。

Step 2 用羅馬拼音以及相似音，快速學發音

ひ/ヒ	
羅馬拼音	hi
中文相似音	×
英文相似音	[hɪ] / *hero*

小叮嚀 發音時同時以英文「h」的氣音加上英文「i」的母音同時發
出，中文沒有相似音，但以英文來看，發出來的音會與「he」
（他）相似。

日語50音與筆順

清音

濁音

半濁音

拗音

長音

促音

撥音

重音

基礎文法與構句

最常用的生活單字

最口語的日常短句

情境模擬生活會話

Step 3 看筆順示範圖片，動手寫一寫

❶

注意筆劃!!

①「ひ」的袋狀部分，必須些微橢圓並偏左下。
②筆劃第二個轉折處需比左邊轉折處略低。

❶ ヒ   ❷ ヒ

注意筆劃!!

第一劃要由左往右上寫，而不是由右上往左下撇。

Step 4 讀單字，練習發音

寬敞的	広い ひろ		
羅馬拼音	hi	ro	i
中文相似音	hi	嘍	伊

一個人	一人 ひとり		
羅馬拼音	hi	to	ri
中文相似音	hi	偷	哩

光線	光 ひかり		
羅馬拼音	hi	ka	ri
中文相似音	hi	咖	哩

白天	昼 ひる	
羅馬拼音	hi	ru
中文相似音	hi	嚕

低的	低い ひく		
羅馬拼音	hi	ku	i
中文相似音	hi	哭	伊

空閒、 閒暇	暇 ひま	
羅馬拼音	hi	ma
中文相似音	hi	媽

Unit
01 清音

ふ/フ [hu]

Step 1 聽發音示範MP3，跟日語老師學發音

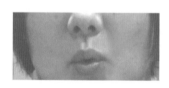

嘴型跟「う」一樣，成扁平狀，只是發音時同時將氣流從微張的嘴擠出，發出似「呼」的音。

手機掃描QR碼，聽MP3搭配口型示範和發音技巧來練習怎麼說！

Step 2 用羅馬拼音以及相似音，快速學發音

ふ/フ	
羅馬拼音	hu / fu
中文相似音	呼 / 夫
英文相似音	[hu]/[fu] / foot

小叮嚀 實際上的「ふ/フ」還是跟「呼」有些不一樣，發音時嘴型要呈現扁平狀，而非「呼」的嘟嘴口型。另外，有些日本人為了發音方便，以及受西化拚音的影響，會將「ふ/フ」念作「fu」，也就是類似中文的「夫」。

日語50音與筆順

清音

濁音

半濁音

拗音

長音

促音

撥音

重音

基礎文法與構句

最常用的生活單字

最口語的日常短句

情境模擬生活會話

Step 3 看筆順示範圖片，動手寫一寫

❶ ❷ ❸ ❹

 ①第一劃要像頓號一樣。
②第二劃要短而圓。

❶  筆劃轉折後要往左撇。

Step 4 讀單字，練習發音

深的	深い（ふか い）		
羅馬拼音	hu	ka	i
中文相似音	呼	咖	伊

（日期）二號	二日（ふつ か）		
羅馬拼音	hu	tsu	ka
中文相似音	呼	資	咖

棉被	布団（ふ とん）		
羅馬拼音	hu	to	n
中文相似音	呼	偷	嗯

冬天	冬（ふゆ）	
羅馬拼音	hu	yu
中文相似音	呼	yu

普通	普通（ふ つう）		
羅馬拼音	hu	tsu	u
中文相似音	呼	資	烏

泡澡、澡盆	風呂（ふ ろ）	
羅馬拼音	hu	ro
中文相似音	呼	嘍

63

1-29.mp3

ヘ/ヘ [he]

聽發音示範MP3，跟日語老師學發音

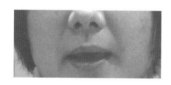

發音技巧

直接開口，先發出氣流，緊接著唸出似「黑」的音。

手機掃描QR碼，聽MP3搭配口型
示範和發音技巧來練習怎麼說！

用羅馬拼音以及相似音，快速學發音

ヘ/ヘ	
羅馬拼音	he
中文相似音	黑
英文相似音	[hɛ] / head

 「ヘ/ヘ」跟「黑」不一樣的地方是，「黑」尾音會收回到
「伊」的發音，但「ヘ/ヘ」不會。

日語50音與筆順

清音

濁音

半濁音

拗音

長音

促音

撥音

重音

基礎文法與構句

最常用的生活單字

最口語的日常短句

情境模擬生活會話

Step 3 看筆順示範圖片，動手寫一寫

❶

注意筆劃!!

①筆劃前段要短。
②轉折處角度不可太小，也不可太尖，需平緩些。

❶

注意筆劃!!

基本上片假名的「ヘ」跟平假名的「へ」寫法是一樣
的。

Step 4 讀單字，練習發音

不要緊	へい平	き気	
羅馬拼音	he	i	ki
中文相似音	黑	伊	ki

士兵	へい兵	し士	
羅馬拼音	he	i	shi
中文相似音	黑	伊	西

陛下	へい陛	か下	
羅馬拼音	he	i	ka
中文相似音	黑	伊	咖

木鏟	へら	
羅馬拼音	he	ra
中文相似音	黑	拉

平價	へい平	か価	
羅馬拼音	he	i	ka
中文相似音	黑	伊	咖

減少	へ減	る	
羅馬拼音	he	ru
中文相似音	黑	嚕

1-30.mp3

ほ/ホ [ho]

Step 1 聽發音示範MP3，跟日語老師學發音

直接開口，先發出氣流，緊接著唸出似「齁」的音。

手機掃描QR碼，聽MP3搭配口型
示範和發音技巧來練習怎麼說！

Step 2 用羅馬拼音以及相似音，快速學發音

ほ/ホ	
羅馬拼音	ho
中文相似音	齁
英文相似音	[hɔ] / <u>hall</u>

小叮嚀　因為母音是「お」，所以開口的嘴型跟「お」一樣，也因此「ほ」發出來的音，聽起來會跟「お」一樣飽滿。

66

日語50音與筆順

清音

濁音

半濁音

拗音

長音

促音

撥音

重音

基礎文法與構句

最常用的生活單字

最口語的日常短句

情境模擬生活會話

 Step 3　看筆順示範圖片，動手寫一寫

注意筆劃!!
①第四劃直線下拉至低處再打個小圓。　②第四劃不可突出超過第二劃。

注意筆劃!!
①第二劃收尾時要勾起。　②第二劃收尾時也可向左勾起。

 Step 4　讀單字，練習發音

想要	欲 ほ しい		
羅馬拼音	ho	shi	i
中文相似音	齁	西	伊

骨頭	骨 ほね	
羅馬拼音	ho	ne
中文相似音	齁	餒

另外	他 ほか に		
羅馬拼音	ho	ka	ni
中文相似音	齁	咖	你

曬乾	干 ほ す	
羅馬拼音	ho	su
中文相似音	齁	斯

掃帚	ほうき		
羅馬拼音	ho	u	ki
中文相似音	齁	烏	ki

星星	星 ほし	
羅馬拼音	ho	shi
中文相似音	齁	西

01 清音

1-31.mp3

ま/マ [ma]

聽發音示範MP3，跟日語老師學發音

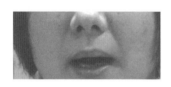

雙唇合攏使氣流保持封閉，下降上顎後端後開口發音，並同時將氣流從鼻腔送出。音似「媽」。

手機掃描QR碼，聽MP3搭配口型示範和發音技巧來練習怎麼說！

Step 2 用羅馬拼音以及相似音，快速學發音

ま/マ	
羅馬拼音	ma
中文相似音	媽
英文相似音	[ma] / march

小叮嚀 由於母音是「あ」的關係，開口的嘴型跟「あ」一樣。

日語50音與筆順

清音

濁音

半濁音

拗音

長音

促音

撥音

重音

基礎文法與構句

最常用的生活單字

最口語的日常短句

情境模擬生活會話

Step **3** 看筆順示範圖片，動手寫一寫

❶ ❷ ❸

注意筆劃!! 第三劃的打圓不要偏左。

❶ ❷

注意筆劃!! 第二劃要短。

Step **4** 讀單字，練習發音

轉動	回す まわ		
羅馬拼音	ma	wa	su
中文相似音	媽	挖	斯

萬	万 まん	
羅馬拼音	ma	n
中文相似音	媽	嗯

祭典	祭り まつ		
羅馬拼音	ma	tsu	ri
中文相似音	媽	資	哩

市鎮	町 まち	
羅馬拼音	ma	chi
中文相似音	媽	七

現在	今 いま	
羅馬拼音	i	ma
中文相似音	伊	媽

前面	前 まえ	
羅馬拼音	ma	e
中文相似音	媽	欸

1-32.mp3

み / ミ [mi]

聽發音示範MP3，跟日語老師學發音

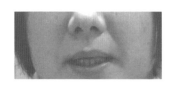

雙唇合攏使氣流保持封閉，下降上顎後端後開口發音，並同時將氣流從鼻腔送出。音似「咪」。

手機掃描QR碼，聽MP3搭配口型示範和發音技巧來練習怎麼說！

用羅馬拼音以及相似音，快速學發音

み / ミ	
羅馬拼音	mi
中文相似音	咪
英文相似音	[mɪ] milk

小叮嚀　發音要短，而且沒有尾音可以收回。

日語50音與筆順

清音

濁音

半濁音

拗音

長音

促音

撥音

重音

基礎文法與構句

最常用的生活單字

最口語的日常短句

情境模擬生活會話

Step 3 看筆順示範圖片，動手寫一寫

❶ ❷

注意筆劃!!

①第一劃的第一個轉折處呈水滴狀。
②第二劃要短。

❶ ❷ ❸

 三個筆劃都要往右下延伸，筆劃不需太長。

Step 4 讀單字，練習發音

南方	みなみ 南		
羅馬拼音	mi	na	mi
中文相似音	咪	哪	咪

頭髮	かみ 髮	
羅馬拼音	ka	mi
中文相似音	咖	咪

出示	み 見せる		
羅馬拼音	mi	se	ru
中文相似音	咪	se	嚕

看	み 見る	
羅馬拼音	mi	ru
中文相似音	咪	嚕

橘子	みかん		
羅馬拼音	mi	ka	n
中文相似音	咪	咖	嗯

商店	みせ 店	
羅馬拼音	mi	se
中文相似音	咪	se

1-33.mp3

む / ム [mu]

聽發音示範MP3，跟日語老師學發音

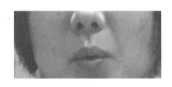

手機掃描QR碼，聽MP3搭配口型
示範和發音技巧來練習怎麼說！

　　雙唇合攏使氣流保持封閉，下
降上顎後端後開口發音，並同時將
氣流從鼻腔送出。音似「母」。

用羅馬拼音以及相似音，快速學發音

む / ム	
羅馬拼音	mu
中文相似音	母
英文相似音	[mu] / move

小叮嚀　跟其他母音為「う」的音一樣，發音不會將嘴嘟起，要保持扁
平微開即可。

日語50音與筆順
清音
濁音
半濁音
拗音
長音
促音
撥音
重音
基礎文法與構句
最常用的生活單字
最口語的日常短句
情境模擬生活會話

Step **3** 看筆順示範圖片，動手寫一寫

❶ 　❷ 　❸

注意筆劃!!　①第二劃的打圓處，偏整個　②第二劃打圓後要重疊並畫
直線的中低處。　　　　出接近「ㄩ」形狀的弧
　　　　　　　　　　　線。

❶ 　❷ 　**注意筆劃!!**

①第一劃轉折處可以不用突出。
②第二劃頓點長度適中偏短即可。

Step **4** 讀單字，練習發音

從前	昔（むかし）		
羅馬拼音	mu	ka	shi
中文相似音	母	咖	西

生產	産む（う）	
羅馬拼音	u	mu
中文相似音	烏	母

兒子	息子（むす こ）		
羅馬拼音	mu	su	ko
中文相似音	母	斯	摳

蟲	虫（むし）	
羅馬拼音	mu	shi
中文相似音	母	西

女兒	娘（むすめ）		
羅馬拼音	mu	su	me
中文相似音	母	斯	每

咬	噛む（か）	
羅馬拼音	ka	mu
中文相似音	咖	母

1-34.mp3

め/メ [me]

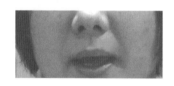

發音技巧

　　雙唇合攏使氣流保持封閉，下降上顎後端後開口發音，並同時將氣流從鼻腔送出。音似「每」。

手機掃描QR碼，聽MP3搭配口型示範和發音技巧來練習怎麼說！

め/メ	
羅馬拼音	me
中文相似音	每
英文相似音	[mɛ] / *many*

小叮嚀　「每」的發音會在尾部收回「伊」的音，但「め/メ」沒有收回尾音。

日語50音與筆順

清音

濁音

半濁音

拗音

長音

促音

撥音

重音

基礎文法與構句

最常用的生活單字

最口語的日常短句

情境模擬生活會話

Step 3 看筆順示範圖片，動手寫一寫

❶ ❷

 注意筆劃!!　①第一劃與第二劃第一個交　②第二劃的圓要往右拉至一
叉處偏低處。　　　　　個飽滿的形狀。

❶ ❷

注意筆劃!!

第一劃要比第二劃長將近二分之一。

Step 4 讀單字，練習發音

名片	名刺 めい し		
羅馬拼音	me	i	shi
中文相似音	每	伊	西

梅子	梅 うめ	
羅馬拼音	u	me
中文相似音	烏	每

頭暈	めまい		
羅馬拼音	me	ma	i
中文相似音	每	媽	伊

糖果	飴 あめ	
羅馬拼音	a	me
中文相似音	阿	每

米	米 こめ	
羅馬拼音	ko	me
中文相似音	摳	每

鯊魚	鮫 さめ	
羅馬拼音	sa	me
中文相似音	撒	每

1-35.mp3

も/モ [mo]

Step 1 聽發音示範MP3，跟日語老師學發音

手機掃描QR碼，聽MP3搭配口型
示範和發音技巧來練習怎麼說！

雙唇合攏使氣流保持封閉，下
降上顎後端後開口發音，並同時將
氣流從鼻腔送出。音似「謀」。

Step 2 用羅馬拼音以及相似音，快速學發音

も/モ	
羅馬拼音	mo
中文相似音	謀
英文相似音	[mɔ] / *mall*

小叮嚀　「謀」在發音最後會收尾音到「烏」的音，但「も/モ」少了收
尾音的部分。

日語50音與筆順

清音

濁音

半濁音

拗音

長音

促音

撥音

重音

基礎文法與構句

最常用的生活單字

最口語的日常短句

情境模擬生活會話

Step 3 看筆順示範圖片，動手寫一寫

 ①第一劃畫像一個「し」，但彎曲度更為圓潤。

②第一劃不可跟第二、三劃筆順顛倒。

 第二劃要比第一劃長一些。

Step 4 讀單字，練習發音

和服	着物（きもの）		
羅馬拚音	ki	mo	no
中文相似音	ki	謀	譨

野獸	獸（けもの）		
羅馬拚音	ke	mo	no
中文相似音	ke	謀	譨

得到	もらう		
羅馬拚音	mo	ra	u
中文相似音	謀	拉	烏

拿	持つ（も）	
羅馬拚音	mo	tsu
中文相似音	謀	資

重的	重い（おも）	
羅馬拚音	o	mo	i
中文相似音	歐	謀	伊

年糕	餅（もち）	
羅馬拚音	mo	chi
中文相似音	謀	七

Unit
01 清音

1-36.mp3

や／ヤ [ya]

Step 1 聽發音示範MP3，跟日語老師學發音

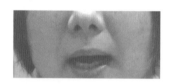

手機掃描QR碼，聽MP3搭配口型
示範和發音技巧來練習怎麼說！

發音技巧

　　嘴型先呈現與「い」相同，但
舌面與上顎的距離要比「い」還
窄，開口發聲時，同時搭配「あ」
的音，發出似「呀」的音。

Step 2 用羅馬拼音以及相似音，快速學發音

や／ヤ	
羅馬拼音	ya
中文相似音	呀
英文相似音	[ja] / _yarn_

小叮嚀 「い」與「あ」要同時發音，間隔太大的畫，發音就錯誤了。

日語50音與筆順

清音

濁音

半濁音

拗音

長音

促音

撥音

重音

基礎文法與構句

最常用的生活單字

最口語的日常短句

情境模擬生活會話

Step 3 看筆順示範圖片，動手寫一寫

注意筆劃!! 第一劃要些略往右上畫，接著圓弧收回時不要太長。

注意筆劃!!

①第一劃轉折處要尖。
②第二劃不可彎曲。

Step 4 讀單字，練習發音

房租	家賃（や ちん）		
羅馬拼音	ya	chi	n
中文相似音	呀	七	嗯

便宜的	安い（やす）		
羅馬拼音	ya	su	i
中文相似音	呀	斯	伊

放棄	止める（や）		
羅馬拼音	ya	me	ru
中文相似音	呀	每	嚕

父母	親（おや）	
羅馬拼音	o	ya
中文相似音	歐	呀

休假	休み（やす）		
羅馬拼音	ya	su	mi
中文相似音	呀	斯	咪

烤	焼く（や）	
羅馬拼音	ya	ku
中文相似音	呀	哭

1-37.mp3

ゆ/ユ [yu]

Step 1 聽發音示範MP3，跟日語老師學發音

手機掃描QR碼，聽MP3搭配口型
示範和發音技巧來練習怎麼說！

發音技巧

　　嘴型先呈現與「い」相同，但
舌面與上顎的距離要比「い」還
窄，開口發聲時，同時搭配「う」
的音，發出似英文「you」的音。

Step 2 用羅馬拼音以及相似音，快速學發音

ゆ/ユ	
羅馬拼音	yu
中文相似音	×
英文相似音	[ju] / c*u*re

小叮嚀 英文的「you」音較長，但「ゆ/ユ」發音必須短。

日語50音與筆順

清音

濁音

半濁音

拗音

長音

促音

撥音

重音

基礎文法與構句

最常用的生活單字

最口語的日常短句

情境模擬生活會話

Step 3 看筆順示範圖片，動手寫一寫

❶ ❷

注意筆劃!! ①第一劃的打圈不能連起來
成為封閉的圈。

②第二畫要短並往左彎。
③第一劃的圈要飽滿而大。

❶ ❷

注意筆劃!!

第二劃要超過第一劃，否則會像片假
名的「コ」。

Step 4 讀單字，練習發音

浴衣	浴衣 (ゆかた)		
羅馬拼音	yu	ka	ta
中文相似音	yu	咖	他

地板	床 (ゆか)	
羅馬拼音	yu	ka
中文相似音	yu	咖

寬鬆的	緩い (ゆる)		
羅馬拼音	yu	ru	i
中文相似音	yu	嚕	伊

粥	粥 (かゆ)	
羅馬拼音	ka	yu
中文相似音	咖	yu

梅雨	梅雨 (つゆ)	
羅馬拼音	tsu	yu
中文相似音	資	yu

夢	夢 (ゆめ)	
羅馬拼音	yu	me
中文相似音	yu	每

Unit
01 清音

1-38.mp3

よ / ヨ [yo]

Step 1 聽發音示範MP3，跟日語老師學發音

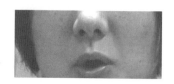

手機掃描QR碼，聽MP3搭配口型
示範和發音技巧來練習怎麼說！

　　嘴型先呈現與「い」相同，但
舌面與上顎的距離要比「い」還
窄，開口發聲時，同時搭配「お」
的音，發出似「又」的音。

Step 2 用羅馬拼音以及相似音，快速學發音

よ/ヨ	
羅馬拼音	yo
中文相似音	又
英文相似音	[jɔ] / yoicks

小叮嚀 「又」會在尾音收回呈現「烏」的音，但「よ/ヨ」沒有收尾
音。

82

日語 50 音與筆順

清音

濁音

半濁音

拗音

長音

促音

撥音

重音

基礎文法與構句

最常用的生活單字

最口語的日常短句

情境模擬生活會話

 Step 3 看筆順示範圖片，動手寫一寫

注意筆劃!! ①第一劃跟第二劃筆順不可顛倒。　②第二劃打圓時在直線偏低的位置打。

❶ ❷ ❸ **注意筆劃!!**

横向的三條線要大致上一樣長。

Step 4 讀單字，練習發音

弱的	弱い （よわい）		
羅馬拼音	yo	wa	i
中文相似音	又	挖	伊

費用	費用 （ひよう）		
羅馬拼音	hi	yo	u
中文相似音	hi	又	烏

（日期） 八號	八日 （ようか）		
羅馬拼音	yo	u	ka
中文相似音	又	烏	咖

媳婦	嫁 （よめ）	
羅馬拼音	yo	me
中文相似音	又	每

預約	予約 （よやく）		
羅馬拼音	yo	ya	ku
中文相似音	又	呀	哭

橫	橫 （よこ）	
羅馬拼音	yo	ko
中文相似音	又	摳

1-39.mp3

ら/ラ [ra]

Step 1 **聽發音示範MP3，跟日語老師學發音**

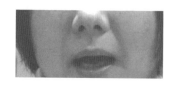

發音技巧

　　舌尖頂在上排牙齒的牙齦部分，發音的同時，舌尖輕輕彈出並馬上放開，並發出似「拉」的音。

手機掃描QR碼，聽MP3搭配口型示範和發音技巧來練習怎麼說！

Step 2 **用羅馬拼音以及相似音，快速學發音**

ら/ラ	
羅馬拼音	*ra*
中文相似音	拉
英文相似音	[ra] / c<u>l</u>ock

小叮嚀　實際上「ら/ラ」的音比「拉」短很多。

日語50音與筆順

清音

濁音

半濁音

拗音

長音

促音

撥音

重音

基礎文法與構句

最常用的生活單字

最口語的日常短句

情境模擬生活會話

Step 3 看筆順示範圖片，動手寫一寫

❶ ❷

注意筆劃!!

①第一劃要以頓點方式書寫。
②第二劃的圓不能太晚收回。

❶ ❷

注意筆劃!!

第一劃要比第二劃的平行線處還要短一點點。

Step 4 讀單字，練習發音

艱苦的	辛い（つら）		
羅馬拼音	tsu	ra	i
中文相似音	資	拉	伊

打散	散らす（ち）		
羅馬拼音	chi	ra	su
中文相似音	七	拉	斯

未來	未来（み・らい）		
羅馬拼音	mi	ra	i
中文相似音	咪	拉	伊

空	空（から）	
羅馬拼音	ka	ra
中文相似音	咖	拉

洗	洗う（あら）		
羅馬拼音	a	ra	u
中文相似音	阿	拉	烏

盤子	皿（さら）	
羅馬拼音	sa	ra
中文相似音	撒	拉

1-40.mp3

り/リ [ri]

Step 1 聽發音示範MP3，跟日語老師學發音

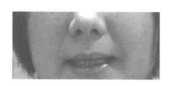

手機掃描QR碼，聽MP3搭配口型
示範和發音技巧來練習怎麼說！

舌尖頂在上排牙齒的牙齦部
分，發音的同時，舌尖輕輕彈出並
馬上放開，並發出似「哩」的音。

Step 2 用羅馬拼音以及相似音，快速學發音

り/リ	
羅馬拼音	ri
中文相似音	哩
英文相似音	[rɪ] / live

小叮嚀 像「り」的寫法，是因為寫得太快，呈現似草寫的程度時，才
會連在一起，如果以正確的寫法，應該要寫成兩筆劃分開的
「り」才行。

日語50音與筆順

清音

濁音

半濁音

拗音

長音

促音

撥音

重音

基礎文法與構句

最常用的生活單字

最口語的日常短句

情境模擬生活會話

Step 3 看筆順示範圖片，動手寫一寫

❶ 　❷

注意筆劃!!

①第一劃要尾部要微勾且短。
②第二劃中後段時要微微向左彎。

❶ 　❷

注意筆劃!!

①第一劃短而直。
②第二劃到後半段時往左撇。

Step 4 讀單字，練習發音

利用	利用（り よう）		
羅馬拚音	ri	yo	u
中文相似音	哩	又	烏

松鼠	りす	
羅馬拚音	ri	su
中文相似音	哩	斯

理由	理由（り ゆう）		
羅馬拚音	ri	yu	u
中文相似音	哩	yu	烏

霧	霧（きり）	
羅馬拚音	ki	ri
中文相似音	ki	哩

零錢	お釣り（つ）		
羅馬拚音	o	tsu	ri
中文相似音	歐	資	哩

栗子	栗（くり）	
羅馬拚音	ku	ri
中文相似音	哭	哩

1-41.mp3

る/ル[ru]

聽發音示範MP3，跟日語老師學發音

發音技巧

手機掃描QR碼，聽MP3搭配口型
示範和發音技巧來練習怎麼說！

　　舌尖頂在上排牙齒的牙齦部
分，發音的同時，舌尖輕輕彈出並
馬上放開，並發出似「嚕」的音。

用羅馬拼音以及相似音，快速學發音

る/ル	
羅馬拼音	*ru*
中文相似音	嚕
英文相似音	[ru] / <u>l</u>ook

 「嚕」發音時，嘴唇會嘟起，但實際上「る/ル」的發音，嘴型
是扁平且呈現放鬆的狀態。

日語50音與筆順

清音

濁音

半濁音

拗音

長音

促音

撥音

重音

基礎文法與構句

最常用的生活單字

最口語的日常短句

情境模擬生活會話

Step 3 看筆順示範圖片，動手寫一寫

❶

注意筆劃!!

①第一個轉折需要有稜角。
②最後收尾的小圓不可突出大圓弧。

❶ **❷**

第一劃往左撇，但曲線不需太彎曲。

Step 4 讀單字，練習發音

賣	売る う	
羅馬拼音	u	ru
中文相似音	烏	嚕

春天	春 はる	
羅馬拼音	ha	ru
中文相似音	哈	嚕

拍 （照）	撮る と	
羅馬拼音	to	ru
中文相似音	偷	嚕

鶴	鶴 つる	
羅馬拼音	tsu	ru
中文相似音	資	嚕

圓圈	丸 まる	
羅馬拼音	ma	ru
中文相似音	媽	嚕

看家	留守 る　す	
羅馬拼音	ru	su
中文相似音	嚕	斯

れ／レ [re]

Step 1 聽發音示範MP3，跟日語老師學發音

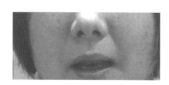

手機掃描QR碼，聽MP3搭配口型示範和發音技巧來練習怎麼說！

發音技巧

舌尖頂在上排牙齒的牙齦部分，發音的同時，舌尖輕輕彈出並馬上放開，並發出似勒脖子的「勒」音。

Step 2 用羅馬拼音以及相似音，快速學發音

れ／レ	
羅馬拼音	re
中文相似音	勒
英文相似音	[rɛ] / bread

小叮嚀　「勒」發音最後會收回尾音變成「欸」，但「れ／レ」不需收回尾音。

日語50音與筆順

清音

濁音

半濁音

拗音

長音

促音

撥音

重音

基礎文法與構句

最常用的生活單字

最口語的日常短句

情境模擬生活會話

Step 3 看筆順示範圖片，動手寫一寫

❶ 　❷

①第一劃和第二劃的第一個　②第二劃第二個轉折後要向
　轉折要交叉。　　　　　　右上提起。

❶ 　

勾起時線條呈現極微小的彎曲。

Step 4 讀單字，練習發音

漂亮的	きれい		
羅馬拼音	ki	re	i
中文相似音	ki	勒	伊

入夜	暮<ruby>れ<rt>く</rt></ruby>る		
羅馬拼音	ku	re	ru
中文相似音	哭	勒	嚕

歷史	<ruby>歷<rt>れき</rt></ruby><ruby>史<rt>し</rt></ruby>		
羅馬拼音	re	ki	shi
中文相似音	勒	ki	西

摩擦	<ruby>擦<rt>す</rt></ruby>れる		
羅馬拼音	su	re	ru
中文相似音	斯	勒	嚕

給 （我）	くれる		
羅馬拼音	ku	re	ru
中文相似音	哭	勒	嚕

門簾	<ruby>暖<rt>の</rt></ruby><ruby>簾<rt>れん</rt></ruby>		
羅馬拼音	no	re	n
中文相似音	讓	勒	嗯

ろ / ロ [ro]

聽發音示範MP3，跟日語老師學發音

手機掃描QR碼，聽MP3搭配口型
示範和發音技巧來練習怎麼說！

發音技巧

　　舌尖頂在上排牙齒的牙齦部
分，發音的同時，舌尖輕輕彈出並
馬上放開，並發出似「嘍」的音。

用羅馬拼音以及相似音，快速學發音

ろ / ロ	
羅馬拼音	ro
中文相似音	嘍
英文相似音	[rɔ] / law

Step 3 看筆順示範圖片，動手寫一寫

注意筆劃!! 寫法跟「る」一樣，只是收尾時像「ち」一樣要早點收。

注意筆劃!! 筆劃要分三劃，不可一筆成型。

Step 4 讀單字，練習發音

蠟燭	蝋燭（ろう　そく）			
羅馬拚音	ro	u	so	ku
中文相似音	嘍	烏	搜	哭

流浪武士	浪人（ろう　にん）			
羅馬拚音	ro	u	ni	n
中文相似音	嘍	烏	你	嗯

多多指教	よろしく			
羅馬拚音	yo	ro	shi	ku
中文相似音	又	嘍	西	哭

理論	理論（り　ろん）		
羅馬拚音	ri	ro	n
中文相似音	哩	嘍	嗯

貓頭鷹	ふくろう			
羅馬拚音	hu	ku	ro	u
中文相似音	呼	哭	嘍	烏

（擺）攤子	露店（ろ　てん）		
羅馬拚音	ro	te	n
中文相似音	嘍	鐵	嗯

1-44.mp3

わ/ワ [wa]

聽發音示範MP3，跟日語老師學發音

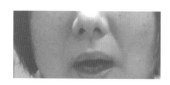

手機掃描QR碼，聽MP3搭配口型
示範和發音技巧來練習怎麼說！

舌頭位置剛開始與「う」相同位置，但舌頭後段要跟上顎後段呈現幾乎貼近的距離，一發出音時，嘴型似「あ」，並發出似「挖」的音。

用羅馬拼音以及相似音，快速學發音

わ/ワ	
羅馬拼音	wa
中文相似音	挖
英文相似音	[wa] / wash

小叮嚀　「わ/ワ」因為母音是「あ」，所以開口時的嘴型不像「挖」這般地上下左右大大擴張。

日語50音與筆順

清音

濁音

半濁音

拗音

長音

促音

撥音

重音

基礎文法與構句

最常用的生活單字

最口語的日常短句

情境模擬生活會話

Step 3 看筆順示範圖片，動手寫一寫

❶ ❷

 ①第一劃的初步寫法跟「ね」「れ」相似。

②第二劃的大圓要飽滿且大。

❶ ❷

橫線要長一些，使整體看起來較寬。

Step 4 讀單字，練習發音

我	私（わたし）		
羅馬拼音	wa	ta	shi
中文相似音	挖	他	西

年輕的	若い（わか）		
羅馬拼音	wa	ka	i
中文相似音	挖	咖	伊

不好的	悪い（わる）		
羅馬拼音	wa	ru	i
中文相似音	挖	嚕	伊

笑	笑う（わら）		
羅馬拼音	wa	ra	u
中文相似音	挖	拉	烏

知道/了解	分かる（わ）		
羅馬拼音	wa	ka	ru
中文相似音	挖	咖	嚕

和室	和室（わ・しつ）		
羅馬拼音	wa	shi	tsu
中文相似音	挖	西	資

を/ヲ [o]

Step 1 聽發音示範MP3，跟日語老師學發音

手機掃描QR碼，聽MP3搭配口型
示範和發音技巧來練習怎麼說！

發音技巧

　　發音跟「お」一樣。嘴巴張開
程度介於「あ」與「う」中間，
唇角比「え」更向中間靠，音似
「歐」，但為了與「お」的中文相
似音「歐」區別，中文相似音改寫
為「毆」。

Step 2 用羅馬拼音以及相似音，快速學發音

を/ヲ	
羅馬拼音	o / wo
中文相似音	毆 / 窩
英文相似音	[ɔ] / d_og_

小叮嚀 依照子音排列，「を/ヲ」應該標示為「wo」，但因為日本人為
了方便發音，所以發「o」的音。另外，「を」是當作助詞用
的，所以沒有以「を」組成的單字，只能組合成句子。加上句
子以平假名的「を」組成，因此，沒有以「ヲ」組成的句子。

日語50音與筆順

清音

濁音

半濁音

拗音

長音

促音

撥音

重音

基礎文法與構句

最常用的生活單字

最口語的日常短句

情境模擬生活會話

Step 3 看筆順示範圖片，動手寫一寫

❶ を ❷ を ❸ を

 注意筆劃!! ①第二劃從上往左彎後再往 ②第三劃與第二劃要交叉。
右彎回來，收尾時往下
劃，與第一劃呈垂直。

❶ ヲ ❷ ヲ

注意筆劃!!

第一劃轉折處要有稜有角，轉折後向
左撇。

Step 4 讀單字，練習發音

喝熱水	お湯を飲む				
羅馬拼音	o	yu	o	no	mu
中文相似音	歐	yu	毆	讓	母

剪頭髮	髪を切る				
羅馬拼音	ka	mi	o	ki	ru
中文相似音	咖	咪	毆	ki	嚕

拿鹽	塩を取る				
羅馬拼音	shi	o	o	to	ru
中文相似音	西	歐	毆	偷	嚕

讀書	本を読む				
羅馬拼音	ho	n	o	yo	mu
中文相似音	齁	嗯	毆	又	母

洗手	手を洗う				
羅馬拼音	te	o	a	ra	u
中文相似音	鐵	毆	阿	拉	烏

買肉	肉を買う				
羅馬拼音	ni	ku	o	ka	u
中文相似音	你	哭	毆	咖	烏

が/カ [ga]

Step 1 聽發音示範MP3，跟日語老師學發音

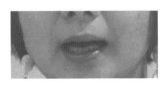

手機掃描QR碼，聽MP3搭配口型
示範和發音技巧來練習怎麼說！

發音時，跟「あ」一樣，嘴輕
鬆張大，舌尖自然地接觸下排牙
齒，然後發出聲音。發音時以類似
「個」的子音及類似「阿」的母音
拼音，發出類似中文「嘎」的音。

Step 2 用羅馬拼音以及相似音，快速學發音

	が/カ
羅馬拼音	ga
中文相似音	嘎
英文相似音	[ga] / garbage

小叮嚀 「が/カ」在某些單字中，會以「鼻濁音」的型態發音，子音[g]
以[ŋ]代替，發出的音為[ŋa]。

ぎ/ギ [gi]

日語50音與筆順

清音

濁音

半濁音

拗音

長音

促音

撥音

重音

基礎文法與構句

最常用的生活單字

最口語的日常短句

情境模擬生活會話

Step 1 聽發音示範MP3，跟日語老師學發音

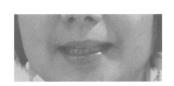

手機掃描QR碼，聽MP3搭配口型
示範和發音技巧來練習怎麼說！

發音技巧

　　發音前舌頭抬高貼住上顎，並
以發「い」音的嘴型開口，張開嘴
同時以似「個」的子音搭配母音似
「伊」的拼音，發出「gi」音。

Step 2 用羅馬拼音以及相似音，快速學發音

	ぎ/ギ
羅馬拼音	gi
中文相似音	×
英文相似音	[gɪ] / gift

小叮嚀 發音時嘴型呈現自然、放鬆即可，雙唇不可向左右橫向大幅度
擴張。

02 濁音

1-48.mp3

ぐ/グ [gu]

Step 1 聽發音示範MP3，跟日語老師學發音

手機掃描QR碼，聽MP3搭配口型
示範和發音技巧來練習怎麼說！

發音技巧

　　與發「う」音一樣的嘴型開口，發音前舌頭抬高貼住上顎，發音時張開嘴同時震動聲帶以子音似「個」及母音「烏」的組合，發出「姑」的音。

Step 2 用羅馬拼音以及相似音，快速學發音

ぐ/グ	
羅馬拼音	*gu*
中文相似音	姑
英文相似音	[gu] / good

小叮嚀 「ぐ/グ」和「good」音相似，但唸「ぐ/グ」只有一拍的長度。

日語50音與筆順

清音
濁音
半濁音
拗音
長音
促音
撥音
重音

基礎文法與構句

最常用的生活單字

最口語的日常短句

情境模擬生活會話

1-49.mp3

げ／ゲ [ge]

Step 1 聽發音示範MP3，跟日語老師學發音

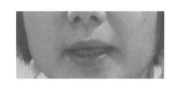

手機掃描QR碼，聽MP3搭配口型
示範和發音技巧來練習怎麼說！

發音技巧

開口時嘴型與「え」的形狀一樣，發音前舌頭抬高貼住上顎，發音時張開嘴，並同時以音似「個」的子音和「欸」的母音拚音，震動聲帶後發出似「給」的音。

Step 2 用羅馬拼音以及相似音，快速學發音

げ／ゲ	
羅馬拼音	ge
中文相似音	給
英文相似音	[ʒɛ] / get

小叮嚀　發音「給」的時候，音尾會以「伊」音收尾，但實際上的「げ／ゲ」發音不收「伊」尾音。

101

Unit

02 濁音

ご/ゴ [go]

Step 1 聽發音示範MP3，跟日語老師學發音

手機掃描QR碼，聽MP3搭配口型
示範和發音技巧來練習怎麼說！

發音技巧

　　發音前舌頭抬高貼住上顎，發
音時張開嘴用與發音「お」一樣的
嘴型，並同時搭配子音似「個」及
母音似「歐」的拼音，震動聲帶發
出音似「勾」的音。

Step 2 用羅馬拼音以及相似音，快速學發音

ご/ゴ	
羅馬拼音	go
中文相似音	勾
英文相似音	[gɔ] / goblet

小叮嚀 與英文中的「go」不一樣的地方是「go」會收尾音成為「烏」，
但「ご/ゴ」只有一音節，不收尾音。

日語50音與筆順

清音

濁音

半濁音

拗音

長音

促音

撥音

重音

基礎文法與構句

最常用的生活單字

最口語的日常短句

情境模擬生活會話

ざ/ザ [za]

Step 1 聽發音示範MP3，跟日語老師學發音

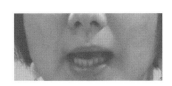

手機掃描QR碼，聽MP3搭配口型
示範和發音技巧來練習怎麼說！

　　舌尖接近但不碰到上排牙齒，
並以開口如同「あ」嘴型張開，同
時震動聲帶發出類似子音「資」和
母音「阿」的拼音，音似「紮」。

Step 2 用羅馬拼音以及相似音，快速學發音

ざ/ザ	
羅馬拼音	za
中文相似音	紮
英文相似音	[za] / de*si*gn

小叮嚀　「さ/サ」發音時需藉由齒間縫隙擦出氣流發音，但「ざ/ザ」不
需氣流，反而需要震動聲帶發音。

103

じ／ジ [ji]

Step 1 聽發音示範MP3，跟日語老師學發音

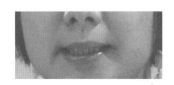

手機掃描QR碼，聽MP3搭配口型
示範和發音技巧來練習怎麼說！

發音技巧

舌尖靠近上牙齦及上顎中段之間的位置，以做「い」發音一樣開口，並震動聲帶，發出似「幾」的音。

Step 2 用羅馬拼音以及相似音，快速學發音

じ／ジ	
羅馬拼音	ji
中文相似音	幾
英文相似音	[dʒɪ] / magic

小叮嚀 發音要短而實。

104

1-53.mp3

日語50音與筆順

清音

濁音

半濁音

拗音

長音

促音

撥音

重音

基礎文法與構句

最常用的生活單字

最口語的日常短句

情境模擬生活會話

ず / ズ [zu]

Step 1 聽發音示範MP3，跟日語老師學發音

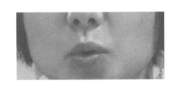

手機掃描QR碼，聽MP3搭配口型示範和發音技巧來練習怎麼說！

發音技巧

舌尖以不碰到牙齒為原則靠近上齒，接著開口如同「う」嘴型，並同時震動聲帶發出類似「滋」的音。

Step 2 用羅馬拼音以及相似音，快速學發音

ず / ズ	
羅馬拼音	zu
中文相似音	滋
英文相似音	[zu] / Missouri

小叮嚀 「ず/ズ」和「つ/ツ」發音乍聽很像，但「ず/ズ」需震動聲帶發音，「つ/ツ」則靠氣流衝出發音。

02 濁音

1-54.mp3

ぜ/ゼ [ze]

Step 1 ## 聽發音示範MP3，跟日語老師學發音

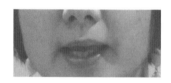

手機掃描QR碼，聽MP3搭配口型
示範和發音技巧來練習怎麼說！

發音技巧

　　舌尖靠近上排牙齒，但不碰
到，開口如同「え」嘴型，並同時
震動聲帶，以子音似「滋」及母音
似「欸」拼音，發出類似「賊」的
音。

Step 2 ## 用羅馬拼音以及相似音，快速學發音

ぜ/ゼ	
羅馬拼音	ze
中文相似音	賊
英文相似音	[zɛ] / zedoary

小叮嚀　中文的「賊」發音時，會收尾音成「伊」音，但「ぜ/ゼ」沒有
收尾音。

106

日語50音與筆順

清音

濁音

半濁音

拗音

長音

促音

撥音

重音

基礎文法與構句

最常用的生活單字

最口語的日常短句

情境模擬生活會話

1-55.mp3

ぞ/ゾ [zo]

Step 1 聽發音示範MP3，跟日語老師學發音

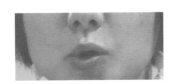

手機掃描QR碼，聽MP3搭配口型
示範和發音技巧來練習怎麼說！

發音技巧

　　舌尖不直接碰到牙齒，自然輕放在上齒前，接著開口如「お」嘴型，並同時震動聲帶發出子音似「滋」及母音似「歐」的拼音，音似「鄒」。

Step 2 用羅馬拼音以及相似音，快速學發音

ぞ/ゾ	
羅馬拼音	ZO
中文相似音	鄒ㄗㄡ
英文相似音	[zɔ] / zoisite

小叮嚀　「鄒」的發音會收尾音成為「烏」音，但「ぞ/ゾ」不會收尾音。

Unit
02 濁音

1-56.mp3

だ / ダ [da]

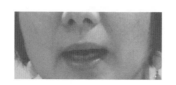

發音技巧

　　舌尖頂到上齒和牙齦交界處，形成完全封閉的狀態，開口發音的同時，彈開舌頭並震動聲帶，發出似「打」的音。

手機掃描QR碼，聽MP3搭配口型示範和發音技巧來練習怎麼說！

Step 2 用羅馬拼音以及相似音，快速學發音

だ / ダ	
羅馬拼音	*da*
中文相似音	打
英文相似音	[da] / *doctor*

日語50音與筆順

清音

濁音

半濁音

拗音

長音

促音

撥音

重音

基礎文法與構句

最常用的生活單字

最口語的日常短句

情境模擬生活會話

ぢ/ヂ [ji]

Step 1 聽發音示範MP3，跟日語老師學發音

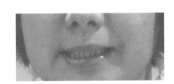

手機掃描QR碼，聽MP3搭配口型
示範和發音技巧來練習怎麼說！

　　舌尖頂在上排牙齦與上顎中段
之間的地方，發音同時將嘴張至同
「い」的嘴型，然後震動聲帶，發
出似「己」的音。

Step 2 用羅馬拼音以及相似音，快速學發音

ぢ/ヂ	
羅馬拼音	ji
中文相似音	己
英文相似音	[dʒɪ] / ma*g*ic

小叮嚀 基本上發音跟「じ/ジ」一樣。

02 濁音

1-58.mp3

づ/ヅ [zu]

Step 1 聽發音示範MP3，跟日語老師學發音

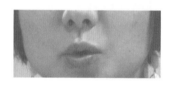

手機掃描QR碼，聽MP3搭配口型
示範和發音技巧來練習怎麼說！

發音技巧

　　舌尖靠近上排牙齒，但不碰
到，接著開口如同「う」嘴型，並
同時震動聲帶發出類似「姿」的
音。

Step 2 用羅馬拼音以及相似音，快速學發音

づ/ヅ	
羅馬拼音	zu
中文相似音	姿
英文相似音	[zu] / Mi<u>ss</u>ouri

小叮嚀 基本上發音跟「ず/ズ」一樣。

110

1-59.mp3

日語50音與筆順

清音

濁音

半濁音

拗音

長音

促音

撥音

重音

基礎文法與構句

最常用的生活單字

最口語的日常短句

情境模擬生活會話

で/デ [de]

Step 1 聽發音示範MP3，跟日語老師學發音

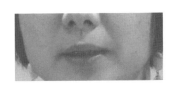

手機掃描QR碼，聽MP3搭配口型
示範和發音技巧來練習怎麼說！

發音技巧

舌尖頂至上排牙齒和牙齦交界
處，形成完全阻塞的狀態，接著
發音的同時，彈開舌頭，以音似
「的」的子音及音似「欸」的母音
拼音，發出似「得」的音。

Step 2 用羅馬拼音以及相似音，快速學發音

で/デ	
羅馬拼音	*de*
中文相似音	得
英文相似音	[dɛ] / *de*bt

小叮嚀 中文「得」的發音，音尾會收尾音變為「伊」的音，但實際上
日語中「で/デ」不收尾音，音為一拍，一出聲即不變化嘴型。

111

1-60.mp3

ど / ド [do]

聽發音示範MP3，跟日語老師學發音

發音技巧

手機掃描QR碼，聽MP3搭配口型示範和發音技巧來練習怎麼說！

　　舌尖頂至齒和牙齦交界處，形成完全阻塞的狀態，接著發音的同時，彈出舌頭，發出音似「的」的子音及「歐」的母音合成的拚音，發出似「豆」的音。

用羅馬拼音以及相似音，快速學發音

ど / ド	
羅馬拼音	do
中文相似音	豆
英文相似音	[do] / dog

小叮嚀 中文的「豆」發音，會收回尾音成「烏」音，但實際上「ど/ド」一旦發音就不收尾音，發音只有一拍長度。

1-61.mp3

日語50音與筆順

清音

濁音

半濁音

拗音

長音

促音

撥音

重音

基礎文法與構句

最常用的生活單字

最口語的日常短句

情境模擬生活會話

ば/バ [ba]

Step 1 聽發音示範MP3，跟日語老師學發音

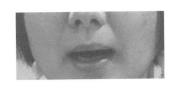

手機掃描QR碼，聽MP3搭配口型
示範和發音技巧來練習怎麼說！

　　雙唇閉攏，接著一邊迅速張開
雙唇至與「あ」同嘴型，一邊震動
聲帶，發出似「爸」的音。

Step 2 用羅馬拼音以及相似音，快速學發音

ば/バ	
羅馬拼音	ba
中文相似音	爸
英文相似音	[ba] / _body_

小叮嚀　發「ば」時張嘴是瞬間且快速發音，所以發出的音聽起來會
有所力道，另外，一定要震動聲帶發音，否則會跟半濁音的
「ぱ」發音一樣。

113

Unit
02 濁音

1-62.mp3

び/ビ [bi]

聽發音示範MP3，跟日語老師學發音

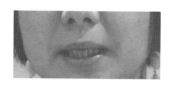

手機掃描QR碼，聽MP3搭配口型
示範和發音技巧來練習怎麼說！

　　雙唇併攏，口內以舌面接近但
不接觸上顎為空間，以發「い」音
為嘴型，開口瞬間同時震動聲帶，
發出似「逼」的音。

用羅馬拼音以及相似音，快速學發音

び/ビ	
羅馬拼音	bi
中文相似音	逼
英文相似音	[bɪ] / busy

小叮嚀 發音前雙唇要閉起，開口的瞬間必須同時震動聲帶發音，否則
無法發出「び/ビ」的音。

日語50音與筆順

清音
濁音
半濁音
拗音
長音
促音
撥音
重音

基礎文法與構句

最常用的生活單字

最口語的日常短句

情境模擬生活會話

1-63.mp3

ぶ/ブ [bu]

Step 1 聽發音示範MP3，跟日語老師學發音

手機掃描QR碼，聽MP3搭配口型
示範和發音技巧來練習怎麼說！

發音前雙唇閉上，發音時嘴巴瞬間張開至與「う」發音時一樣的嘴型，並同時震動聲帶發出似「不」的音。

Step 2 用羅馬拼音以及相似音，快速學發音

ぶ/ブ	
羅馬拼音	bu
中文相似音	不
英文相似音	[bu] / book

小叮嚀 中文的「不」發音時，嘴型呈現嘟嘴狀，但實際上「ぶ/ブ」的發音和「不」還是有些不同，「ぶ/ブ」發音時嘴型放鬆且略為扁平。

115

1-64.mp3

ベ/べ [be]

聽發音示範MP3，跟日語老師學發音

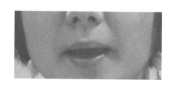

手機掃描QR碼，聽MP3搭配口型
示範和發音技巧來練習怎麼說！

發音技巧

　　發音前雙唇靠攏，發音時嘴張
至同「え」的嘴型，並震動聲帶發
出似「北」的音。

用羅馬拼音以及相似音，快速學發音

ベ/べ	
羅馬拼音	be
中文相似音	北
英文相似音	[bɛ] / bed

小叮嚀　中文「北」字發音最後會收起尾音成為「伊」音，但「ベ/べ」
不收尾音，音節只有一個音。

日語50音與筆順

清音

濁音

半濁音

拗音

長音

促音

撥音

重音

基礎文法與構句

最常用的生活單字

最口語的日常短句

情境模擬生活會話

1-65.mp3

ぼ/ボ [bo]

Step 1 聽發音示範MP3，跟日語老師學發音

手機掃描QR碼，聽MP3搭配口型
示範和發音技巧來練習怎麼說！

發音技巧

發音前雙唇閉合，發音時瞬間
張嘴，並呈現同「お」的嘴型，同
時震動聲帶，發出似「撥」的音。

Step 2 用羅馬拼音以及相似音，快速學發音

ぼ/ボ	
羅馬拼音	bo
中文相似音	撥
英文相似音	[bɔ] / boy

小叮嚀 中文的「撥」音，尾音帶「窩」音，但「ぼ/ボ」音只有「b」加
「o」的一音節，這點要注意。

117

Unit
03 半濁音

ぱ / パ [pa]

Step 1 聽發音示範MP3，跟日語老師學發音

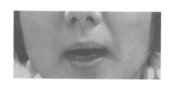

發音技巧

手機掃描QR碼，聽MP3搭配口型
示範和發音技巧來練習怎麼說！

　　雙唇閉攏，使嘴內形成阻塞，
擋住氣流，接著，迅速放開雙唇空
間，讓氣流衝出，嘴同「あ」嘴
型，發出似「趴」的音。

Step 2 用羅馬拼音以及相似音，快速學發音

ぱ / パ	
羅馬拼音	pa
中文相似音	趴
英文相似音	[pa] / partner

小叮嚀　氣流迸出時同時發音，且發音只需一拍，不能將音節拉太長。

日語50音與筆順

清音

濁音

半濁音

拗音

長音

促音

撥音

重音

基礎文法與構句

最常用的生活單字

最口語的日常短句

情境模擬生活會話

1-67.mp3

ぴ/ピ [pi]

Step 1 聽發音示範MP3，跟日語老師學發音

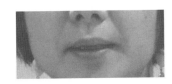

手機掃描QR碼，聽MP3搭配口型示範和發音技巧來練習怎麼說！

發音技巧

　　雙唇併攏，嘴巴內舌頭輕輕放置，靠進上顎但不接觸，發音時用嘴內氣流迅速迸出雙唇，以發「い」音為嘴型，發出似「批」的音。

Step 2 用羅馬拼音以及相似音，快速學發音

ぴ/ピ	
羅馬拼音	pi
中文相似音	批
英文相似音	[pɪ] / pink

小叮嚀 雙唇輕鬆併攏即可，不須緊閉甚至到抿嘴的地步。

03 半濁音

1-68.mp3

ぷ/プ [pu]

聽發音示範MP3，跟日語老師學發音

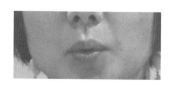

手機掃描QR碼，聽MP3搭配口型
示範和發音技巧來練習怎麼說！

　　發音前雙唇閉上，讓嘴內形成
阻閉的空間，發音時雙唇讓嘴內氣
流衝出，並將嘴張開至與「う」發
音時相同的嘴形，發出似「撲」的
音。

用羅馬拼音以及相似音，快速學發音

ぷ/プ	
羅馬拼音	pu
中文相似音	撲
英文相似音	[pu] / poor

小叮嚀　中文「撲」會嘟起嘴發音，但日語中的「ぷ/プ」的韻母是「う/
ウ」，所以嘴型也同「う/ウ」一樣，因此發音時嘴唇不噘起，
保持輕鬆，做出些微微笑開口的嘴型發音。

1-69.mp3

日語50音與筆順

清音

濁音

半濁音

拗音

長音

促音

撥音

重音

基礎文法與構句

最常用的生活單字

最口語的日常短句

情境模擬生活會話

ペ／ペ [pe]

Step 1 聽發音示範MP3，跟日語老師學發音

手機掃描QR碼，聽MP3搭配口型
示範和發音技巧來練習怎麼說！

發音技巧

發音前雙唇靠攏，以口內氣流
瞬間迸出，並同時開口，呈現同
「え/エ」的嘴型，發出似「配」
的音。

Step 2 用羅馬拼音以及相似音，快速學發音

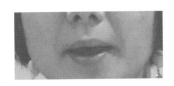 ペ/ペ	
羅馬拼音	pe
中文相似音	配
英文相似音	[pɛ] / pen

小叮嚀 中文「配」字發音到最後會收起尾音成為「伊」音，但「ペ/
ペ」不收尾音，直接發出音節只有一聲的音。

121

03 半濁音

1-70.mp3

ぽ/ポ [po]

聽發音示範MP3，跟日語老師學發音

發音技巧

　　發音前雙唇併攏，發音時以口內的氣流瞬間衝出並開口，呈現同發音「お」時的嘴型，發出似「潑」的音。

手機掃描QR碼，聽MP3搭配口型示範和發音技巧來練習怎麼說！

用羅馬拼音以及相似音，快速學發音

ぽ/ポ	
羅馬拼音	po
中文相似音	潑
英文相似音	[pɔ] / pork

小叮嚀　中文的「潑」音，尾音帶「窩」音，但「ぽ/ポ」音其實只有「p」加「o」的一音節，發音只發一拍。

日語50音與筆順

清音

濁音

半濁音

拗音

長音

促音

撥音

重音

基礎文法與構句

最常用的生活單字

最口語的日常短句

情境模擬生活會話

Unit

04 拗音

1-71.mp3

きゃ/キャ [kya]

Step 1 聽發音示範MP3，跟日語老師學發音

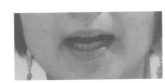

手機掃描QR碼，聽MP3搭配口型示範和發音技巧來練習怎麼說！

發音技巧

　　舌頭抬高與上軟顎貼近形成阻塞，保持準備發出「k」的嘴型，送氣時放開舌頭使氣流迸出，同時發出「k」與「ya」綜合的一個音節。

Step 2 用羅馬拼音以及相似音，快速學發音

きゃ/キャ	
羅馬拼音	Kya
中文相似音	×
英文相似音	[kjɑ] / _kiaugh_

小叮嚀 因為是送氣音，所以發音要輕。

123

04 拗音

1-72.mp3

きゅ/キュ [kyu]

Step 1 聽發音示範MP3，跟日語老師學發音

手機掃描QR碼，聽MP3搭配口型
示範和發音技巧來練習怎麼說！

發音技巧

　　舌頭抬高擋住上顎氣流，以發
「k」的嘴型張開送氣，並同時搭
配「yu」的發音，綜合成一個音
節，音似英文的「Q」。

Step 2 用羅馬拼音以及相似音，快速學發音

きゅ/キュ	
羅馬拼音	kyu
中文相似音	×
英文相似音	[kju] / cure

小叮嚀 因為韻母是「う」，所以嘴型不可過於嘟嘴。

きょ/キョ [kyo]

日語50音與筆順

清音

濁音

半濁音

拗音

長音

促音

撥音

重音

基礎文法與構句

最常用的生活單字

最口語的日常短句

情境模擬生活會話

Step 1 聽發音示範MP3，跟日語老師學發音

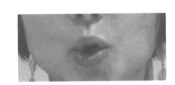

手機掃描QR碼，聽MP3搭配口型
示範和發音技巧來練習怎麼說！

發音技巧

　　保持準備發出「k」的嘴型，
將舌頭後抬至抵住上顎，放出氣流
的同時，發出「k」和「yo」合出
來的一音節。

Step 2 用羅馬拼音以及相似音，快速學發音

きょ/キョ	
羅馬拼音	kyo
中文相似音	×
英文相似音	[kjɔ] / To<u>kyo</u>

小叮嚀　發音最後是以「yo」結尾，母音為「お」，嘴型跟發「お」一
樣。

1-74.mp3

ぎゃ/ギャ [gya]

Step 1 聽發音示範MP3，跟日語老師學發音

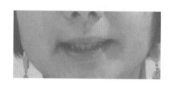

手機掃描QR碼，聽MP3搭配口型
示範和發音技巧來練習怎麼說！

發音技巧

發音方法與「ぎ」相同，但一
迸出氣流產生發音時，需震動聲
帶，並搭配「ya」綜合成一音節。

Step 2 用羅馬拼音以及相似音，快速學發音

ぎゃ/ギャ	
羅馬拼音	*gya*
中文相似音	×
英文相似音	[gja] / *gap*

小叮嚀 發音後最後停留在與「あ」同樣的嘴型。

126

1-75.mp3

日語50音與筆順

清音

濁音

半濁音

拗音

長音

促音

撥音

重音

基礎文法與構句

最常用的生活單字

最口語的日常短句

情境模擬生活會話

ぎゅ/ギュ [gyu]

Step 1 聽發音示範MP3，跟日語老師學發音

手機掃描QR碼，聽MP3搭配口型
示範和發音技巧來練習怎麼說！

發音技巧

以發「ぎ」的音為開頭，放出
聲音時，變換成「yu」尾音，綜合
成一個音節。

Step 2 用羅馬拼音以及相似音，快速學發音

ぎゅ/ギュ	
羅馬拼音	*gyu*
中文相似音	×
英文相似音	[gjʊ] / *argue*

小叮嚀 只有一個音節，所以發音要短。

127

1-76.mp3

ぎょ/ギョ [gyo]

Step 1 聽發音示範MP3，跟日語老師學發音

手機掃描QR碼，聽MP3搭配口型
示範和發音技巧來練習怎麼說！

　　以「ぎ」發音為開頭，將氣
流迸出同時震動聲帶發音，並以
「yo」為結尾，發出一個音節的
音。

Step 2 用羅馬拼音以及相似音，快速學發音

ぎょ/ギョ	
羅馬拼音	*gyo*
中文相似音	×
英文相似音	[gjɔ] / ×

小叮嚀　發音後嘴型不須太大。

日語50音與筆順

清音

濁音

半濁音

拗音

長音

促音

撥音

重音

基礎文法與構句

最常用的生活單字

最口語的日常短句

情境模擬生活會話

しゃ/シャ [sya]

Step 1 聽發音示範MP3，跟日語老師學發音

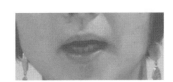

手機掃描QR碼，聽MP3搭配口型
示範和發音技巧來練習怎麼說！

發音技巧

　　舌頭靠近上方牙齦，以發
「し」音的口型為開頭，開口時迸出
氣流同時綜合「ya」做結尾尾音，
發音為一個音節，音似「夏」。

Step 2 用羅馬拼音以及相似音，快速學發音

しゃ/シャ	
羅馬拼音	sya
中文相似音	夏
英文相似音	[ʃɑ] / shy

小叮嚀 發音後嘴型同「あ」，不需要特別張大嘴。

129

04 拗音

1-78.mp3

しゅ/シュ [syu]

Step 1 聽發音示範MP3，跟日語老師學發音

手機掃描QR碼，聽MP3搭配口型
示範和發音技巧來練習怎麼說！

　　以「し」發音的嘴型為首，原為擦音，但因發音時會震動聲帶，所以發音時綜合「yu」發出一音節的音，音似「咻」。

Step 2 用羅馬拼音以及相似音，快速學發音

しゅ/シュ	
羅馬拼音	syu
中文相似音	咻
英文相似音	[ʃu] / shoe

小叮嚀 發音後的嘴型同「う」，嘴巴放鬆不嘟嘴。

日語50音與筆順

清音

濁音

半濁音

拗音

長音

促音

撥音

重音

基礎文法與構句

最常用的生活單字

最口語的日常短句

情境模擬生活會話

しょ/ショ [syo]

Step 1 聽發音示範MP3，跟日語老師學發音

手機掃描QR碼，聽MP3搭配口型
示範和發音技巧來練習怎麼說！

發音技巧

　　以發「し」為開頭，保持嘴
型，並在開口震動聲帶時，搭配尾
音「yo」，發出一個音節的音，音
似「修」。

Step 2 用羅馬拼音以及相似音，快速學發音

しょ/ショ	
羅馬拼音	syo
中文相似音	修
英文相似音	[ʃɔ] / short

小叮嚀 音要短，不可多了「う」的長音。

131

1-80.mp3

じゃ／ジャ [zya]

聽發音示範MP3，跟日語老師學發音

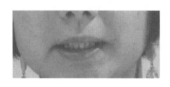

以發「じ」音為開頭，開口
瞬間震動聲帶，並將嘴型改為
「や」，並發出一音節的音。

手機掃描QR碼，聽MP3搭配口型
示範和發音技巧來練習怎麼說！

用羅馬拼音以及相似音，快速學發音

じゃ／ジャ	
羅馬拼音	*ja*
中文相似音	甲
英文相似音	[dʒa] / *gia*nt

小叮嚀 因為非送氣音，所以不可有氣音出現。

1-81.mp3

日語50音與筆順

清音

濁音

半濁音

拗音

長音

促音

撥音

重音

基礎文法與構句

最常用的生活單字

最口語的日常短句

情境模擬生活會話

じゅ／ジュ [ju]

Step 1 聽發音示範MP3，跟日語老師學發音

手機掃描QR碼，聽MP3搭配口型
示範和發音技巧來練習怎麼說！

發音技巧

　　舌尖上頂，準備震動聲帶發出
「じ」的音，在開口發音的瞬間，
將嘴型改為「ゆ」，發出一音節的
音。

Step 2 用羅馬拼音以及相似音，快速學發音

じゅ／ジュ	
羅馬拼音	ju
中文相似音	×
英文相似音	[dʒu] / education

（小叮嚀）母音是「う」，所以不需要嘟起嘴發音。

1-82.mp3

じょ/ジョ [jo]

Step 1 聽發音示範MP3，跟日語老師學發音

發音技巧

以發「じ」為開頭，震動聲帶發音的同時，改變嘴型成「よ」，發一個音節的音，音似「酒」。

手機掃描QR碼，聽MP3搭配口型示範和發音技巧來練習怎麼說！

Step 2 用羅馬拼音以及相似音，快速學發音

じょ/ジョ	
羅馬拼音	jo
中文相似音	酒
英文相似音	[dʒɔ] / joy

小叮嚀 雖然相似音是「酒」，但尾音沒有收起成為「烏」。

1-83.mp3

日語50音與筆順

清音

濁音

半濁音

拗音

長音

促音

撥音

重音

基礎文法與構句

最常用的生活單字

最口語的日常短句

情境模擬生活會話

ちゃ/チャ [cha]

Step 1 聽發音示範MP3，跟日語老師學發音

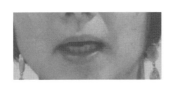

手機掃描QR碼，聽MP3搭配口型示範和發音技巧來練習怎麼說！

發音技巧

以發「ち」為開頭準備，將氣流迸出，同時將嘴型轉換為「や」，發一個音節出來，音似「恰」。

Step 2 用羅馬拼音以及相似音，快速學發音

ちゃ/チャ	
羅馬拼音	cha
中文相似音	恰
英文相似音	[tʃa] / child

小叮嚀 雖然開頭為送氣音，但發音要震動聲帶。

135

1-84.mp3

ちゅ/チュ [chu]

Step 1
聽發音示範MP3，跟日語老師學發音

發音技巧

迸出氣流發「ち」的同時，轉換為「ゆ」的嘴型，發出一個音節。

手機掃描QR碼，聽MP3搭配口型示範和發音技巧來練習怎麼說！

Step 2
用羅馬拼音以及相似音，快速學發音

ちゅ/チュ	
羅馬拼音	chu
中文相似音	×
英文相似音	[tʃu] / cent<u>u</u>ry

小叮嚀　「ちゅ」容易唸成長音「ちゅう」，要小心發音。

日語50音與筆順

清音

濁音

半濁音

拗音

長音

促音

撥音

重音

基礎文法與構句

最常用的生活單字

最口語的日常短句

情境模擬生活會話

ちょ/チョ [cho]

Step 1 聽發音示範MP3，跟日語老師學發音

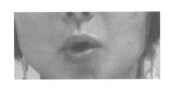

手機掃描QR碼，聽MP3搭配口型
示範和發音技巧來練習怎麼說！

發音技巧

　　發出「ち」音的瞬間，改變嘴型為「ょ」，音長為一音節，音似「秋」。

Step 2 用羅馬拼音以及相似音，快速學發音

ちょ/チョ	
羅馬拼音	cho
中文相似音	秋
英文相似音	[tʃɔ] / *choice*

（小叮嚀）嘴型內部要飽滿。

04 拗音

1-86.mp3

にゃ/ニャ [nya]

Step 1 聽發音示範MP3，跟日語老師學發音

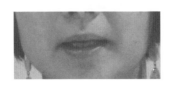

手機掃描QR碼，聽MP3搭配口型
示範和發音技巧來練習怎麼說！

　　保持準備發「に」的嘴型，張
開嘴時讓氣流從鼻腔出來，並同時
搭配「や」音。

Step 2 用羅馬拼音以及相似音，快速學發音

にゃ/ニャ	
羅馬拼音	nya
中文相似音	×
英文相似音	[nja] / ×

小叮嚀　「に」和「や」的音不可分開唸，需在同一音節同時發音。

1-87.mp3

日語50音與筆順

清音

濁音

半濁音

拗音

長音

促音

撥音

重音

基礎文法與構句

最常用的生活單字

最口語的日常短句

情境模擬生活會話

にゅ/ニュ [nyu]

Step 1 聽發音示範MP3，跟日語老師學發音

手機掃描QR碼，聽MP3搭配口型
示範和發音技巧來練習怎麼說！

發音技巧

將氣流從鼻腔流出的同時，以中文的「你」搭配英文的「you」音同時綜合發音，為一個音節。

Step 2 用羅馬拼音以及相似音，快速學發音

にゅ/ニュ	
羅馬拼音	*nyu*
中文相似音	✕
英文相似音	[nju] / *continue*

小叮嚀 因為母音為「う」，所以嘴型不要嘟起。

にょ/ニョ [nyo]

Step 1 聽發音示範MP3，跟日語老師學發音

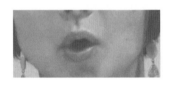

手機掃描QR碼，聽MP3搭配口型
示範和發音技巧來練習怎麼說！

　　以發「に」為開頭準備，發音
的同時，將氣流從鼻腔流出，並搭
配「よ」音發音，音似「拗」。

Step 2 用羅馬拼音以及相似音，快速學發音

にょ/ニョ	
羅馬拼音	nyo
中文相似音	拗
英文相似音	[njɔ] / Neil

小叮嚀 中文「拗ㄋㄧㄠ」的尾音有收起變「烏」，但「にょ」不須收尾音。

日語50音與筆順

清音
濁音
半濁音
拗音
長音
促音
撥音
重音

基礎文法與構句

最常用的生活單字

最口語的日常短句

情境模擬生活會話

1-89.mp3

ひゃ/ヒャ [hya]

Step 1 聽發音示範MP3，跟日語老師學發音

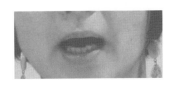

手機掃描QR碼，聽MP3搭配口型
示範和發音技巧來練習怎麼說！

　　開口嘴型以「い」為開端，嘴
巴流出氣流的同時，綜合「ひ」和
「や」音，發一個音節。

Step 2 用羅馬拼音以及相似音，快速學發音

ひゃ/ヒャ	
羅馬拼音	hya
中文相似音	×
英文相似音	[hja] / have

小叮嚀 因為韻母為「あ」，所以嘴巴不需張太大。

141

04 拗音

1-90.mp3

ひゅ/ヒュ [hyu]

Step 1 聽發音示範MP3，跟日語老師學發音

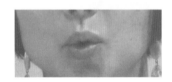

以「ひ」音發聲並同時放出氣流，並綜合「ゆ」音成一個音節。

手機掃描QR碼，聽MP3搭配口型
示範和發音技巧來練習怎麼說！

Step 2 用羅馬拼音以及相似音，快速學發音

ひゅ/ヒュ	
羅馬拼音	hyu
中文相似音	×
英文相似音	[hju] / *humorous*

小叮嚀 因為母音為「う」，所以嘴型不必嘟嘴。

ひょ/ヒョ [hyo]

日語50音與筆順

清音

濁音

半濁音

拗音

長音

促音

撥音

重音

基礎文法與構句

最常用的生活單字

最口語的日常短句

情境模擬生活會話

 聽發音示範MP3，跟日語老師學發音

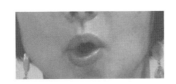

開口放出氣流，並以「ひ」和「よ」綜合成一音節發音。

手機掃描QR碼，聽MP3搭配口型示範和發音技巧來練習怎麼說！

Step 2 **用羅馬拼音以及相似音，快速學發音**

ひょ/ヒョ	
羅馬拼音	hyo
中文相似音	×
英文相似音	[hjɔ] / ×

小叮嚀 音要短，不可唸成長音。

143

びゃ/ビャ [bya]

Step 1 聽發音示範MP3，跟日語老師學發音

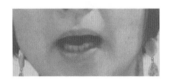

發音技巧

　　雙唇靠攏，開口的同時震動聲帶，發出「び」和「や」的綜合音。

手機掃描QR碼，聽MP3搭配口型示範和發音技巧來練習怎麼說！

Step 2 用羅馬拼音以及相似音，快速學發音

びゃ/ビャ	
羅馬拼音	bya
中文相似音	×
英文相似音	[bja] / back

小叮嚀 發音後嘴型保持跟發「あ」音一樣。

1-93.mp3

日語50音與筆順

清音

濁音

半濁音

拗音

長音

促音

撥音

重音

基礎文法與構句

最常用的生活單字

最口語的日常短句

情境模擬生活會話

びゅ/ビュ [byu]

Step 1 聽發音示範MP3，跟日語老師學發音

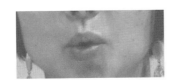

雙唇併攏，開口時綜合「び」和「ゆ」音發音。

手機掃描QR碼，聽MP3搭配口型
示範和發音技巧來練習怎麼說！

Step 2 用羅馬拼音以及相似音，快速學發音

びゅ/ビュ	
羅馬拼音	byu
中文相似音	×
英文相似音	[bju] / beautiful

小叮嚀 不可唸成長音。

04 拗音

1-94.mp3

びょ/ビョ [byo]

Step 1 聽發音示範MP3，跟日語老師學發音

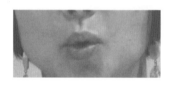

手機掃描QR碼，聽MP3搭配口型
示範和發音技巧來練習怎麼說！

　　雙唇併攏，發音瞬間開口並震
動聲帶，發出「び」和「よ」的綜
合音。

Step 2 用羅馬拼音以及相似音，快速學發音

びょ/ビョ	
羅馬拼音	byo
中文相似音	×
英文相似音	[bjɔ] / bill

小叮嚀 母音因為是「お」，所以以發「お」音為結束時的嘴型。

146

1-95.mp3

日語50音與筆順

清音

濁音

半濁音

拗音

長音

促音

撥音

重音

基礎文法與構句

最常用的生活單字

最口語的日常短句

情境模擬生活會話

ぴゃ/ピャ [pya]

Step 1 聽發音示範MP3，跟日語老師學發音

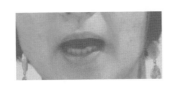

手機掃描QR碼，聽MP3搭配口型
示範和發音技巧來練習怎麼說！

發音技巧

　　雙唇併攏，讓嘴內為閉鎖狀態，開口發音的同時讓口內氣流迸出，並發出「ぴ」和「や」的綜合音。

Step 2 用羅馬拼音以及相似音，快速學發音

ぴゃ/ピャ	
羅馬拼音	pya
中文相似音	×
英文相似音	[pja] / pack

小叮嚀 因為母音為「あ」，所以嘴型不須張太大。

147

04 拗音

1-96.mp3

ぴゅ/ピュ [pyu]

Step 1 聽發音示範MP3，跟日語老師學發音

手機掃描QR碼，聽MP3搭配口型
示範和發音技巧來練習怎麼說！

　　雙唇併攏，舌頭輕鬆放平，開
口的瞬間迸出氣流，並發出「ぴ」
和「ゆ」的綜合音。

Step 2 用羅馬拼音以及相似音，快速學發音

ぴゅ/ピュ	
羅馬拼音	pyu
中文相似音	×
英文相似音	[pju] / pure

小叮嚀 容易發音成長音，要記得音節只有一音。

1-97.mp3

日語50音與筆順

清音

濁音

半濁音

拗音

長音

促音

撥音

重音

基礎文法與構句

最常用的生活單字

最口語的日常短句

情境模擬生活會話

ぴょ/ピョ [pyo]

Step 1 聽發音示範MP3，跟日語老師學發音

手機掃描QR碼，聽MP3搭配口型
示範和發音技巧來練習怎麼說！

發音技巧

　　將併攏的雙唇開口，同時迸出氣流，以短音一拍唸出「ぴ」和「ょ」的綜合音。

Step 2 用羅馬拼音以及相似音，快速學發音

ぴょ/ピョ	
羅馬拼音	*pyo*
中文相似音	×
英文相似音	[pjɔ] / ×

小叮嚀 發音結束後呈「お」的嘴型。

04 拗音

1-98.mp3

みゃ/ミャ [mya]

Step 1 聽發音示範MP3，跟日語老師學發音

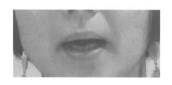

手機掃描QR碼，聽MP3搭配口型
示範和發音技巧來練習怎麼說！

發音技巧

　　雙唇併攏，使嘴巴呈密閉狀
態，開口發音的瞬間，氣流由鼻腔
流出，並發出「み」和「や」的綜
合音。

Step 2 用羅馬拼音以及相似音，快速學發音

みゃ/ミャ	
羅馬拼音	*mya*
中文相似音	×
英文相似音	[mja] / *map*

小叮嚀 嘴型不必張大，放輕鬆即可。

1-99.mp3

日語50音與筆順

清音

濁音

半濁音

拗音

長音

促音

撥音

重音

基礎文法與構句

最常用的生活單字

最口語的日常短句

情境模擬生活會話

みゅ/ミュ [myu]

Step 1 聽發音示範MP3，跟日語老師學發音

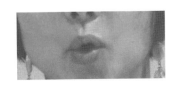

手機掃描QR碼，聽MP3搭配口型示範和發音技巧來練習怎麼說！

發音技巧

雙唇併攏，成為一個封閉的狀態，開口要發音的同時，讓氣流從鼻腔出去，並發出「み」和「ゆ」的綜合音。

Step 2 用羅馬拼音以及相似音，快速學發音

みゅ/ミュ	
羅馬拼音	myu
中文相似音	×
英文相似音	[mju] / music

（小叮嚀） 嘴唇不須嘟起來。

1-100.mp3

みょ/ミョ [myo]

聽發音示範MP3，跟日語老師學發音

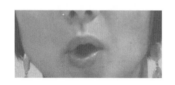

雙唇併攏，將氣流往鼻腔送出同時開口發音，發出「み」和「よ」的綜合音。

手機掃描QR碼，聽MP3搭配口型示範和發音技巧來練習怎麼說！

用羅馬拼音以及相似音，快速學發音

みょ/ミョ	
羅馬拼音	myo
中文相似音	謬
英文相似音	[mjɔ] / <u>meal</u>

小叮嚀 雖然相似音是「謬」，但「みょ/ミョ」不像「謬」會收起尾音成「烏」音。

日語50音與筆順

清音

濁音

半濁音

拗音

長音

促音

撥音

重音

基礎文法與構句

最常用的生活單字

最口語的日常短句

情境模擬生活會話

りゃ/リャ [rya]

Step 1 聽發音示範MP3，跟日語老師學發音

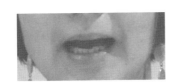

手機掃描QR碼，聽MP3搭配口型示範和發音技巧來練習怎麼說！

發音技巧

　　舌尖放至上牙齦處，震動聲帶發音的同時，將舌尖彈出，並發出「り」和「や」的綜合音。

Step 2 用羅馬拼音以及相似音，快速學發音

りゃ/リャ	
羅馬拼音	rya
中文相似音	✕
英文相似音	[rja] / practice

小叮嚀　發音後的嘴型跟「あ」一樣。

153

04 拗音

1-102.mp3

りゅ/リュ [ryu]

 聽發音示範MP3，跟日語老師學發音

手機掃描QR碼，聽MP3搭配口型
示範和發音技巧來練習怎麼說！

　　舌尖放在上牙齦處，震動聲帶
發音的同時彈出舌尖，唸出「り」
和「ゆ」的綜合音。

Step 2 用羅馬拼音以及相似音，快速學發音

りゅ/リュ	
羅馬拼音	*ryu*
中文相似音	×
英文相似音	[rju] / ×

小叮嚀　因為韻母是「う」，所以嘴巴不須嘟起。

1-103.mp3

日語50音與筆順

清音
濁音
半濁音
拗音
長音
促音
撥音
重音

基礎文法與構句

最常用的生活單字

最口語的日常短句

情境模擬生活會話

りょ/リョ [ryo]

Step 1 聽發音示範MP3，跟日語老師學發音

手機掃描QR碼，聽MP3搭配口型
示範和發音技巧來練習怎麼說！

發音技巧

　　放在上牙齦處的舌尖彈出的同
時，震動聲帶發出「り」和「よ」
的綜合音。

Step 2 用羅馬拼音以及相似音，快速學發音

りょ/リョ	
羅馬拼音	*ryo*
中文相似音	六
英文相似音	[rjɔ] / <u>leo</u>

小叮嚀 中文的「六」尾音會收回變「烏」音，但「りょ/リョ」不收尾
音。

155

Unit

05 長音

　　當遇到假名字母組合形成長音時，只要將長音音節前一個音拉長一拍發音就是長音的唸法。平假名的狀況，如同以下的組合，會產生長音，而片假名如同以下，以「－」標記即可成為長音。

　　平假名長音組合（以羅馬拼音標示）：

長音組合	例	長音
あ段+あ	お母さん（媽媽） o ka a sa n	「か（ka）」唸長一拍
い段+い	おいしい（好吃的） o i shi i	「し（shi）」唸長一拍
う段+う	空気（空氣） ku u ki	「く（ku）」唸長一拍
え段+え	お姉さん（姊姊） o ne e sa n	「ね（ne）」唸長一拍
え段+い	先生（老師） se n se i	「せ（se）」唸長一拍
お段+お	氷（冰塊） ko o ri	「こ（ko）」唸長一拍
お段+う	学校（學校） ga k ko u	「こ（ko）」唸長一拍

　　片假名長音組合：

コーラ（可樂）	「コ(ko)」唸長一拍
ケーキ（蛋糕）	「ケ(ke)」唸長一拍
コーヒー（咖啡）	「コ(ko)」和「ヒ(hi)」唸長一拍
パーティー（派對）	「パ(pa)」和「ティ(tei)」唸長一拍

※有長音及沒長音的組合，會產生不同的單字，所以發音時拍子數務必正確

　　例：家＜家＞→いいえ＜不是＞

　　　　i e　　　　→i i e

日語50音與筆順

清音

濁音

半濁音

拗音

長音

促音

撥音

重音

基礎文法與構句

最常用的生活單字

最口語的日常短句

情境模擬生活會話

Unit
06 促音

1-104.mp3

つ/ツ

　　促音的標示為小寫的「っ」（片假名為「ッ」），遇到促音時必須停一拍不發音，再接著下一拍的發音。大多出現在「p」「t」「k」塞音前。

　　可用手機掃描QR碼聆聽以下三個範例單字的發音方法：

範例	發音方法
符ぷ（票） ki p pu	遇到促音「p」該拍時，緊閉雙唇，產生閉鎖擋住氣流的狀態，停留一拍，接著迸出氣流發出下一個「pu」音。
カット（剪） ka t to	遇到促音「t」該拍時，舌尖頂住上排牙齒牙齦，擋住氣流，停留一拍後，再迸出氣流發出下一拍的「to」音。
鹸けん（肥皂） se k ke n	遇到促音「k」該拍時，舌頭表面貼緊軟顎，擋住氣流並停留一拍，之後再迸出氣流發出下一拍的「ke」音。

※有促音及沒促音的場合，會形成不同的單字，所以發音時務必把握停一拍不發音的原則，將促音表現清楚。

　　例：
音おと（聲音）→夫おっと（丈夫）

o to 　　　　　　→o t to

157

Unit
07 撥音

ん/ン [n]

Step 1 聽發音示範MP3，跟日語老師學發音

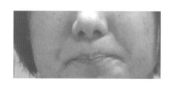

手機掃描QR碼，聽MP3搭配口型
示範和發音技巧來練習怎麼說！

　　舌頭呈現無動作自然的狀態，
上顎後半部貼近舌頭，並自然地使
被封閉的氣流向鼻腔流出，發出似
「嗯」的音，發音時，捏鼻樑會發
現鼻樑震動。

Step 2 用羅馬拼音以及相似音，快速學發音

ん/ン	
羅馬拼音	n
中文相似音	嗯
英文相似音	[ŋ] / dri<u>n</u>k

> **小叮嚀** 「ん/ン」在日語中稱作「撥音（はつおん）」，也就是中文說的「鼻音」，
> 因此發音時，捏住鼻樑會發現明顯的震動。

158

日語50音與筆順

清音

濁音

半濁音

拗音

長音

促音

撥音

重音

基礎文法與構句

最常用的生活單字

最口語的日常短句

情境模擬生活會話

Step 3 看筆順示範圖片，動手寫一寫

❶

注意筆劃!!

①不可分兩筆畫。

②筆劃剛向左下延伸後，要準備收回畫波浪時，要重疊剛下筆的一小段。

❶ ❷

注意筆劃!!

①兩筆劃的開頭都以左方下筆。

②第二劃要向上提起，而不是向下撇下，否則會長得像片假名的「ソ」。

Step 4 讀單字，練習發音

安心	安心 あん　しん			
羅馬拚音	a	n	shi	n
中文相似音	阿	嗯	西	嗯

簡單	簡単 かん　たん		
羅馬拚音	ka	n	ta	n
中文相似音	咖	嗯	他	嗯

老師	先生 せん　せい		
羅馬拚音	se	n	se	i
中文相似音	se	嗯	se	伊

金色	金色 きん　いろ			
羅馬拚音	ki	n	i	ro
中文相似音	ki	嗯	伊	囉

幸運	幸運 こう　うん			
羅馬拚音	ko	u	u	n
中文相似音	摳	烏	烏	嗯

書店	本屋 ほん　や		
羅馬拚音	ho	n	ya
中文相似音	齁	嗯	呀

159

Unit
08 重音

1-106.mp3

　　重音是指音節間的高低或強弱表現，日語是屬「高低重音」。以東京標準音來說，日語的重音有分「平板型」、「頭高型」、「中高型」、「尾高型」四種。部分字典會標示出單字的重音的位置，一般常見的方法是在字母上標註線條，如「⎺⎺」、「⎺⎺」，或用數字「1」、「2」、「3」、「4」、「5」…等等來表示。線條的「⎺⎺」、「⎺⎺」標記，向下畫的部分指的是音調要改成低音的音節處，而數字則指第幾音節開始產生低音，如果為「2」則表示音節在第二拍時改變成低音。本書第五章採用數字方式來標示出重音，並會在第192頁詳細解說數字式的使用方法。

　　實例：

類型	線條標記	數字標記
平板型	さくら（櫻花）	0
頭高型	はし（筷子）	1
中高型	ひこうき（飛機）	2
尾高型	いもうと（妹妹）	4

※「平板型」和「尾高型」發音的結果乍聽都一樣，但不一樣的地方在「尾高型」後接的助詞音調會下降，「平板型」則維持高音。

2

文法課
基礎文法與構句

Unit
01 基礎文法

1.1. 句子結構

 1. 十大品詞

「品詞」又稱為「詞類」，日語句子由各式各樣的「品詞」組合而成，將「品詞」們像積木一樣組起來，就能形成日語的句子。品詞種類的數目有多種說法，在這挑選較常見的十種來做簡單的介紹。

❶ 動詞

a. 表達動作：指具體的動作，在腦中可以浮現做動作的動感畫面。

食べます（吃）、飲みます（喝）、買います（買）、働きます（工作）

b. 表達狀態：抽象的，無法稱作動作，只能說是「動詞」的型態，沒辦法在腦中浮現進行動作的樣子。

あります（有東西）、います（有人或動物）、わかります（懂）

❷ 形容詞（イ形容詞）

形容詞的功能是形容「狀態」及「情緒」。

「イ形容詞」的特徵是會以「い」做結尾。

大きい（大的）、小さい（小的）、高い（高的、貴的）、低い（低的）

❸ 形容動詞（ナ形容詞）

「イ形容詞」以外的形容詞，全歸類為「ナ形容詞」，但「ナ形容詞」並非像「イ形容詞」一樣，字尾有特徵。

静か（安靜的）、暇（有空的、閒暇的）、元気（有精神的）

但仍有些「ナ形容詞」會以「い」結尾，要特別記得。

きれい（漂亮的）、ゆうめい（有名的）、嫌い（討厭的）

❹ 名詞

名詞表示「人、動物、事物的名稱」，有時是具體的事物，有時是抽象的觀念。

a. 具體

男（男人）、花（花）、猫（貓）、コーヒー（咖啡）、机（桌子）

具體的「名詞」，大致上我們可以理解成，以眼睛能看見的具體人、動物或物品，有實體的型態的，歸類為「具體的名詞」。

b. 抽象

時間（時間）、春（春天）、声（聲音）

抽象的「名詞」，是我們用眼睛看不到，是個無形的東西，沒有實體的型態，這樣被歸類為「抽象的名詞」。

❺ 連體詞

「連體詞」也就是「連」接「體」言的詞，「體言」是指「名詞」。「連體詞」包括「あの」、「その」、「この」等等。

例：

あの傘（那把傘）、この会社（這間公司）、その人（那個人）

❻ 副詞

副詞是指「修飾用言」的詞。而「用言」指的是「動詞」、「イ形容詞」、「ナ形容詞」。

a. 修飾「動詞」

ゆっくり歩きます　慢慢地走

b. 修飾「イ形容詞」

かなりいいです　相當好

c. 修飾「ナ形容詞」

とてもきれいです　非常漂亮

❼ 接續詞

接續詞是連接「文」和「文」之間的詞，讓文與文之間產生關係。

秋が来ました。しかし、まだ暑いです。秋天來了，可是還很熱。

❽ 助詞

助詞有很多種，而且各自帶有不同的意義。助詞通常接在「單語」的後面，利用助詞的不同意義，讓單語甚至句子產生不同的意思。

と：一起動作的人、動物　　彼氏とごはんを食べます。

和男朋友吃飯。

で：方法、手段　　　　　　箸でごはんを食べます。

用筷子吃飯。

に：時間點　　　　　　　　12時にごはんを食べます。

12點吃飯。

註：有的助詞用中文翻不出來，或是沒必要翻出來。

❾ 感嘆詞

感嘆詞有表示「贊同」、「不贊同」、「邀請、催促」、「驚訝」、「感嘆」、「呼喚」、「喚起注意」等意義，通常接在句子開頭。舉其中三例。

贊同　　　　　　　はい、そうです。是，是的。

不贊同　　　　　　いいえ、違います。不，不是的。

驚訝　　　　　　　あ、大変です。啊！糟了。

❿ 助動詞

「助動詞」是補助「述語」的詞，而「述語」包括動詞、イ形容詞、ナ形容詞、名詞、副詞，也就是說助動詞可以接續在上敘的詞類之後來產生變化，而改變整個句子的意義。

学生　　　　です。是學生。

名詞　　　　助動詞

学生　　　　じゃありません。不是學生。

名詞　　　　助動詞

2. 句子的組合方式

　　複數的「品詞」組合起來，就可以形成一個日語的句子。把日語的句子想像成一節火車，而這個火車的每個車廂都是由品詞組成，像是這樣：

品詞+ 品詞 +品詞+ 品詞 +品詞+ 品詞 +品詞+品詞。

　　再詳細一點解析日語的句子。品詞和品詞之間的品詞通常會是助詞，而一個品詞配上一個助詞就會形成一個「車廂」，許多「車廂」就會形成一個句子。句子最後會有一個比較特殊的「車廂」來擔任「車尾」，而「車尾」會由「述語+助動詞」組成。標示出來會呈現如下：

「品詞+ 助詞 」+「品詞+ 助詞 」+「品詞+ 助詞 」+「述語+助動詞」

　　「車尾」的述語若是動詞的話，述語之後就不需再加助動詞。再次提醒：述語包括動詞、イ形容詞、ナ形容詞、名詞、副詞。

　　接下來以實際的日語句子為例：

私は　　母と　　駅へ　　行きます。我和媽媽去車站。

車廂1　　車廂2　　車廂3　　車尾

　　每一組車廂都可以互調位置，但用以表示「主詞、主語」的「は」那組車廂壓最前，車尾壓最後，其餘可以隨意變動，都不會改變句子的意思。

私は　　駅へ　　母と　　行きます。我和媽媽去車站。

車廂1　　車廂2　　車廂3　　車尾

壓前　　　　　　　　　　壓後

　　不過，有些品詞通常不需要接助詞，例如「副詞」「接續詞」「感嘆詞」或部分「時間名詞」…等。以下以「副詞」為例：

ゆっくり　　歩きます。慢慢地走。

副詞　　　　　動詞

　　車尾單獨也能夠形成句子，如下：

学生です。是學生。

1.2. 動詞的七大變化

　　一般日語教育將日語的動詞分為三類（I、II、III），依照不同的類別，動詞要用的變化方法會不同。如果我們要將動詞做變化的時候，必須先將動詞先分類好，才能知道「該用哪種方法變化」。

　　以下為動詞的分類方法，另外也同時加註各類動詞的另一種稱呼方式，這種講法來自日本的國語教育，在台灣也常能看到。

種類	特徵	例
第 I 類 （五段活用動詞）	「ます」前為2音節以上、「ます」前一音為「い段」音。 （い段音：い、き、し、ち、に、ひ、み、り）。	買います、書きます、話します、立ちます、死にます、遊びます、飲みます、送ります…。
第 II 類 （上/下一段活用動詞）	不是 I 和 III 就是 II。 ※例外（長得像 I 但其實是 II）：起きます、浴びます、伸びます、感じます、借ります、試みます、満ちます、信じます、できます、足ります、案じます、落ちます、降ります、過ぎます、尽きます、飽きます、生きます、閉じます。	見ます、寝ます、教えます、食べます…。
第 III 類 （カ/サ行變格活用動詞）	カ行：来ます	
	サ行：します ❶二個漢字動作性名詞＋します ❷外來語＋します❸擬聲/擬態語＋します）	❶散歩します❷コピーします❸パンパンします/きらきらします ＊特殊：愛します

　　當一個動詞出現在眼前時，建議先檢視是否為 III，如果不是，再檢測是否為 I，依照這樣的順序檢測，分類較有效率。

1. 未然形（ない形）

「ない形」就是「否定」的形態。例如：「飲まない（不喝）」、「食べない（不吃）」等，特徵都是以「ない」變化。以下為變化方法：

動詞第I類

一般來說，初學剛開始都會以「～ます」的形態來學動詞，例如「喝」這個動詞，我們一般剛開始會學到「飲みます」。動詞第I類的變化一般分成七類，而變化時首先照五十音表的「行」來變化，舉例來說「飲みます」不管怎麼變化都會用到「み」所在的「ま行」，也就是「ま、み、む、め、も」這五個字，而其中第三個和第四個字會重複兩遍，如下面的表格，像是一層一層的抽屜，而「ない形」就是將「ます」前一音依照五十音表列出「抽屜」，選擇「第一層抽屜」，並添加「ない」，就變化成未然形的「ない形」了。

動詞第I類變化表				
層次	七大變化	動詞變化範例		
		語幹	語尾	接續
第一層	未然形	飲	ま（＊）	ない。
第二層	連用形	飲	み	ます
第三層	終止形	飲	む	。
第四層	連體形	飲	む	（名詞）
第五層	假定形	飲	め	ば
第六層	命令形	飲	め	！
第七層	意量形	飲	も	う

＊：若動詞語幹為「あ行」，「ない形」的語尾會變化成「わ」而不是「あ」。

動詞第II類

直接去「ます」加「ない」。

例： 食べますない。

動詞第III類

第III類動詞變化無跡可循，請直接背下來。

例： 来ます→来ない（請注意「来」的發音變化）
 します→しない

日語50音與筆順

清音

濁音

半濁音

拗音

長音

促音

撥音

重音

基礎文法與構句

最常用的生活單字

最口語的日常短句

情境模擬生活會話

動詞的「連用形」用法除了接續「ます」來形成「ます形」，如「飲みます」之外，還有「た形」、「て形」、「たい」共四種，其中動詞I類的「た形」和「て形」為了發音方便會產生特殊的變化，稱為「音便」，以下就以表示「過去肯定」的「た形」為例介紹如何變化。

動詞第I類

動詞第I類的「た形」略為複雜，請先觀察下列規則。

例	書_かきます 泳_{およ}ぎます	買_かいます 立_たちます	死_しにます 遊_{あそ}びます	話_{はな}します	行_いきます
音便	いた いだ	った	んだ	した	
た形	書_かいた 泳_{およ}いだ	買_かった 立_たった	死_しんだ 遊_{あそ}んだ	話_{はな}した	行_いった

由以上表格可以知道，「ます」前若為「き」，會產生「い」音便，因此「た形」會變成「～いた」。「ます」前若為「ぎ」，一樣產生「い」音便，只是因為「ぎ」有濁音，因此「た形」會變成「～いだ」。

「ます」前為「い、ち、り」，會產生促音便，因此「た形」會變成「～った」。而後續如同上面表格，依照規則變化。

動詞第II類

直接去「ます」加「た」。

例：　食_たべますた。

動詞第III類

因為第III類動詞是不規則活用動詞，所以直接記起來即可。

例：　来_きます→来_きた

　　　します→した

「原形」就是「動詞最原本」的形態，又稱作「字典形」，在字典裡的動詞，都以這個形態作為標示。

動詞第I類

變化「動詞原形」，一樣參考「動詞第I類變化表」，選擇「第三層抽屜」，也就是「う段」的字，就可變化成動詞的終止型。與「ない形」不同的是，不需額外多加像「ない」等，就已變化完成。

例：飲^のみます→飲^のむ

動詞第II類

直接去「ます」加「る」。

例：　食^たべます<del>る</del>。

動詞第III類

因為第III類動詞是不規則的活用動詞，沒有跡可循，所以直接記起來即可。（請小心来ます變化後的發音）

例：　来^きます→来^くる

　　　します→する

4. 連體形（動詞修飾）

所謂的「連體形」，就是「連接體言的形態」，體言就是「名詞」。連體型變化方式和終止型相同，終止型之後若有直接連上名詞，就可稱為是連體型。

動詞第I類

例：　紅茶^{こうちゃ}を飲^のむ人^{ひと}。喝紅茶的人。

動詞第II類

例：　パンを食^たべる人^{ひと}。吃麵包的人。

動詞第III類

例：　パーティーに来^くる人^{ひと}。要來派對的人。
　　　散歩^{さんぽ}する人^{ひと}。要散步的人。

5. 假定形（ば形）

假定形指的就是一種「假設動作」的形態，通常都會被翻譯為「～的話」。

動詞第I類

變化方法一樣參考「動詞第I類變化表」，假定形會落在「第五層抽

日語50音與筆順

清音

濁音

半濁音

拗音

長音

促音

撥音

重音

基礎文法與構句

最常用的生活單字

最口語的日常短句

情境模擬生活會話

屜」，也就是「え段」的字，並在其後加上假定形最常用的「ば」。

例：飲みます→飲めば

動詞第II類

直接去「ます」加「れば」。

例：　飛べますれば。

動詞第III類

因為第III類動詞是不規則的活用動詞，沒有規則，所以直接記起來即可。（請小心来「ます」變化後的發音）

例：　来ます→来れば

　　　します→すれば

6. 命令形

這邊的命令形是一種「強烈」命令，口氣很重，所以通常使用在危急事情發生時，或是加油打氣時。例如「やめろ！（住手！）」、「頑張れ！（加油！）」。

動詞第I類

變化方式一樣參考「動詞第I類變化表」，抽屜落在「第六層」，也就是「え段」的字，且不用再加任何字。以下不用句號結尾，而使用驚嘆號，是為了表示口氣之重。

例：飲みます→飲め！

動詞第II類

直接去「ます」加「ろ」。

例：　食べますろ！

動詞第III類

因為第III類動詞是不規則的活用動詞，所以直接記起來即可。（請小心「来ます」變化後的發音）

例：　来ます→来い！

　　　します→しろ！

7. 意量形

意量形用以表示話者的「意志」及「決心」，等同於丁寧形的「ましょう」，中文可譯為「…吧」。

動詞第I類

變化方式一樣參考「動詞第I類變化表」，變化時採用最後一層的「お段」，其後再加上「う」拉長發音。

例：飲みます→飲もう

動詞第II類

直接去「ます」加「よう」。

例：食べますよう

動詞第III類

同第II類動詞，直接去「ます」加「よう」。

例：来ます→来よう

　　します→しよう

1.3. 時態

在了解時態前，要先知道日語中的語體有分「敬體」（丁寧形）及「常體」（普通形）。敬體的形態用於面對不熟悉的人、需要恭敬禮貌的人時使用，例如初次見面的人，或是地位較自己高的人；而常體用於面對關係親密或是不需太拘束且重視禮貌的人使用，例如家人或朋友。以下介紹的時態，會將「敬體」（丁寧形）及「常體」（普通形）同時標出。

 1. 動詞的時態

丁寧形

	現在、未來、不限時式	過去
肯定	動詞+ます	動詞+ました
否定	動詞+ません	動詞+ませんでした

丁寧形例：

	現在、未來、不限時式	過去
肯定	寝ます （睡）	寝ました （睡了）
否定	寝ません （沒睡）	寝ませんでした （沒睡）

日語50音與筆順

清音

濁音

半濁音

拗音

長音

促音

撥音

重音

基礎文法與構句

最常用的生活單字

最口語的日常短句

情境模擬生活會話

普通形

	現在、未來、不限時式	過去
肯定	動詞辭書形	動詞た形
否定	動詞ない形	動詞なかった形

普通形例：

	現在、未來、不限時式	過去
肯定	寝る （睡）	寝た （睡了）
否定	寝ない （沒睡）	寝なかった＊ （沒睡）

＊「なかった形」其實就是動詞的「ない形」去「い」加「かった」而來的。

 ## 2. 形容詞（イ形容詞）的時態

丁寧形

	現在、未來、不限時態	過去
肯定	イ形容詞+です	イ形容詞い+かったです
否定	イ形容詞い+くないです	イ形容詞い+くなかったです

丁寧形例：

	現在、未來、不限時態	過去
肯定	おいしいです （好吃）	おいしかったです （好吃）
否定	おいしくないです （不好吃）	おいしくなかったです （不好吃）

普通形

	現在、未來、不限時態	過去
肯定	イ形容詞	イ形容詞い+かった
否定	イ形容詞い+くない	イ形容詞い+くなかった

＊訣竅：「丁寧形」去掉「です」即可。

普通形例：

	現在、未來、不限時態	過去
肯定	おいしい （好吃）	おいしかった （好吃）
否定	おいしくない （不好吃）	おいしくなかった （不好吃）

 3. 形容動詞（ナ形容詞）的時態

丁寧形

	現在、未來、不限時式	過去
肯定	ナ形容詞+です	ナ形容詞+でした
否定	ナ形容詞+じゃないです	ナ形容詞+じゃなかったです

丁寧形例：

	現在、未來、不限時式	過去
肯定	静か+です （安靜）	静か+でした （安靜）
否定	静か+じゃないです （不安靜）	静か+じゃなかったです （不安靜）

普通形

	現在、未來、不限時式	過去
肯定	ナ形容詞+だ	ナ形容詞+だった
否定	ナ形容詞+じゃない	ナ形容詞+じゃなかった

普通形例：

	現在、未來、不限時式	過去
肯定	静か+だ （安靜）	静か+だった （安靜）
否定	静か+じゃない （不安靜）	静か+じゃなかった （不安靜）

日語50音與筆順

清音

濁音

半濁音

拗音

長音

促音

撥音

重音

基礎文法與構句

最常用的生活單字

最口語的日常短句

情境模擬生活會話

1.4. 敬語

「敬語」如字面，是一種較尊重、有禮的說話方式，大多用在職場上面對地位比自己高的人，或是在學校，面對老師使用等。

敬語如同以下標題，分為三種，其中以「尊敬語」及「謙讓語」讓人最容易混亂。

「尊敬語」的概念，是將對方抬高地位，而顯得自己地位較低，進而表現尊重的講話方式。因此，日語語句的內容是「他人做動作」的狀況，就會使用「尊敬語」。例如：「老師，您收到我的報告了嗎？」此時，句中的動作主角是老師（他人），所以使用尊敬語。

「謙讓語」的概念，是將自己地位貶低，顯得對對方需要更為尊重的講話方式。也因此，日語語句的內容是「自己做動作」時，會使用「謙讓語」。例如：「那麼，我會再聯絡您。」此時，句中需要做動作的主角是自己，所以要使用謙讓語。

 1. 尊敬語

尊敬語的表現方式有兩種，一種是「將動詞改為被動形」，以達成尊敬表現，例：

山田先生はもう帰りましたか。 山田老師已經回家了嗎？

↓

山田先生はもう帰られましたか。 山田老師已經回家了嗎？

另一種則是將動詞照以下公式變換：

お+動詞I類/動詞II類去掉ます+になります。

お/ご+動詞III類去掉します+になります。

例：

社長は出かけました。 社長外出了。

↓

社長はお出かけになりました。 社長外出了。

不過，下列動詞是特例，不適用於上述兩種變換尊敬語的方式，只能原封不動套入專屬的尊敬語。

禮貌語	尊敬語
食^たべます 吃	召^めし上^あがります
飲^のみます 喝	
行^いきます 去	いらっしゃいます
来^きます 來	
います 在	
します 做	なさいます
見^みます 看	ご覧^{らん}になります
言^いいます 說	おっしゃいます
くれます 給（我）	くださいます
知^しっています 知道	ご存知^{ぞんじ}です

舉例如下：

先生^{せんせい}はオフィスにいます。 老師在辦公室。

先生^{せんせい}はオフィスにいらっしゃいます。 老師在辦公室。

2. 謙讓語

謙讓語的表現方式有一種，如以下公式：

お+動詞I類/動詞II類去掉ます+します。

お/ご+動詞III類去掉します+します。

舉例如下：

空港^{くうこう}まで送^{おく}ります。 送你到機場。

空港^{くうこう}までお送^{おく}りします。 送你到機場。

日語50音與筆順

清音

濁音

半濁音

拗音

長音

促音

撥音

重音

基礎文法與構句

最常用的生活單字

最口語的日常短句

情境模擬生活會話

如同尊敬語一樣，也有屬於特例的動詞，不適用於上述變換謙讓語的方式，只能原封不動套入專屬的謙讓語。

禮貌語	謙讓語
食_たべます 吃	いただきます
飲_のみます 喝	
もらいます 接受	
来_きます 來	参_{まい}ります
行_いきます 去	
います 在	おります
します 做	いたします
見_みます 看	拝見_{はいけん}します
言_いいます 說	申_{もう}します
会_あいます 見面	お目_めにかかります
聞_ききます 聽 （うちへ）行_いきます 拜訪	伺_{うかが}います
知_しりません 不知道	存_{ぞん}じません
知_しっています 知道	存_{ぞん}じております

　舉例如下：
　　　明日_{あした}12時_じに駅_{えき}で会_あいます。 明天12點要在車站見面。

　　　明日_{あした}12時_じに駅_{えき}でお目_めにかかります。 明天12點要在車站見面。

3. 丁寧語

　丁寧語和尊敬語及謙讓語不同，雖然屬於敬語之一，但可以講較客觀的事物，是屬於較一般性的敬語。使用丁寧語是表示對聽話者的敬意，而表現出客氣及鄭重的口氣。

　丁寧語最基本的有三個：「です」、「でございます」、「ます」。以下將一一介紹。

❶「です」及「でございます」

這兩個都是「助動詞」，屬於肯定表現，可譯作「是」，而否定表現的話，則改為「ではありません」（較口語則是じゃありません），譯作「不是」，也可變成推量形「でしょう」，譯作「吧」，是種推測。

詞性	句	丁寧語	翻譯
動詞	雨が降る	雨が降るでしょう。	會下雨吧。
イ形容詞	寒い	寒いです。	很冷。
ナ形容詞	彼女はきれい	彼女はきれいです。	她很漂亮。
名詞	私は学生	私は学生です。	我是學生。

「でございます」基本上跟「です」相同，只是較「です」更加鄭重及禮貌。但連接「イ形容詞」等時會有不同的變化。

詞性	句	丁寧語	翻譯
動詞	食べたい	食べとうございます。	想吃。
イ形容詞	寒い	寒うございます。	很冷。
ナ形容詞	彼女はきれい	彼女はきれいでございます。	她很漂亮。
名詞	私は学生	私は学生でございます。	我是學生。

❷「ます」

「ます」會出現在動詞或是動詞連用形上，是肯定表現，而否定表現的話，則改為「～ません」，譯作「不～」，也可變成推量形「ましょう」，譯作「吧」，是種推測。

	動詞丁寧語	中文翻譯
肯定	パンを食べます。	吃麵包。
否定	パンを食べません。	不吃麵包。
推量	パンを食べましょう。	吃麵包吧。

日語50音與筆順

清音

濁音

半濁音

拗音

長音

促音

撥音

重音

基礎文法與構句

最常用的生活單字

最口語的日常短句

情境模擬生活會話

Unit
02 慣用句型

 1. 表示原因

❶ 完整句子 ＋ から、〜：讓語氣更主觀、強硬。強調原因、理由，表示「因為…」。

例：

今日<small>きょう</small>は子供<small>こども</small>の誕生日<small>たんじょうび</small>ですから、早<small>はや</small>く帰<small>かえ</small>ります。

今天因為是小孩的生日，所以要早點回去。

寒<small>さむ</small>いですから、窓<small>まど</small>を閉<small>し</small>めました。

因為很冷，所以關了窗戶。

❷ 名詞 ＋ な／動詞／イ形容詞／ナ形容詞 ＋ な ＋ ので、〜：較客觀、委婉。可用於辯解、陳述理由。表示「因為…」。

例：

風邪<small>かぜ</small>を引<small>ひ</small>いたので、休<small>やす</small>みました。

因為感冒了，所以請假了。

バスが遅<small>おく</small>れたので、遅刻<small>ちこく</small>しました。

因為巴士晚到，所以遲到了。

❸ 名詞／イ形容詞去掉い ＋ くて／ナ形容詞 ＋ で／動詞て形 ＋ で、〜：多用於自然災害，或是後句多為感情性結果。表示「因為…」。

例：

地震<small>じしん</small>で、木<small>き</small>が倒<small>たお</small>れました。

因為地震，樹倒了。

彼氏<small>かれし</small>に会<small>あ</small>えなくて、寂<small>さび</small>しいです。

因為沒辦法見到男友，所以很寂寞。

日語50音與筆順

清音

濁音

半濁音

拗音

長音

促音

撥音

重音

基礎文法與構句

最常用的生活單字

最口語的日常短句

情境模擬生活會話

2. 表示想做某事

動詞ます形去掉ます ＋たいです：表示行為的要求及希望。表示「想…」。

例：

私は鞄を買いたいです。
わたし　かばん　か

我想買包包。

日本へ行きたいです。
に　ほん　い

想去日本。

3. 表示計畫、打算做某事

❶ 動詞意量形 ＋と思います：禮貌地表達自己的計畫，口氣較緩和。
　　　　　　　　おも
表示「打算…」。

例：

車を買おうと思います。
くるま　か　　　　　おも

我打算買車。

日本に留学しようと思います。
に　ほん　りゅうがく　　　　　おも

我打算在日本留學。

❷ 動詞原形／動詞ない形 ＋ つもりです：表達預定的意志，較客觀。
表示「打算…」。

例：

友達の結婚式に参加するつもりです。
とも だち　けっ こん しき　さん か

打算參加朋友的結婚典禮。

今年は国へ帰らないつもりです。
こ とし　くに　かえ

今年打算不回國。

❸ 名詞 ＋ の／動詞原形／動詞ない形 ＋ 予定です：客觀敘述一個預
　　　　　　　　　　　　　　　　　　　　　　よ てい
定事項。表示「預計…」。

例：

来月、日本へ旅行に行く予定です。
らい げつ　に ほん　りょ こう　い　よ てい

下個月預計去日本旅行。

来週は出張の予定です。
らい しゅう　しゅっちょう　よ てい

下週預計出差。

179

4. 表示轉折

❶ 完整的句子 ＋ が、～：表示逆接，前句與後句評價不一致，表示「雖然…但是…」。

例：

この部屋はきれいですが、狭いです。

這間房間雖然很乾淨，但很小。

博多へ行きましたが、ラーメンは食べなかったです。

雖然去了博多，但是沒吃拉麵。

❷ 名詞 ＋ な／イ形容詞原形／ナ形容詞原形 ＋ な／動詞 ＋ のに、～：結果與事實不同，常有不滿的口氣。表示「明明…卻…」。

例：

兎なのに、人参食べません。

雖是兔子，卻不吃紅蘿蔔。

約束したのに、ドタキャンされました。

明明約好了，卻被放鴿子。

5. 表示假設

❶ 名詞 ＋ だった／動詞た形／イ形容詞た形／ナ形容詞た形 ＋ ら、～：對確定的將來做出假設，表示「…的話…」、「…之後…」。

例：

夏だったら海に行けるけど、今じゃ寒すぎる。

夏天的話可以去海邊，但現在太冷了。

会議が終わったら、一緒に飲みませんか。

會議結束之後，要不要喝一杯？

❷ 名詞 ＋ になる／イ形容詞原形／ナ形容詞原形 ＋ だ／動詞原形 ＋ と、～：前句一發生，必然出現後句的結果。表示「…的話…」、「一…就…」。

例：

春になると、花が咲きます。

春天一到，花就會開。

このボタンを押_おすと、お釣_つりが出_でます。

按這個按鈕的話，找零就會掉出來。

❸ 名詞 + なら／動詞ば形／イ形容詞ば形／ナ形容詞ば形 +
ば、～：敘述一般真理上的推理關係，有時也具有對比性。表示「…
的話…」。

例：

用事_{ようじ}があれば、連絡_{れんらく}します。

如果有要事的話，會聯絡。

安_{やす}ければ、買_かいます。

便宜的話，就買。

❹ 名詞／動詞原形／イ形容詞原形／ナ形容詞原形 + なら、～：承接
話題，做出假設。表示「…的話…」。

例：

日本語_{にほんご}を勉強_{べんきょう}したいです。いい先生_{せんせい}を紹介_{しょうかい}していただけ
ませんか。

我想學日語，可以介紹好老師給我嗎？

いい先生_{せんせい}なら、駅前_{えきまえ}のココロ塾_{じゅく}の先生_{せんせい}がいいですよ。

好老師的話，車站前的KOKORO補習班的老師好。

6. 表示同時、並列

❶ 動詞ます形去ます + ながら、～：同一主語同時做兩個動作，動作
不可用瞬間動詞，且主要動作在後句。表示「一邊…一邊…」。

例：

歌_{うた}を歌_{うた}いながら、シャワーを浴_あびます。

一邊唱歌，一邊淋浴。

テレビを見_みながら、ごはんを食_たべます。

一邊看電視，一邊吃飯。

日語50音與筆順

清音

濁音

半濁音

拗音

長音

促音

撥音

重音

基礎文法與構句

最常用的生活單字

最口語的日常短句

情境模擬生活會話

❷ 名詞 + の／動詞原形／イ形容詞原形／ナ形容詞原形 + な + とき、〜：表示前句動作發生同時，會做後句的動作。表示「…的時候…」。

例如：

会社へ行くとき、タクシーで行きました。

去公司的時候，搭計程車去。

寂しいとき、両親に電話をかけます。

寂寞的時候，打電話給雙親。

7. 表示持續

動詞て形 + います：動作正在持續進行，表示「正在…」。

例：

部屋で日本語を勉強しています。

正在房間念日語。

野球をしています。

正在打棒球。

8. 表示為了

❶ 意志動詞原形／名詞 + の + ために、〜：意志動詞指「以自身意志決定是否做的動作」。表示「為了自己期望的某目的而做某事」。

例：

ケーキを作るために、オーブンを買いました。

為了做蛋糕，買了烤箱。

会議のために、資料を作りました。

為了會議，做了資料。

❷ 非意志動詞原形／非意志動詞ない形 + ように、〜：「為了自身意志無法控制的事情而做某事」時改用「ように」。

例：

いい大学に入れるように、予備校に通っています。

為了能進好大學，去上升學補習班。

でんしゃ　ま　あ　　　　　　　　　　　はや　お
電車に間に合うように、早く起きました。

為了趕上電車，早點起床了。

9. 表示對於

名詞 ＋ に対して、〜：對一個行為或感情接受者做出事情。表示「對於…」。

例：

しゃ かい じん　じ ぶん　はつ げん　たい　　　　　　せき にん　 も
社会人は自分の発言に対して、責任を持たねばならない。

社會人對於自己的發言，必須負起責任。

こ ども　たい　　　　　　　　　　　　　し よう　てき せつ　せい げん
子供に対して、スマホの使用は適切に制限したほうがよい。

對於小孩，適當地限制使用手機比較好。

10. 表示完成

動詞て形 ＋ しまいました：表現遺憾及完了。表示「…光了」、「…完了」。

例：

　　　　　　 た
プリンを食べてしまいました。

把布丁吃光了。

ほん　 ぜん ぶ よ
この本を全部読んでしまいました。

這本書全部看完了。

11. 表示嘗試

動詞て形 ＋ みます：為了瞭解某事而做出試行動作。表示「…看看」。

例：

や　　　　　　　　　　 た
焼きたてパンを食べてみます。

吃看看剛烤好的麵包。

つう こう にん　みち　き
通行人に道を聞いてみました。

向路人問看看路。

日語50音與筆順

清音

濁音

半濁音

拗音

長音

促音

撥音

重音

基礎文法與構句

最常用的生活單字

最口語的日常短句

情境模擬生活會話

12. 表示應該做某事

❶ 動詞ない形 + ければなりません：因某種原因而有對於某事的義務。表示「必須…」。

例：

学生_{がくせい}は学校_{がっこう}へ行_いかなければなりません。

學生必須去學校。

風邪_{かぜ}で薬_{くすり}を飲_のまなければなりません。

因為感冒，所以必須吃藥。

❷ 動詞原形 + べきです：以客觀，並基於社會規範，判斷應該做某事，常帶有忠告口氣。表示「應當…」。

例：

交通_{こうつう}ルールを守_{まも}るべきです。

應當遵守交通規則。

自分_{じぶん}の宿題_{しゅくだい}は自分_{じぶん}でするべきです。

自己的作業應當自己做。

13. 表示好像、推測

❶ 名詞／動詞原形／イ形容詞原形／ナ形容詞原形 + でしょう／だろう：話者推測未來不太肯定的事情。表示「…吧」。

例：

明日_{あした}は雨_{あめ}でしょう。

明天會下雨吧。

あの店_{みせ}はたぶん高_{たか}いだろう。

那家店應該很貴吧。

❷ 名詞／動詞原形／イ形容詞原形／ナ形容詞原形 + かもしれません：話者對稍有可能性的未來做出推測。表示「也許…」、「說不定…」。

例：

彼_{かれ}はパーティーに来_くるかもしれません。

他也許會來派對。

184

彼女は昔体弱かったけど、今は元気かもしれません。

她以前身體弱，但現在說不定很有精神。

14. 表示允許

動詞て形／動詞ない形 ＋ くて ＋ もいいです：對事情表達許可之意。
表示「可以…」。

例：

ロビーの傘を使ってもいいです。

可以使用大廳的傘。

名前を書かなくてもいいです。

可以不用寫名字。

15. 表示讓步

❶ 動詞て形／動詞ない形 ＋ くて／イ形容詞去掉い ＋ くて／ナ形容
詞 ＋ で／名詞 ＋ で ＋ も、〜：在某條件下，事實還是不如預期發
生。表示「即使…」。

例：

お金があっても、幸せは買えないです。

即使有錢，也沒辦法買到幸福。

忙しくても、あなたとデートをします。

即使忙碌，還是要跟你約會。

❷ 名詞／動詞原形／イ形容詞原形／ナ形容詞原形 ＋ にしても：前句
退一步承認事實，後句表示與之矛盾的事情及情感。表示「就算…
也…」。

例：

どんなに彼女のことを好きだったにしても、尾行しては
いけません。

就算再怎麼喜歡她，也不可以跟蹤她。

日語50音與筆順
清音
濁音
半濁音
拗音
長音
促音
撥音
重音
基礎文法與構句
最常用的生活單字
最口語的日常短句
情境模擬生活會話

いくら外が騒がしかったにしても、電話の音に気付かないはずがない。

就算外面多吵，也不可能沒注意到電話聲。

16. 表示比較

❶ 名詞1 は 名詞2 より～：同位比較。表示「名詞1比名詞2…」。

例：

飛行機は新幹線より速いです。

飛機比新幹線快。

姉は妹より静かです。

姐姐比妹妹文靜。

❷ 名詞1 と 名詞2 とどちらが～：比較的提問。表示「名詞1和名詞2，哪一個比較…」。

例：

酢とレモンとどちらがすっぱいですか。

醋和檸檬哪一個酸。

犬と猫とどちらが好きですか。

狗和貓喜歡哪一個。

❸ 名詞 ＋ の ＋ ほうが～：舉出比較後的結論。表示「…比較…」

例：

レモンのほうがすっぱいです。

檸檬比較酸。

猫のほうが好きです。

比較喜歡貓。

❹ 名詞 ＋ の中／名詞 ＋ で、一番～：三個事物以上的比較。表示「…之中…最…」

例：

果物の中で、スイカが一番好きです。

水果當中最喜歡西瓜。

ロシアは世界で一番面積が広いです。

在世界中俄羅斯是面積最大的。

❺ 名詞 ＋ ほど～ないです：最高基準。表示「沒有比…更…」。

例：

彼ほどまじめな人はいないです。

沒有比他更認真的人了。

昨日ほど暑くないです。

沒有比昨天更熱的。

17. 表示看起來

動詞連用形／イ形容詞連用形／ナ形容詞連用形 ＋ そうです：用眼睛看到的事物判斷有此可能性。表示「好像…」。

例：

この寿司はおいしそうです。

這個壽司看起來好好吃。

その袋は破れそうです。

那個袋子好像要破了。

18. 表示經歷

動詞た形 ＋ ことがあります：陳述經驗。表示「有過…」。

例：

富士山に登ったことがあります。

爬過富士山。

猫を飼ったことがあります。

養過貓。

日語50音與筆順

清音

濁音

半濁音

拗音

長音

促音

撥音

重音

基礎文法與構句

最常用的生活單字

最口語的日常短句

情境模擬生活會話

19. 表示能力

❶ 動詞原形 ＋ こと／名詞 ＋ ができます：某人對事的能力及事態發展的可能性。表示「能…」、「會…」。

例：

彼はギターを弾くことができます。

他會彈吉他。

私は日本語ができます。

我會日語。

❷ 動詞可能形：同上述可能表現文法。表示「能…」、「會…」。

例：

彼はギターが弾けます。

他會彈吉他。

私は日本語が話せます。

我會說日語。

20. 表示建議

動詞た形／動詞ない形 ＋ ほうがいいです：在某種事態下，提出自己的建議或忠告。表示「…比較好」。

例：

病院へ行ったほうがいいです。

去醫院比較好。

それに触らないほうがいいですよ。

不要摸那個比較好唷。

21. 表示禁止

❶ 動詞て形 ＋てはいけません：不允許做某事，或是明文規定不可做的事項。表示「不可以…」。

例：

ここに入ってはいけません。

不可以進來這裡。

隣の人と話してはいけません。

不可以跟隔壁的講話。

❷ 動詞ない形 ＋ でください：以命令形表現禁止。表示「請不要…」。

例：

冷蔵庫のケーキを食べないでください。

請不要吃冰箱的蛋糕。

廊下を走らないでください。

請不要在走廊上跑。

❸ 動詞原形 ＋ な：強烈的禁止，常在緊急事件時使用。表示「別／不准…」。

例：

危ない！触るな！

危險！不准碰！

ここに来るな！

別來這裡！

22. 表示目的

❶ 動詞詞幹 ＋ に～：說明事件的主要動作。

例：

日本へ神社を見に行きます。

去日本參觀神社。

日本語の勉強に来ました。

為了學日語來的。

❷ 動詞原形 ＋ の／名詞 ＋ に～：敘述用途及評價。表示「用於…」、「對…」。

例：

この袋はゴミを入れるのに使います。

這個袋子是用於裝垃圾的。

日語50音與筆順

清音

濁音

半濁音

拗音

長音

促音

撥音

重音

基礎文法與構句

最常用的生活單字

最口語的日常短句

情境模擬生活會話

クレジットカードは買い物に便利です。

信用卡對於購物是很方便的。

23. 表示重覆、反覆

動詞て形 + います：表示反覆習慣動作，常用於工作或是經常性的行為。

例：

父は大学で経済を教えています。

父親在大學教經濟。

毎朝ミルクを一杯飲んでいます。

每天早上都要喝一杯牛奶。

24. 表示動作中斷

動詞ます形去ます + っぱなし～：該做的事做一半放置不管，就接著做下一件事。表示「（置之不理）而做…」。

例：

アイロンをつけっぱなしで、買い物に行ってしまった。

熨斗開著就跑去買東西了。

読みっぱなしの本を片付けずに帰りました。

沒整理看一半的書就回家了。

25. 表示比喻

❶ 動詞原形／動詞た形／動詞 + ている／名詞 + の + ようです：使用相近事物進行比喻，表示相似。表示「像…一樣」。

例：

あの花はとてもきれいです。まるで絵のようです。

那朵花好美，簡直像畫一樣。

100万円当たって、夢のようです。

中了100萬日圓，像是做夢一樣。

❷ 名詞 + らしい〜：帶有一般社會標準的比喻。表示「像…」。

例：

私_{わたし}らしくない言葉_{こと ば}を口_{くち}にしてしまいました。

我說了不像我風格的話。

彼女_{かの じょ}は子供_{こ ども}らしく遊_{あそ}んでいます。

她像小孩一樣玩著。

26. 修飾名詞

❶ 動詞原形：

　　a. 動詞原形 + 名詞：眼鏡_{め がね}をかける男_{おとこ}の人_{ひと}。 戴眼鏡的男人。

　　b. 動詞ない形 + 名詞：餌_{え さ}を食_たべない犬_{いぬ}。 不吃飼料的狗。

　　c. 動詞た形 + 名詞：朝_{あさ}ごはんを食_たべた子供_{こ ども}。 吃了早餐的小孩。

　　d. 動詞なかった形 + 名詞：行_いかなかったところ。 過去沒去過的地方。

❷ イ形容詞原形 + 名詞：おいしい料理_{りょう り}。 好吃的料理。

❸ ナ形容詞原形 + な + 名詞：きれいな女性_{じょせい}。 漂亮的女性。

❹ 名詞 + の + 名詞：車_{くるま}の本_{ほん}。 車子的書。

日語50音與筆順

清音
濁音
半濁音
拗音
長音
促音
撥音
重音

基礎文法與構句

最常用的生活單字

最口語的日常短句

情境模擬生活會話

重音標記

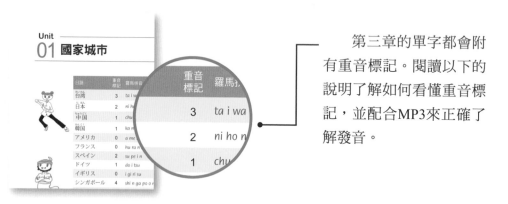

第三章的單字都會附有重音標記。閱讀以下的說明了解如何看懂重音標記，並配合MP3來正確了解發音。

★「アクセント表記（重音標記）」用以表示該單字在發音時會從第幾個音之後開始改發低音。

重音標記	說明
0	只有第1個音為低音，其他發高音。
1	第1個音為高音，其他發低音。
2	第2個音為高音，其他發低音。
3	第2、3個音為高音，其他發低音。
4	第2、3、4個音為高音，其他發低音。
5	第2、3、4、5個音為高音，其他發低音。
X	第2、3、4、5～X個音為高音，其他發低音。

★注意！

日本的「アクセント表記（重音標記）」有高達八種的標記方式，其中使用數字的方法就有三種。本書使用的方式稱為「数字式A」，在台灣是主流的標記方式，也是日本最有名的字典『日本国語大辞典』採用的方法，使用日語辭典時，看到是用數字標示重音的話基本都會是這種方式。有些單字可能會有多種發音方式，此時就會出現復數的標記。

3

單字課
最常用的生活單字

3-01.mp3

日語	重音標記	羅馬拼音	中文意思
台湾 <small>たいわん</small>	3	ta i wa n	台灣
日本 <small>に ほん</small>	2	ni ho n	日本
中国 <small>ちゅうごく</small>	1	chu u go ku	中國
韓国 <small>かんこく</small>	1	ka n ko ku	韓國
アメリカ	0	a me ri ka	美國
フランス	0	hu ra n su	法國
スペイン	2	su pe i n	西班牙
ドイツ	1	do i tsu	德國
イギリス	0	i gi ri su	英國
シンガポール	4	shi n ga po o ru	新加坡
ブラジル	0	bu ra ji ru	巴西
インド	1	i n do	印度
インドネシア	4	i n do ne shi a	印尼
カナダ	1	ka na da	加拿大
イタリア	0	i ta ri a	義大利
ベトナム	0	be to na mu	越南
ポーランド	1	po o ra n do	波蘭
タイ	1	ta i	泰國
マレーシア	2	ma re e shi a	馬來西亞
ロシア	1	ro shi a	俄羅斯

日語	重音標記	羅馬拼音	中文意思
スイス	1	su i su	瑞士
東京 <ruby>東京<rt>とうきょう</rt></ruby>	0	to u kyo u	東京
千葉市 <ruby>千葉市<rt>ち ば し</rt></ruby>	2	chi ba shi	千葉市
横浜市 <ruby>横浜市<rt>よこはまし</rt></ruby>	4	yo ko ha ma shi	横濱市
さいたま市 し	4	sa i ta ma shi	埼玉市
福岡市 <ruby>福岡市<rt>ふくおか し</rt></ruby>	4	hu ku o ka shi	福岡市
長崎市 <ruby>長崎市<rt>ながさき し</rt></ruby>	4	na ga sa ki shi	長崎市
熊本市 <ruby>熊本市<rt>くまもとし</rt></ruby>	4	ku ma mo to shi	熊本市
鹿児島市 <ruby>鹿児島市<rt>か ご しまし</rt></ruby>	4	ka go shi ma shi	鹿兒島市
広島市 <ruby>広島市<rt>ひろしまし</rt></ruby>	4	hi ro shi ma shi	廣島市
山口市 <ruby>山口市<rt>やまぐち し</rt></ruby>	4	ya ma gu chi shi	山口市
京都市 <ruby>京都市<rt>きょう と し</rt></ruby>	3	kyo u to shi	京都市
大阪市 <ruby>大阪市<rt>おおさか し</rt></ruby>	4	o o sa ka shi	大阪市
神戸市 <ruby>神戸市<rt>こう べ し</rt></ruby>	3	ko u be shi	神戸市
奈良市 <ruby>奈良市<rt>な ら し</rt></ruby>	2	na ra shi	奈良市
金沢市 <ruby>金沢市<rt>かなざわ し</rt></ruby>	4	ka na za wa shi	金澤市
秋田市 <ruby>秋田市<rt>あき た し</rt></ruby>	3	a ki ta shi	秋田市
札幌市 <ruby>札幌市<rt>さっぽろ し</rt></ruby>	3	sa p po ro shi	札幌市
静岡市 <ruby>静岡市<rt>しずおか し</rt></ruby>	4	shi zu o ka shi	靜岡市
名古屋市 <ruby>名古屋市<rt>な ご や し</rt></ruby>	3	na go ya shi	名古屋市
徳島市 <ruby>徳島市<rt>とくしまし</rt></ruby>	4	to ku shi ma shi	德島市

日語50音與筆順

清音

濁音

半濁音

拗音

長音

促音

撥音

重音

基礎文法與構句

最常用的生活單字

最口語的日常短句

情境模擬生活會話

Unit

02 家人與稱謂

3-02.mp3

日語	重音標記	羅馬拼音	中文意思
家 <ruby>うち</ruby>	2	u chi	家
家族 <ruby>か ぞく</ruby>	1	ka zo ku	家人
親戚 <ruby>しんせき</ruby>	0	shi n se ki	親戚
両親 <ruby>りょうしん</ruby>	1	ryo u shi n	雙親
おじいさん	2	o ji i sa n	爺爺
祖父 <ruby>そ ふ</ruby>	1	so hu	祖父
おばあさん	2	o ba a sa n	奶奶
祖母 <ruby>そ ぼ</ruby>	1	so bo	祖母
お父さん <ruby>とう</ruby>	2	o to u sa n	（稱呼他人的）爸爸
父 <ruby>ちち</ruby>	1、2	chi chi	（稱呼自己的）爸爸
お母さん <ruby>かあ</ruby>	2	o ka a sa n	（稱呼他人的）媽媽
母 <ruby>はは</ruby>	1	ha ha	（稱呼自己的）媽媽
お兄さん <ruby>にい</ruby>	2	o ni i sa n	（稱呼他人的）哥哥
兄 <ruby>あに</ruby>	1	a ni	（稱呼自己的）哥哥
お姉さん <ruby>ねえ</ruby>	2	o ne e sa n	（稱呼他人的）姊姊
姉 <ruby>あね</ruby>	0	a ne	（稱呼自己的）姊姊
弟さん <ruby>おとうと</ruby>	5	o to u to sa n	（稱呼他人的）弟弟
弟 <ruby>おとうと</ruby>	0	o to u to	（稱呼自己的）弟弟

日語	重音標記	羅馬拼音	中文意思
妹（いもうと）さん	2、0	i mo u to sa n	（稱呼他人的）妹妹
妹（いもうと）	2	i mo u to	（稱呼自己的）妹妹
おじさん	0	o ji sa n	叔父/伯父/叔叔
おばさん	0	o ba sa n	叔母/伯母/阿姨
従兄弟（いとこ）	2	i to ko	堂/表兄弟姊妹
甥（おい）	0	o i	外甥男/姪子
姪（めい）	0	me i	外甥女/姪女
孫（まご）	2	ma go	孫子
夫婦（ふうふ）	1	hu u hu	夫妻
ご主人（しゅじん）	2	go syu ji n	（稱呼他人的）老公
夫（おっと）	0	o t to	（稱呼自己的）老公
奥（おく）さん	1	o ku sa n	（稱呼他人的）老婆
妻（つま）	1	tsu ma	（稱呼自己的）老婆
新郎（しんろう）	0	shi n ro u	新郎
花婿（はなむこ）	2	ha na mu ko	新郎
新婦（しんぷ）	1	shi n pu	新娘
花嫁（はなよめ）	2	ha na yo me	新娘
義父（ぎふ）	1	gi hu	公公/岳父
義母（ぎぼ）	1	gi bo	婆婆/岳母
ひとり息子（むすこ）	4	hi to ri mu su ko	獨生子
ひとり娘（むすめ）	4	hi to ri mu su me	獨生女
双子（ふたご）	0	hu ta go	雙胞胎

日語50音與筆順

清音

濁音

半濁音

拗音

長音

促音

撥音

重音

基礎文法與構句

最常用的生活單字

最口語的日常短句

情境模擬生活會話

3-03.mp3

日語	重音標記	羅馬拼音	中文意思
<ruby>頭<rt>あたま</rt></ruby>	2	*a ta ma*	頭
<ruby>髪<rt>かみ</rt></ruby>	2	*ka mi*	頭髮
<ruby>顔<rt>かお</rt></ruby>	0	*ka o*	臉
ほお	1	*ho o*	臉頰
<ruby>眉<rt>まゆ</rt></ruby>	1	*ma yu*	眉毛
<ruby>目<rt>め</rt></ruby>	×	*me*	眼睛
まつげ	1	*ma tsu ge*	睫毛
まぶた	1	*ma bu ta*	眼瞼
<ruby>鼻<rt>はな</rt></ruby>	2	*ha na*	鼻子
<ruby>鼻<rt>はな</rt></ruby>すじ	0	*ha na su ji*	鼻樑
<ruby>耳<rt>みみ</rt></ruby>	2	*mi mi*	耳朵
<ruby>耳<rt>みみ</rt></ruby>たぶ	3	*mi mi ta bu*	耳垂
<ruby>口<rt>くち</rt></ruby>	0	*ku chi*	嘴
<ruby>唇<rt>くちびる</rt></ruby>	0	*ku chi bi ru*	嘴唇
<ruby>歯<rt>は</rt></ruby>	×	*ha*	牙齒
<ruby>舌<rt>した</rt></ruby>	2	*shi ta*	舌頭
のど	1	*no do*	喉嚨
<ruby>胸<rt>むね</rt></ruby>	2	*mu ne*	胸部

日語	重音標記	羅馬拼音	中文意思
乳首 <ruby>ち<rt></rt></ruby><ruby>くび<rt></rt></ruby>	2	chi ku bi	乳頭
手 <ruby>て<rt></rt></ruby>	1	te	手
指 <ruby>ゆび<rt></rt></ruby>	2	yu bi	手指
親指 <ruby>おや<rt></rt></ruby><ruby>ゆび<rt></rt></ruby>	0	o ya yu bi	大拇指
人差し指 <ruby>ひと<rt></rt></ruby><ruby>さ<rt></rt></ruby><ruby>ゆび<rt></rt></ruby>	4	hi to sa shi yu bi	食指
中指 <ruby>なか<rt></rt></ruby><ruby>ゆび<rt></rt></ruby>	2	na ka yu bi	中指
薬指 <ruby>くすり<rt></rt></ruby><ruby>ゆび<rt></rt></ruby>	4	ku su ri yu bi	無名指
小指 <ruby>こ<rt></rt></ruby><ruby>ゆび<rt></rt></ruby>	0	ko yu bi	小指
爪 <ruby>つめ<rt></rt></ruby>	0	tsu me	指甲
腕 <ruby>うで<rt></rt></ruby>	0	u de	手腕
肘 <ruby>ひじ<rt></rt></ruby>	2	hi ji	手肘
肩 <ruby>かた<rt></rt></ruby>	1	ka ta	肩膀
腰 <ruby>こし<rt></rt></ruby>	2	ko shi	腰
腹 <ruby>はら<rt></rt></ruby>	0	ha ra	腹部、肚子
背中 <ruby>せ<rt></rt></ruby><ruby>なか<rt></rt></ruby>	0	se na ka	背部
足 <ruby>あし<rt></rt></ruby>	2	a shi	腳
脚 <ruby>あし<rt></rt></ruby>	2	a shi	腿
尻 <ruby>しり<rt></rt></ruby>	2	shi ri	屁股
太もも <ruby>ふと<rt></rt></ruby>	0	hu to mo mo	大腿
膝 <ruby>ひざ<rt></rt></ruby>	0	hi za	膝蓋
足首 <ruby>あし<rt></rt></ruby><ruby>くび<rt></rt></ruby>	2、3	a shi ku bi	腳踝
つま先 <ruby>さき<rt></rt></ruby>	0	tsu ma sa ki	腳尖

日語50音與筆順

清音

濁音

半濁音

拗音

長音

促音

撥音

重音

基礎文法與構句

最常用的生活單字

最口語的日常短句

情境模擬生活會話

Unit

04 日常用品

日語	重音標記	羅馬拼音	中文意思
机（つくえ）	0	tsu ku e	書桌
椅子（い す）	0	i su	椅子
時計（と けい）	0	to ke i	時鐘
ドライヤー	0	do ra i ya a	吹風機
扇風機（せんぷうき）	3	se n pu u ki	電風扇
テレビ	1	te re bi	電視
リモコン	0	ri mo ko n	遙控器
パソコン	0	pa so ko n	電腦
スマートフォン	3	su ma a to fo n	智慧型手機
モバイルバッテリー	5	mo ba i ru ba t te ri i	行動電源
充電ケーブル（じゅうでん）	5	ju u de n ke e bu ru	充電線
ベッド	1	be d do	床
布団（ふ とん）	0	hu to n	棉被
枕（まくら）	1	ma ku ra	枕頭
シャンプー	2	sya n pu u	洗髮精
リンス	1	ri n su	潤絲精
ボディソープ	3	bo dji so o pu	沐浴乳
ハンドソープ	4	ha n do so o pu	洗手乳

日語50音與筆順

清音
濁音
半濁音
拗音
長音
促音
撥音
重音

基礎文法與構句

最常用的生活單字

最口語的日常短句

情境模擬生活會話

日語	重音標記	羅馬拼音	中文意思
タオル	1	ta o ru	毛巾
歯ブラシ	2	ha bu ra shi	牙刷
電子レンジ	4	de n shi re n ji	微波爐
炊飯器	3	su i ha n ki	（煮飯）電鍋
マグカップ	3	ma gu ka p pu	馬克杯
鍋	1	na be	鍋子
皿	0	sa ra	盤子
茶碗	0	cha wa n	碗
箸	1	ha shi	筷子
フォーク	1	fo o ku	叉子
スプーン	2	su pu u n	湯匙
鏡	0	ka ga mi	鏡子
クーラー	1	ku u ra a	冷氣
ゴミ箱	0	go mi ba ko	垃圾桶
冷蔵庫	3	re i zo u ko	冰箱
洗濯機	3、4	se n ta ku ki	洗衣機
エコバッグ	3	e ko ba g gu	環保購物袋
やかん	0	ya ka n	水壺
ほうき	0	ho u ki	掃把
ちりとり	3	chi ri to ri	畚箕
モップ	0	mo p pu	拖把
カメラ	1	ka me ra	相機

Unit
05 數字與日期

3-05.mp3

日語	重音標記	羅馬拼音	中文意思
零/ゼロ れい	1/1	re i / ze ro	零
一 いち	2	i chi	一
二 に	×	ni	二
三 さん	0	sa n	三
四/四 よん し	1	yo n / shi	四
五 ご	×	go	五
六 ろく	2	ro ku	六
七/七 なな しち	1/2	na na / shi chi	七
八 はち	2	ha chi	八
九/九 きゅう く	1/×	kyu u / ku	九
十 じゅう	1	ju u	十
百 ひゃく	2	hya ku	一百
千 せん	1	se n	一千
一万 いちまん	3	i chi ma n	一萬
十万 じゅうまん	4	ju u ma n	十萬
一億 いち おく	2	i chi o ku	一億
一兆 いっちょう	1	i c cho u	一兆
一月 いち がつ	0	i chi ga tsu	一月

日語	重音標記	羅馬拼音	中文意思
に がつ 二月	0	ni ga tsu	二月
さん がつ 三月	1	sa n ga tsu	三月
し がつ 四月	0	shi ga tsu	四月
ご がつ 五月	1	go ga tsu	五月
ろく がつ 六月	0	ro ku ga tsu	六月
しち がつ 七月	0	shi chi ga tsu	七月
はち がつ 八月	0	ha chi ga tsu	八月
く がつ 九月	1	ku ga tsu	九月
じゅうがつ 十月	0	ju u ga tsu	十月
じゅういちがつ 十一月	0	ju u i chi ga tsu	十一月
じゅう に がつ 十二月	0	ju u ni ga tsu	十二月
ついたち 一日	0	tsu i ta chi	一日
ふつ か 二日	0	hu tsu ka	二日
みっ か 三日	0	mi k ka	三日
よっ か 四日	0	yo k ka	四日
いつ か 五日	0	i tsu ka	五日
むい か 六日	0	mu i ka	六日
なの か 七日	0	na no ka	七日
よう か 八日	0	yo u ka	八日
ここの か 九日	0	ko ko no ka	九日
とお か 十日	0	to o ka	十日
は つ か 二十日	0	ha tsu ka	二十日

日語50音與筆順

清音
濁音
半濁音
拗音
長音
促音
撥音
重音

基礎文法與構句

最常用的生活單字

最口語的日常短句

情境模擬生活會話

3-06.mp3

日語	重音標記	羅馬拼音	中文意思
一時 いち じ	2	i chi ji	一點
二時 に じ	1	ni ji	兩點
三時 さん じ	1	sa n ji	三點
四時 よ じ	1	yo ji	四點
五時 ご じ	1	go ji	五點
六時 ろく じ	2	ro ku ji	六點
七時 しち じ	2	shi chi ji	七點
八時 はち じ	2	ha chi ji	八點
九時 く じ	1	ku ji	九點
十時 じゅう じ	1	ju u ji	十點
十一時 じゅういち じ	4	ju u i chi ji	十一點
十二時 じゅう に じ	4	ju u ni ji	十二點
一分 いっ ぷん	1	i p pu n	一分
二分 に ふん	1	ni hu n	二分
三分 さん ぷん	1	sa n pu n	三分
四分 よん ぷん	1	yo n pu n	四分
五分 ご ふん	1	go hu n	五分
六分 ろっ ぷん	1	ro p pu n	六分

日語	重音標記	羅馬拼音	中文意思
七分 （なな ふん）	2	na na hu n	七分
八分 （はっぷん）	1	ha p pu n	八分
九分 （きゅう ふん）	1	kyu u hu n	九分
十分/十分 （じゅっぷん じっぷん）	1	ju p pu n / ji p pu n	十分
三十分/ （さんじゅっぷん） 三十分/半 （さん じっぷん はん）	2/2/1	sa n ju p pu n /sa n ji p pu n / ha n	三十分/半
お金 （かね）	0	o ka ne	錢
小遣い （こ づか い）	1	ko zu ka i	零用錢
お釣り （つ）	0	o tsu ri	（找零的）零錢
細かいお金 （こま）（かね）	×	ko ma ka i o ka ne	零錢
札 （さつ）	0	sa tsu	鈔票
コイン	1	ko i n	硬幣
一円 （いち えん）	2	i chi e n	一圓
五円 （ご えん）	0	go e n	五圓
十円 （じゅう えん）	1	ju u e n	十圓
五十円 （ご じゅう えん）	2	go ju u e n	五十圓
百円 （ひゃく えん）	2	hya ku e n	百圓
千円 （せん えん）	1	se n e n	千圓
一万円 （いち まん えん）	2	i chi ma n e n	一萬圓
日本円 （に ほん えん）	0	ni ho n e n	日幣
アメリカドル	5	a me ri ka do ru	美金
韓国ウォン （かんこく）	0	ka n ko ku wo n	韓元
人民元 （じん みん げん）	3	ji n mi n ge n	人民幣

日語50音與筆順

清音

濁音

半濁音

拗音

長音

促音

撥音

重音

基礎文法與構句

最常用的生活單字

最口語的日常短句

情境模擬生活會話

Unit
07 自然與氣候

3-07.mp3

日語	重音標記	羅馬拼音	中文意思
天気 (てんき)	1	te n ki	天氣
気温 (きおん)	0	ki o n	氣溫
晴れ (は)	2	ha re	晴天
太陽/日 (たいよう/ひ)	1/×	ta i yo u / hi	太陽
曇り (くも)	0	ku mo ri	陰天
雲 (くも)	1	ku mo	雲
霧 (きり)	0	ki ri	霧
雨 (あめ)	1	a me	雨
豪雨 (ごうう)	1	go u u	暴雨、大雨
にわか雨 (あめ)	4	ni wa ka a me	驟雨、陣雨
こぬか雨 (あめ)	4	ko nu ka a me	毛毛雨
雷雨 (らいう)	1	ra i u	雷雨
梅雨 (つゆ)	2	tsu yu	梅雨
雷 (かみなり)	3、0	ka mi na ri	雷
稲妻 (いなずま)	0	i na zu ma	閃電
春 (はる)	1	ha ru	春天
暖かい (あたた)	4	a ta ta ka i	暖和
夏 (なつ)	2	na tsu	夏天

日語	重音標記	羅馬拼音	中文意思
<ruby>暑<rt>あつ</rt></ruby>い	2	*a tsu i*	（天氣）熱
<ruby>蒸<rt>む</rt></ruby>し<ruby>暑<rt>あつ</rt></ruby>い	4	*mu shi a tsu i*	悶熱
<ruby>秋<rt>あき</rt></ruby>	1	*a ki*	秋天
<ruby>涼<rt>すず</rt></ruby>しい	3	*su zu shi i*	涼爽
<ruby>冬<rt>ふゆ</rt></ruby>	2	*hu yu*	冬天
<ruby>寒<rt>さむ</rt></ruby>い	2	*sa mu i*	寒冷
<ruby>寒波<rt>かん ぱ</rt></ruby>	1	*ka n pa*	寒流
<ruby>雪<rt>ゆき</rt></ruby>	2	*yu ki*	雪
<ruby>雹<rt>ひょう</rt></ruby>	1	*hyo u*	冰雹
<ruby>日<rt>ひ</rt></ruby>の<ruby>出<rt>で</rt></ruby>	0	*hi no de*	日出
<ruby>夕日<rt>ゆう ひ</rt></ruby>	0	*yu u hi*	夕陽
<ruby>地震<rt>じ しん</rt></ruby>	0	*ji shi n*	地震
<ruby>台風<rt>たい ふう</rt></ruby>	3	*ta i hu u*	颱風
<ruby>竜巻<rt>たつまき</rt></ruby>	0	*ta tsu ma ki*	龍捲風
<ruby>津波<rt>つ なみ</rt></ruby>	0	*tsu na mi*	海嘯
<ruby>水害<rt>すい がい</rt></ruby>	0	*su i ga i*	水災
<ruby>日照<rt>ひ で</rt></ruby>り	0	*hi de ri*	乾旱
<ruby>土石流<rt>ど せきりゅう</rt></ruby>	4	*do se ki ryu u*	土石流
<ruby>吹雪<rt>ふ ぶき</rt></ruby>	1	*hu bu ki*	暴風雪
<ruby>高気圧<rt>こう き あつ</rt></ruby>	3	*ko u ki a tsu*	高氣壓
<ruby>低気圧<rt>てい き あつ</rt></ruby>	3	*te i ki a tsu*	低氣壓
<ruby>紫外線<rt>し がいせん</rt></ruby>	0	*shi ga i se n*	紫外線

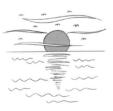

日語50音與筆順
清音
濁音
半濁音
拗音
長音
促音
撥音
重音
基礎文法與構句
最常用的生活單字
最口語的日常短句
情境模擬生活會話

Unit
08 常見水果

3-08.mp3

日語	重音標記	羅馬拼音	中文意思
果物 (くだもの)	2	*ku da mo no*	水果
フルーツ	2	*hu ru u tsu*	水果
葡萄 (ぶどう)	0	*bu do u*	葡萄
桃 (もも)	0	*mo mo*	水蜜桃
ピーチ	1	*pi i chi*	水蜜桃
梨 (なし)	2	*na shi*	梨子
苺 (いちご)	0	*i chi go*	草莓
柿 (かき)	0	*ka ki*	柿子
梅 (うめ)	0	*u me*	梅子
杏 (あんず)	0	*a n zu*	杏子
胡桃 (くるみ)	0	*ku ru mi*	胡桃
みかん	1	*mi ka n*	橘子
りんご	0	*ri n go*	蘋果
さくらんぼ	0	*sa ku ra n bo*	櫻桃
チェリー	1	*chie ri i*	櫻桃
すもも	0	*su mo mo*	李子
びわ	1	*bi wa*	枇杷
レモン	1、0	*re mo n*	檸檬
グレープフルーツ	5	*gu re e pu hu ru u tsu*	葡萄柚

日語	重音標記	羅馬拼音	中文意思
ユズ	1	yu zu	橙柚
キウイ	1	ki u i	奇異果
ライチ	1	ra i chi	荔枝
グアバ	2	gu a ba	芭樂
パパイヤ	2	pa pa i ya	木瓜
バンレイシ / シャカトウ	3/0	ba n re i shi / sya ka to u	釋迦
ドリアン	1	do ri a n	榴槤
ドラゴンフルーツ	6	do ra go n hu ru u tsu	火龍果
ブルーベリー	3	bu ru u be ri i	藍莓
アボカド	0	a bo ka do	酪梨
スイカ	0	su i ka	西瓜
スターフルーツ	4	su ta a hu ru u tsu	楊桃
バナナ	1	ba na na	香蕉
ザクロ	1	za ku ro	石榴
ココナッツ	2、1	ko ko na t tsu	椰子
マンゴー	1	ma n go o	芒果
イチジク	2	i chi ji ku	無花果
ラスベリー	3	ra su be ri i	覆盆莓
メロン	1	me ro n	哈密瓜
パイナップル	3	pa i na p pu ru	鳳梨
オレンジ	2	o re n ji	柳橙

日語50音與筆順
清音
濁音
半濁音
拗音
長音
促音
撥音
重音
基礎文法與構句
最常用的生活單字
最口語的日常短句
情境模擬生活會話

Unit
09 常見蔬菜

3-09.mp3

日語	重音標記	羅馬拼音	中文意思
野菜（やさい）	0	ya sa i	蔬菜
葱（ねぎ）	1	ne gi	蔥
茄子（なす）	1	na su	茄子
大根（だいこん）	0	da i ko n	白蘿蔔
糸瓜（へちま）	3	he chi ma	絲瓜
冬瓜（とうがん）	0	to u ga n	冬瓜
唐辛子（とうがらし）	3	to u ga ra shi	辣椒
生姜（しょうが）	0	syo u ga	薑
薩摩芋（さつまいも）	0	sa tsu ma i mo	地瓜
蓮根（れんこん）	0	re n ko n	蓮藕
松茸（まつたけ）	0	ma tsu ta ke	松茸
枝豆（えだまめ）	0	e da ma me	毛豆
菜の花（なのはな）	1	na no ha na	油菜花
ほうれん草（そう）	5	ho u re n so u	菠菜
玉ねぎ（たま）	3	ta ma ne gi	洋蔥
もやし	0	mo ya shi	豆芽菜
きくらげ	2	ki ku ra ge	木耳
にら	0	ni ra	韭菜

日語	重音標記	羅馬拼音	中文意思
からしな	0	ka ra shi na	芥菜
カリフラワー	4	ka ri hu ra wa a	花椰菜
セロリ	1	se ro ri	旱芹
セリ	0	se ri	水芹
パセリ	1	pa se ri	西洋芹
オクラ	0	o ku ra	秋葵
オリーブ	2	o ri i bu	橄欖
<ruby>橄欖<rt>かんらん</rt></ruby>	0	ka n ra n	橄欖
ゴーヤ	0	go o ya	苦瓜
<ruby>苦瓜<rt>にがうり</rt></ruby>	2	ni ga u ri	苦瓜
レタス	1	re ta su	萵苣
ユウガオ	3	yu u ga o	菜瓜
パクチー	1	pa ku chi i	香菜
パプリカ	2	pa pu ri ka	甜椒
ガーリック	1	ga a ri k ku	大蒜
ポテト	1	po te to	馬鈴薯
じゃがいも	0	ja ga i mo	馬鈴薯
トマト	1	to ma to	番茄
キャベツ	1	kya be tsu	高麗菜
ニンジン	0	ni n ji n	胡蘿蔔
エリンギ	0	e ri n gi	杏鮑菇
アスパラガス	4、3	a su pa ra ga su	蘆筍

211

Unit
10 各種動物

3-10.mp3

日語	重音標記	羅馬拼音	中文意思
<ruby>動物<rt>どうぶつ</rt></ruby>	0	do u bu tsu	動物
<ruby>猫<rt>ねこ</rt></ruby>	1	ne ko	貓
<ruby>犬<rt>いぬ</rt></ruby>	2	i nu	狗
<ruby>馬<rt>うま</rt></ruby>	2	u ma	馬
<ruby>牛<rt>うし</rt></ruby>	0	u shi	牛
<ruby>兎<rt>うさぎ</rt></ruby>	0	u sa gi	兔子
<ruby>鹿<rt>しか</rt></ruby>	0	shi ka	鹿
キリン	0	ki ri n	長頸鹿
<ruby>猪<rt>いのしし</rt></ruby>	3	i no shi shi	山豬
<ruby>豚<rt>ぶた</rt></ruby>	0	bu ta	豬
<ruby>虎<rt>とら</rt></ruby>	0	to ra	老虎
タイガー	1	ta i ga a	老虎
<ruby>猿<rt>さる</rt></ruby>	1	sa ru	猴子
<ruby>鼠<rt>ねずみ</rt></ruby>	0	ne zu mi	老鼠
<ruby>蛇<rt>へび</rt></ruby>	1	he bi	蛇
<ruby>羊<rt>ひつじ</rt></ruby>	0	hi tsu ji	綿羊
<ruby>山羊<rt>やぎ</rt></ruby>	1	ya gi	山羊
<ruby>鶏<rt>にわとり</rt></ruby>	0	ni wa to ri	雞

日語	重音標記	羅馬拼音	中文意思
とり 鳥	0	to ri	鳥
らく だ 駱駝	0	ra ku da	駱駝
からす 烏	1	ka ra su	烏鴉
ぞう 象	1	zo u	大象
くま 熊	2	ku ma	熊
くじら 鯨	0	ku ji ra	鯨魚
ひょう 豹	1	hyo u	豹
り す 栗鼠	1	ri su	松鼠
はり ねずみ 針鼠	3	ha ri ne zu mi	刺蝟
こうもり 蝙蝠	1	ko u mo ri	蝙蝠
おおかみ 狼	1	o o ka mi	狼
きつね 狐	0	ki tsu ne	狐狸
ゴリラ	1	go ri ra	大猩猩
ラッコ	0	ra k ko	海獺
トナカイ	2	to na ka i	馴鹿
ライオン	0	ra i o n	獅子
イルカ	0	i ru ka	海豚
コアラ	1	ko a ra	無尾熊
パンダ	1	pa n da	熊貓
サメ	0	sa me	鯊魚
ワニ	1	wa ni	鱷魚
カバ	1	ka ba	河馬

日語50音與筆順

清音
濁音
半濁音
拗音
長音
促音
撥音
重音

基礎文法與構句

最常用的生活單字

最口語的日常短句

情境模擬生活會話

213

Unit
11 各種花草

日語	重音標記	羅馬拼音	中文意思
花 はな	2	ha na	花
草 くさ	2	ku sa	草
桜 さくら	0	sa ku ra	櫻花
薔薇 ば ら	0	ba ra	玫瑰、薔薇
ローズ	1	ro o zu	玫瑰、薔薇
梅 うめ	0	u me	梅樹
紅葉 こうよう	0	ko u yo u	楓葉（正要轉紅）
紅葉 もみじ	1	mo mi ji	楓葉（已經紅透）
銀杏 い ちょう	0	i cho u	銀杏（樹部分）
銀杏 ぎんなん	3	gi n na n	銀杏（果實部分）
菊 きく	0	ki ku	菊花
百合 ゆ り	0	yu ri	百合
松 まつ	1	ma tsu	松樹
竹 たけ	0	ta ke	竹子
蘭 らん	1	ra n	蘭花
紫陽花 あじさい	0、2	a ji sa i	繡球花
朝顔 あさがお	2	a sa ga o	牽牛花

日語	重音標記	羅馬拼音	中文意思
蒲公英 <small>たんぽぽ</small>	1	ta n po po	蒲公英
芙蓉 <small>ふ よう</small>	0	hu yo u	芙蓉
牡丹 <small>ぼ たん</small>	1	bo ta n	牡丹
桔梗 <small>き きょう</small>	0	ki kyo u	桔梗
睡蓮 <small>すいれん</small>	1	su i re n	睡蓮
椿 <small>つばき</small>	1	tsu ba ki	山茶花
水仙 <small>すいせん</small>	1	su i se n	水仙
つつじ	2	tsu tsu ji	杜鵑
しょうぶ	0	syo u bu	菖蒲
すみれ	0	su mi re	紫羅蘭
おじぎそう	0	o ji gi so u	含羞草
いちはつ	0	i chi ha tsu	鳶尾
ミント	0	mi n to	薄荷
ベゴニア	0	be go ni a	秋海棠
キンギョソウ	3	ki n gyo so u	金魚草
ヒヤシンス	3	hi ya shi n su	風信子
クローバー	2	ku ro o ba	三葉草
ラベンダー	2	ra be n da a	薰衣草
チューリップ	1	chu u ri p pu	鬱金香
ヒマワリ	2	hi ma wa ri	向日葵
サボテン	0	sa bo te n	仙人掌
カーネーション	3	ka a ne e syo n	康乃馨
ジャスミン	1	ja su mi n	茉莉花

日語50音與筆順
清音
濁音
半濁音
拗音
長音
促音
撥音
重音
基礎文法與構句
最常用的生活單字
最口語的日常短句
情境模擬生活會話

Unit
12 交通工具

3-12.mp3

日語	重音標記	羅馬拼音	中文意思
乗り物	0	no ri mo no	交通工具
飛行機	2	hi ko u ki	飛機
船	1	hu ne	船
客船	0	kya ku se n	客船、客輪
電車	0	de n sya	電車（相當於火車）
汽車	0、1	ki sya	蒸汽火車
車	0	ku ru ma	車（車類的總稱）
自動車	2、0	ji do u sya	汽車（較正式）
馬車	1	ba sya	馬車
自転車	0	ji te n sya	自行車
チャリ	1	cha ri	自行車（的俗稱）
新幹線	3	shi n ka n se n	新幹線（相當於高鐵）
救急車	3	kyu u kyu u sya	救護車
消防車	3	syo u bo u sya	消防車
梯子車	3	ha shi go sya	雲梯救火車
宇宙船	0	u chu u se n	太空船
気球	0	ki kyu u	熱氣球

日語	重音標記	羅馬拼音	中文意思
ゴミ収集車 <ruby>しゅうしゅうしゃ</ruby>	5	go mi syu u syu u sya	垃圾車
三輪車 <ruby>さんりんしゃ</ruby>	3	sa n ri n sya	三輪車
人力車 <ruby>じんりきしゃ</ruby>	4	ji n ri ki sya	人力車
スポーツカー	4	su po o tsu ka a	跑車
トレーラー	3、0	to re e ra a	拖車
ダンプカー	3	da n pu ka a	自動傾卸車
パワーショベル	4	pa wa a syo be ru	挖土機
タンクローリー	5	ta n ku ro o ri i	油罐車
ミキサー車 <ruby>しゃ</ruby>	4	mi ki sa a sya	水泥攪拌車
クルーズ	3	ku ru u zu	郵輪
タンカー	2	ta n ka a	油輪
ヨット	1	yo t to	帆船、遊艇
ヘリコプター	3	he ri ko pu ta a	直升機
ロープウェイ	4	ro o pu we i	纜車
バイク	1	ba i ku	機車（的總稱）
オートバイ	3	o o to ba i	（腳打檔的）重型機車
スクーター	2、0	su ku u ta a	（前有腳踏板的）機車
トラック	2	to ra k ku	卡車
タクシー	1	ta ku shi i	計程車
パトカー	2、3	pa to ka a	警車
バス	1	ba su	巴士、公車
夜行バス <ruby>やこう</ruby>	4	ya ko u ba su	夜行巴士
ワゴン車 <ruby>しゃ</ruby>	2	wa go n sya	休旅車

日語50音與筆順

清音
濁音
半濁音
拗音
長音
促音
撥音
重音

基礎文法與構句

最常用的生活單字

最口語的日常短句

情境模擬生活會話

217

Unit
13 公共場所

3-13.mp3

日語	重音標記	羅馬拼音	中文意思
公共の場 こうきょう ば	0	ko u kyo u no ba	公共場所
学校 がっこう	0	ga k ko u	學校
校庭 こう てい	0	ko u te i	操場、校園
空港 くうこう	0	ku u ko u	機場
駅 えき	1	e ki	車站
ホーム	1	ho o mu	月台
郵便局 ゆう びん きょく	3	yu u bi n kyo ku	郵局
銀行 ぎんこう	0	gi n ko u	銀行
美術館 び じゅつかん	3、2	bi ju tsu ka n	美術館
病院 びょういん	3	byo u i n	醫院
クリニック	2	ku ri ni k ku	診所
図書館 と しょかん	2	to syo ka n	圖書館
市役所 し やくしょ	2	shi ya ku syo	市公所
区役所 く やくしょ	2	ku ya ku syo	區公所
映画館 えい が かん	3	e i ga ka n	電影院
動物園 どう ぶつえん	4	do u bu tsu e n	動物園
水族館 すいぞくかん	3	su i zo ku ka n	水族館
遊園地 ゆう えん ち	3	yu u e n chi	遊樂園

日語	重音標記	羅馬拼音	中文意思
食堂 <ruby>食<rt>しょく</rt></ruby><ruby>堂<rt>どう</rt></ruby>	0	syo ku do u	食堂
レストラン	1	re su to ra n	餐廳
<ruby>広<rt>ひろ</rt></ruby><ruby>場<rt>ば</rt></ruby>	1	hi ro ba	廣場
<ruby>公<rt>こう</rt></ruby><ruby>衆<rt>しゅう</rt></ruby><ruby>浴<rt>よく</rt></ruby><ruby>場<rt>じょう</rt></ruby>	5	ko u syu u yo ku jo u	公眾澡堂
<ruby>交<rt>こう</rt></ruby><ruby>番<rt>ばん</rt></ruby>	0	ko u ba n	派出所
<ruby>裁<rt>さい</rt></ruby><ruby>判<rt>ばん</rt></ruby><ruby>所<rt>しょ</rt></ruby>	0	sa i ba n syo	法院
<ruby>旅<rt>りょ</rt></ruby><ruby>館<rt>かん</rt></ruby>	0	ryo ka n	日式旅館
ホテル	1	ho te ru	飯店
<ruby>公<rt>こう</rt></ruby><ruby>園<rt>えん</rt></ruby>	0	ko u e n	公園
<ruby>交<rt>こう</rt></ruby><ruby>差<rt>さ</rt></ruby><ruby>点<rt>てん</rt></ruby>	0	ko u sa te n	十字路口
<ruby>横<rt>おう</rt></ruby><ruby>断<rt>だん</rt></ruby><ruby>歩<rt>ほ</rt></ruby><ruby>道<rt>どう</rt></ruby>	5	o u da n ho do u	斑馬線
<ruby>競<rt>きょう</rt></ruby><ruby>技<rt>ぎ</rt></ruby><ruby>場<rt>じょう</rt></ruby>	0	kyo u gi jo u	運動場、體育場
<ruby>歩<rt>ほ</rt></ruby><ruby>道<rt>どう</rt></ruby>	0	ho do u	人行道
<ruby>歩<rt>ほ</rt></ruby><ruby>道<rt>どう</rt></ruby><ruby>橋<rt>きょう</rt></ruby>	0	ho do u kyo u	天橋
<ruby>地<rt>ち</rt></ruby><ruby>下<rt>か</rt></ruby><ruby>道<rt>どう</rt></ruby>	2	chi ka do u	地下道
トンネル	0	to n ne ru	隧道
ロビー	1	ro bi i	大廳
ドラッグストア	5	do ra g gu su to a	藥妝店
コンビニ	0	ko n bi ni	便利商店
スーパー	1	su u pa a	超市
デパート	2	de pa a to	百貨公司
ショッピングモール	5	syo p pi n gu mo o ru	購物商場

日語50音與筆順

清音
濁音
半濁音
拗音
長音
促音
撥音
重音

基礎文法與構句

最常用的生活單字

最口語的日常短句

情境模擬生活會話

219

3-14.mp3

日語	重音標記	羅馬拼音	中文意思
病気（びょうき）	2	byo u ki	疾病
風邪（かぜ）	2	ka ze	感冒
頭痛（ずつう）	0	zu tsu u	頭痛
熱（ねつ）	0	ne tsu	發燒
高熱（こうねつ）	0	ko u ne tsu	高燒
腹痛（ふくつう）	0	hu ku tsu u	腹痛
腰痛（ようつう）	0	yo u tsu u	腰痛
胃痛（いつう）	0	i tsu u	胃痛
耳鳴り（みみなり）	0	mi mi na ri	耳鳴
湿疹（しっしん）	0	shi s shi n	濕疹
水虫（みずむし）	0	mi zu mu shi	香港腳
水痘（すいとう）	0	su i to u	水痘
高血圧（こうけつあつ）	3	ko u ke tsu a tsu	高血壓
低血圧（ていけつあつ）	3	te i ke tsu a tsu	低血壓
肥満症（ひまんしょう）	0	hi ma n syo u	肥胖症
糖尿病（とうにょうびょう）	0	to u nyo u byo u	糖尿病
癌（がん）	1	ga n	癌症
虫歯（むしば）	0	mu shi ba	蛀牙

日語	重音標記	羅馬拼音	中文意思
痔 （じ）	×	ji	痔瘡
心臓病 （しんぞうびょう）	0	shi n zo u byo u	心臟病
脳卒中 （のうそっちゅう）	3	no u so c chu u	中風
更年期障害 （こうねんきしょうがい）	7	ko u ne n ki syo u ga i	更年期
生理痛 （せいりつう）	0	se i ri tsu u	經痛
不妊症 （ふにんしょう）	0	hu ni n syo u	不孕症
早漏 （そうろう）	0	so u ro u	早洩
肝硬変 （かんこうへん）	3	ka n ko u he n	肝硬化
抜け毛 （ぬけげ）	0	nu ke ge	掉髮
骨粗鬆症 （こつそしょうしょう）	1	ko tsu so syo u syo u	骨質疏鬆症
貧血 （ひんけつ）	0	hi n ke tsu	貧血
白血病 （はっけつびょう）	0	ha k ke tsu byo u	白血病
B型肝炎 （がたかんえん）	5	b ga ta ka n e n	B型肝炎
便秘 （べんぴ）	0	be n pi	便祕
小児麻痺 （しょうにまひ）	4	syo u ni ma hi	小兒麻痺
脊椎炎 （せきついえん）	4	se ki tsu i e n	脊椎炎
骨折 （こっせつ）	0	ko s se tsu	骨折
不眠症 （ふみんしょう）	0	hu mi n syo u	失眠
うつ病 （びょう）	0	u tsu byo u	憂鬱症
パニック障害 （しょうがい）	4、5	pa ni k ku syo u ga i	恐慌症
エイズ	1	e i zu	愛滋病
アレルギー	2、3	a re ru gi i	過敏

日語50音與筆順

清音

濁音

半濁音

拗音

長音

促音

撥音

重音

基礎文法與構句

最常用的生活單字

最口語的日常短句

情境模擬生活會話

15 各種職業

3-15.mp3

日語	重音標記	羅馬拼音	中文意思
職業 <small>しょくぎょう</small>	2	syo ku gyo u	職業
仕事 <small>しごと</small>	0	shi go to	工作
教師 <small>きょうし</small>	1	kyo u shi	教師
教授 <small>きょうじゅ</small>	0	kyo u ju	教授
講師 <small>こうし</small>	1	ko u shi	講師
学生 <small>がくせい</small>	0	ga ku se i	學生
銀行員 <small>ぎんこういん</small>	3	gi n ko u i n	銀行員
会社員 <small>かいしゃいん</small>	3	ka i sya i n	公司職員
サラリーマン	3	sa ra ri i ma n	工薪族、上班族
弁護士 <small>べんごし</small>	3	be n go shi	律師
警察 <small>けいさつ</small>	0	ke i sa tsu	警察
軍人 <small>ぐんじん</small>	0	gu n ji n	軍人
消防士 <small>しょうぼうし</small>	3	syo u bo u shi	消防員
公務員 <small>こうむいん</small>	3	ko u mu i n	公務員
医者 <small>いしゃ</small>	0	i sya	醫生
看護師 <small>かんごし</small>	3	ka n go shi	護理師
通訳者 <small>つうやくしゃ</small>	4、3	tsu u ya ku sya	口譯
作家 <small>さっか</small>	0	sa k ka	作家

日語	重音標記	羅馬拼音	中文意思
漫画家 _{まんがか}	0	*ma n ga ka*	漫畫家
監督 _{かんとく}	0	*ka n to ku*	導演
俳優 _{はいゆう}	0	*ha i yu u*	演員
歌手 _{かしゅ}	1	*ka syu*	歌手
モデル	1、0	*mo de ru*	模特兒
司会者 _{しかいしゃ}	2	*shi ka i sya*	司儀、主持人
警備員 _{けいびいん}	3	*ke i bi i n*	警衛
配達員 _{はいたついん}	4	*ha i ta tsu i n*	配送員
店員 _{てんいん}	0	*te n i n*	店員
美容師 _{びようし}	2	*bi yo u shi*	美髮師
科学者 _{かがくしゃ}	3、2	*ka ga ku sya*	科學家
実業家 _{じつぎょうか}	0	*ji tsu gyo u ka*	企業家
政治家 _{せいじか}	0	*se i ji ka*	政治家
運転手 _{うんてんしゅ}	3	*u n te n syu*	司機
記者 _{きしゃ}	1、0	*ki sya*	記者
アナウンサー	3	*a na u n sa a*	主播、播報員
スポーツ選手 _{せんしゅ}	5	*su po o tsu se n syu*	運動選手
コック	1	*ko k ku*	廚師
フリーランサー	4	*hu ri i ra n sa a*	自由工作者
デザイナー	2、0	*de za i na a*	設計師
エンジニア	3	*e n ji ni a*	工程師
ガイド	1	*ga i do*	導遊

日語50音與筆順

清音
濁音
半濁音
拗音
長音
促音
撥音
重音

基礎文法與構句

最常用的生活單字

最口語的日常短句

情境模擬生活會話

日語	重音標記	羅馬拼音	中文意思
服装 ふくそう	0	hu ku so u	服裝
制服 せいふく	0	se i hu ku	制服
洋服 ようふく	0	yo u hu ku	西服
和服 わふく	0	wa hu ku	和服
着物 きもの	0	ki mo no	和服、衣著
浴衣 ゆかた	0	yu ka ta	浴衣
上着 うわぎ	0	u wa gi	上衣、外衣
下着 したぎ	0	shi ta gi	內衣
帽子 ぼうし	0	bo u shi	帽子
ハンチング	1	ha n chi n gu	鴨舌帽
Tシャツ	0	t sya tsu	T恤
ポロシャツ	0	po ro sya tsu	POLO衫
ベスト	1	be su to	背心
シャツ	1	sya tsu	襯衫
スーツ	1	su u tsu	西裝
コート	1	ko o to	大衣、長外套
トレンチコート	5	to re n chi ko o to	風衣
ダウンコート	4	da u n ko o to	羽絨外套

224

日語	重音標記	羅馬拼音	中文意思
ジャケット	1、2	ja ke t to	夾克、短外套
ワンピース	3	wa n pi i su	連身裙、洋裝
ドレス	1	do re su	（女）禮服
スカート	2	su ka a to	裙子
ミニスカート	4	mi ni su ka a to	迷你裙
ロングスカート	5	ro n gu su ka a to	長裙
ジーンズ	1	ji i n zu	牛仔褲
ズボン	2、1	zu bo n	褲子
長ズボン	3	na ga zu bo n	長褲
半ズボン	3	ha n zu bo n	短褲
手袋	2	te bu ku ro	手套
マフラー	1	ma hu ra a	圍巾
スカーフ	2	su ka a hu	圍巾、披巾
靴	2	ku tsu	鞋子
シューズ	1	syu u zu	鞋子
ハイヒール	3	ha i hi i ru	高跟鞋
ブーツ	1	bu u tsu	長筒皮靴
革靴	0	ka wa gu tsu	皮鞋
スニーカー	2、0	su ni i ka a	運動鞋
スリッパ	1、2	su ri p pa	拖鞋
靴下	2	ku tsu shi ta	襪子
ハイソックス	3	ha i so k ku su	長筒襪

日語50音與筆順

清音

濁音

半濁音

拗音

長音

促音

撥音

重音

基礎文法與構句

最常用的生活單字

最口語的日常短句

情境模擬生活會話

3-17.mp3

日語	重音標記	羅馬拼音	中文意思
色 いろ	2	i ro	色、顔色
色調 しきちょう	0	shi ki cho u	色調
色素 しき そ	2	shi ki so	色素
原色 げんしょく	0	ge n syo ku	原色
三原色 さんげんしょく	4	sa n ge n syo ku	三原色
白黒 しろくろ	0、1	shi ro ku ro	黑白
無色 む しょく	1	mu syo ku	無色
透明 とうめい	0	to u me i	透明
明るい色 あか いろ	×	a ka ru i i ro	亮色系
暗い色 くら いろ	×	ku ra i i ro	暗色系
赤 あか	1	a ka	紅色
真っ赤 ま あか	0	ma a a ka	赤紅、通紅、鮮紅
朱色 しゅいろ	0	syu i ro	朱色
ワイン色 いろ	0	wa i n i ro	酒紅色
ピンク	1	pi n ku	粉紅色
桃色 ももいろ	0	mo mo i ro	蜜桃粉
オレンジ	2	o re n ji	橘黃色
茶色 ちゃいろ	0	cha i ro	茶色

日語	重音標記	羅馬拼音	中文意思
こげ茶色	0	ko ge cha i ro	深褐色、深咖啡色
黄土色	0	o u do i ro	土黃色
黄色	0	ki i ro	黃色
ベージュ	0	be e ju	米色
クリーム色	2	ku ri i mu i ro	奶油色
肌色	0	ha da i ro	膚色、肉色
緑	1	mi do ri	綠色
草色	0	ku sa i ro	草綠色
青	1	a o	藍色、青色
紺色	0	ko n i ro	藏青、深藍
空色	0	so ra i ro	天藍色
藍色	0	a i i ro	靛藍色
紫	2	mu ra sa ki	紫色
黒	1	ku ro	黑色
真っ黒	3	ma k ku ro	烏黑、漆黑
灰色	0	ha i i ro	灰色
グレー	2	gu re e	灰色
白	1	shi ro	白色
真っ白	3	ma s shi ro	純白、雪白
金色	0	ki n i ro	金色
銀色	0	gi n i ro	銀色
虹色	0	ni ji i ro	彩色

日語50音與筆順

清音

濁音

半濁音

拗音

長音

促音

撥音

重音

基礎文法與構句

最常用的生活單字

最口語的日常短句

情境模擬生活會話

18 各國飲食

3-18.mp3

日語	重音標記	羅馬拼音	中文意思
ていしょく 定食	0	te i syo ku	定食、套餐
すき焼き	0	su ki ya ki	壽喜燒
おでん	2	o de n	關東煮
てん 天ぷら	0	te n pu ra	天婦羅
この や お好み焼き	0	o ko no mi ya ki	大阪燒
しゃぶしゃぶ	0	sya bu sya bu	涮涮鍋
さし み 刺身	0	sa shi mi	生魚片
す し 寿司	2	su shi	壽司
おにぎり	2	o ni gi ri	飯糰
そば	1	so ba	蕎麥麵
ラーメン	1	ra a me n	拉麵
ぎゅうどん 牛丼	0	gyu u do n	牛丼
ジャージャー めん 麺	6	ja a ja a me n	炸醬麵
ちゃんぽん	0	cha n po n	什錦麵
たんたんめん 担々麺	4	ta n ta n me n	擔擔麵
ぎょう ざ 餃子	0	gyo u za	煎餃
すいぎょう ざ 水餃子	3	su i gyo u za	水餃
にく 肉まん	0	ni ku ma n	肉包

日語	重音標記	羅馬拼音	中文意思
マーボー豆腐	5	ma a bo o do u hu	麻婆豆腐
ルーローハン	4	ru u ro o ha n	滷肉飯
臭豆腐	4	syu u do u hu	臭豆腐
牛肉麵	4	gyu u ni ku me n	牛肉麵
フライドチキン	5	hu ra i do chi ki n	雞排、炸雞
トッポッキ	2	to p po k ki	辣炒年糕
キムチ	1	ki mu chi	泡菜
ステーキ	2	su te e ki	牛排
スパゲッティ	3	su pa ge t tji	義大利麵
ピザ	1	pi za	披薩
カレーライス	4	ka re e ra i su	咖哩飯
オムライス	3	o mu ra i su	蛋包飯
サラダ	1	sa ra da	沙拉
ハンバーガー	3	ha n ba a ga a	漢堡
ホットドッグ	4	ho t to do g gu	熱狗
サンドイッチ	4	sa n do i c chi	三明治
コーラ	1	ko o ra	可樂
ジュース	1	ju u su	果汁
豆乳	0	to u nyu u	豆漿
ミルク	1	mi ru ku	牛奶
コーヒー	3	ko o hi i	咖啡
お茶	0	o cha	茶

日語50音與筆順

清音
濁音
半濁音
拗音
長音
促音
撥音
重音

基礎文法與構句

最常用的生活單字

最口語的日常短句

情境模擬生活會話

3-19.mp3

日語	重音標記	羅馬拼音	中文意思
祝日（しゅくじつ）	0	syu ku ji tsu	節日
振替休日（ふりかえきゅうじつ）	6	hu ri ka e kyu u ji tsu	彈性放假
代休（だいきゅう）	0	da i kyu u	補休
ゴールデンウイーク	×	go o ru de n u i i ku	黃金週（日本五月連續假期總稱）
連休（れんきゅう）	0	re n kyu u	連休
大晦日（おおみそか）	3	o o mi so ka	除夕
元日（がんじつ）	0	ga n ji tsu	元旦
お正月（しょうがつ）	0	o syo u ga tsu	新年
成人の日（せいじんのひ）	0	se i ji n no hi	成人節
建国記念の日（けんこくきねんのひ）	5	ke n ko ku ki ne n no hi	建國紀念日、國慶日
バレンタインデー	6	ba re n ta i n de e	西洋情人節
ひな祭り（まつ）	3	hi na ma tsu ri	女兒節
ホワイトデー	4	ho wa i to de e	白色情人節
春分の日（しゅんぶんのひ）	4	syu n bu n no hi	春分節
清明節（せいめいせつ）	4	se i me i	清明節
昭和の日（しょうわのひ）	0	syo u wa no hi	昭和之日
憲法記念日（けんぽうきねんび）	7	ke n po u ki ne n bi	憲法紀念日

日語	重音標記	羅馬拼音	中文意思
みどりの日<ruby>日<rt>ひ</rt></ruby>	1	mi do ri no hi	綠化節
こどもの日<ruby>日<rt>ひ</rt></ruby>	0	ko do mo no hi	兒童節
<ruby>母<rt>はは</rt></ruby>の<ruby>日<rt>ひ</rt></ruby>	1	ha ha no hi	母親節
<ruby>父<rt>ちち</rt></ruby>の<ruby>日<rt>ひ</rt></ruby>	2	chi chi no hi	父親節
<ruby>七夕<rt>たなばた</rt></ruby>	0	ta na ba ta	七夕
<ruby>十五夜<rt>じゅうごや</rt></ruby>	0、3	ju u go ya	中秋節
<ruby>敬老<rt>けいろう</rt></ruby>の<ruby>日<rt>ひ</rt></ruby>	0	ke i ro u no hi	敬老節
<ruby>秋分<rt>しゅうぶん</rt></ruby>の<ruby>日<rt>ひ</rt></ruby>	0	syu u bu n no hi	秋分節
<ruby>体育<rt>たいいく</rt></ruby>の<ruby>日<rt>ひ</rt></ruby>	1	ta i i ku no hi	體育節
ハロウィーン	1	ha ro wi i n	萬聖節
<ruby>文化<rt>ぶんか</rt></ruby>の<ruby>日<rt>ひ</rt></ruby>	1	bu n ka no hi	文化節
<ruby>七五三<rt>しちごさん</rt></ruby>	0	shi chi go sa n	七五三（慶祝7、5、3歲兒童成長日）
<ruby>勤労感謝<rt>きんろうかんしゃ</rt></ruby>の<ruby>日<rt>ひ</rt></ruby>	5	ki n ro u ka n sya no hi	勞動感謝節
クリスマス	3	ku ri su ma su	聖誕節
<ruby>天皇誕生日<rt>てんのうたんじょうび</rt></ruby>	8	te n no u ta n jo u bi	天皇誕辰
ポッキーの<ruby>日<rt>ひ</rt></ruby>	1	po k ki i no hi	百琪餅乾日
エイプリルフール	6	e i pu ri ru hu u ru	愚人節
<ruby>復活祭<rt>ふっかつさい</rt></ruby>	0	hu k ka tsu sa i	復活節
<ruby>感謝祭<rt>かんしゃさい</rt></ruby>	0	ka n sya sa i	感恩節
<ruby>端午<rt>たんご</rt></ruby>の<ruby>節句<rt>せっく</rt></ruby>	1	ta n go no se k ku	端午節
トマト<ruby>祭<rt>まつ</rt></ruby>り	4	to ma to ma tsu ri	西班牙番茄節
<ruby>水<rt>みず</rt></ruby>かけ<ruby>祭<rt>まつ</rt></ruby>り	5	mi zu ka ke ma tsu ri	潑水節
ビール<ruby>祭<rt>まつ</rt></ruby>り	4	bi i ru ma tsu ri	德國啤酒節

日語50音與筆順
清音
濁音
半濁音
拗音
長音
促音
撥音
重音
基礎文法與構句
最常用的生活單字
最口語的日常短句
情境模擬生活會話

memo

4

句型課
最口語的日常短句

01

うれしいです。
u re shi i de su.
好高興。

うれしい：イ形容詞，
（瞬間的、當下的）高
興、開心

02

うれしくてたまらない。
u re shi ku te ta ma ra na i.
高興得不得了。

～てたまらない：表示
十分強烈、無法抑制的
情感或身體感覺

03

今回の旅行は楽しかっ
たです。
ko n ka i no ryo ko u wa ta no shi
ka t ta de su.
這次的旅行很開心。

楽しい：イ形容詞，
（有時間長度的）高
興、開心

04

夏休みを楽しく過ごしました。
na tsu ya su mi wo ta no shi ku su go shi ma shi ta.
暑假開心地過了。

楽しく：修飾其後的動
詞

05

お食事、楽しみにしています。
o syo ku ji , ta no shi mi ni shi te i ma su.
很期待聚餐。

～ています：表示狀態

06

あなたと結婚できて、幸せで
す。
a na ta to ke k ko n de ki te , shi a wa se de su.
能和你結婚很幸福。

と：助詞，結婚是雙方
共同的事，所以用表雙
向的「と」，而不是對
象的「に」。

234

07

ずっと<ruby>側<rt>そば</rt></ruby>にいてくれて、<ruby>幸<rt>しあわ</rt></ruby>せです。

zu t to so ba ni i te ku re te , shi a wa se de su.

你一直待在我身邊，好幸福

～てくれて：表示某對象為了自己而做事情。

08

<ruby>彼<rt>かれ</rt></ruby>は<ruby>東京大学<rt>とうきょうだいがく</rt></ruby>に<ruby>受<rt>う</rt></ruby>かって、<ruby>喜<rt>よろこ</rt></ruby>んでいます。

ka re wa to u kyo u da i ga ku ni u ka t te , yo ro ko n de i ma su.

他考上東京大學，很高興。

<ruby>喜<rt>よろこ</rt></ruby>びます 動：（敘述他人的）高興、開心

09

<ruby>今日発売<rt>きょうはつばい</rt></ruby>のアイドル<ruby>写真集<rt>しゃしんしゅう</rt></ruby>が<ruby>手<rt>て</rt></ruby>に<ruby>入<rt>はい</rt></ruby>ったから、<ruby>今日<rt>きょう</rt></ruby>は<ruby>機嫌<rt>きげん</rt></ruby>がいいの！

kyo u ha tsu ba i no a i do ru sya shi n syu u ga te ni ha i t ta ka ra , kyo u wa ki ge n ga i i no !

入手今天發售的偶像寫真集，所以心情很好！

～の：終助詞，用來加強語氣，屬於比較裝可愛的講法，通常只有女性或兒童會使用。

10

<ruby>彼<rt>かれ</rt></ruby>はとても<ruby>喜<rt>よろこ</rt></ruby>んでいます。

ka re wa to te mo yo ro ko n de i ma su.

他非常高興。

とても 副 非常

11

<ruby>楽<rt>たの</rt></ruby>しいなぁ。

ta no shi i na a.

心情真愉快啊。

なぁ：終助詞，表示感嘆口氣

12

うきうきして、じっとしていられません。

u ki u ki shi te , ji t to shi te i ra re ma se n.

樂得坐不住。

じっと 副 一動不動

日語50音與筆順

清音
濁音
半濁音
拗音
長音
促音
撥音
重音

基礎文法與構句

最常用的生活單字

最口語的日常短句

情境模擬生活會話

Unit
02 不高興

| 01 | 悲_{かな}しいです。
ka na shi i de su.
很難過。 | 悲_{かな}しい：イ形容詞，難過 |

| 02 | こんなプレゼントをもらって、
全然_{ぜんぜん}うれしくないです。
ko n na pu re ze n to wo mo ra tte , ze n ze n u re shi ku na i de su.
拿到這樣的禮物，完全不開心。 | 全然_{ぜんぜん}　副　完全不（後接否定） |

| 03 | 今気分_{いまきぶん}があまりよくないです。
i ma ki bu n ga a ma ri yo ku na i de su.
我現在心情不太好。 | あまり　副　不太（後接否定） |

| 04 | 疲_{つか}れ果_はてました。
tsu ka re ha te ma shi ta.
累死了。 | 果_はてます　動　盡、終 |

| 05 | 顔_{かお}を曇_{くも}らせています。
ka o wo ku mo ra se te i ma su.
愁眉苦臉。 | 曇_{くも}ります　動　憂鬱不樂 |

| 06 | 涙_{なみだ}で声_{こえ}になりません。
na mi da de ko e ni na ri ma se n.
泣不成聲。 | で：助詞，表示原因 |

07

憂鬱な気分です。
yu u u tsu na ki bu n de su.
心情憂鬱。

憂鬱：ナ形容詞，憂鬱的

08

不愉快な思いをしました。
hu yu ka i na o mo i wo shi ma shi ta.
產生不愉快的感覺。

思い 名 感覺

09

楽しくない大学生活が続きます。
ta no shi ku na i da i ga ku se i ka tsu ga tsu zu ki ma su.
不開心的大學生活持續著。

楽しくない：楽しい的否定形，後可直接接要修飾的名詞

10

不幸な日々を過ごしています。
hu ko u na hi bi wo su go shi te i ma su.
過著不幸福的生活。

を：助詞，表時間的度過

11

寂しいです。
sa bi shi i de su.
好寂寞。

寂しい：イ形容詞，寂寞

12

仕事のせいで、週末をゆっくり楽しめません。
shi go to no se i de , syu u ma tsu wo yu k ku ri ta no shi me ma se n.
都怪工作，沒辦法悠閒地享受周末。

〜せい：表原因，帶有消極、責怪及負面的語感

日語50音與筆順

清音
濁音
半濁音
拗音
長音
促音
撥音
重音

基礎文法與構句

最常用的生活單字

最口語的日常短句

情境模擬生活會話

Unit
03 生氣

4-03.mp3

01
本当に怒っています。
ho n to u ni o ko t te i ma su.
真的在生氣。

本当に 副 真的

02
腹が立ちます。
ha ra ga ta chi ma su.
生氣。

腹 名 肚子、心情

03
頭に来ます。
a ta ma ni ki ma su.
真火大。

頭に来ます：表示怒氣衝到頭上的一種慣用說法

04
喧嘩を売ります。
ke n ka wo u ri ma su.
找人吵架。

喧嘩 名 爭吵

05
人と喧嘩をします。
hi to to ke n ka wo shi ma su.
跟人吵架。

と：助詞，吵架是雙方面的動作，所以使用表雙方的「と」，不用表對象的「に」

06
彼はかんかんに怒っています。
ka re wa ka n ka n ni o ko t te i ma su.
他正大發雷霆。

かんかん 副 大怒

07

ミルクをこぼしちゃって、父に
怒られました。

mi ru ku wo ko bo shi cha t te , chi chi ni o ko ra re
ma shi ta.

打翻了牛奶，惹爸爸生氣了。

〜しちゃって：表示做
了某件事而感到遺憾

08

彼氏が遅刻したせいで、イライ
ラしています。

ka re shi ga chi ko ku shi ta se i de , i ra i ra shi te i
ma su.

都怪男朋友遲到，我很煩躁。

遅刻します 動 遲到

09

物に八つ当たりします。

mo no ni ya tsu a ta ri shi ma su.

拿東西出氣。

八つ当たりします 動 遷
怒

10

愚痴をこぼします。

gu chi wo ko bo shi ma su.

發牢騷。

愚痴 名 牢騷、抱怨

11

もう我慢できません。

mo u ga ma n de ki ma se n.

我已經受不了了。

〜できません：可能形
的否定形態，表示「沒
辦法」

12

もう二度と来ません。

mo u ni do to ki ma se n.

我不會再來第二次。

もう 副 再、還

日語50音與筆順

清音

濁音

半濁音

拗音

長音

促音

撥音

重音

基礎文法與構句

最常用的生活單字

最口語的日常短句

情境模擬生活會話

Unit

04 後悔

| 01 | 勝^かてなくて、悔^{くや}しいです。
ka te na ku te , ku ya shi i de su.
沒贏真的很懊悔。 | 悔しい：イ形容詞，懊悔 |

| 02 | 許^{ゆる}してください。
yu ru shi te ku da sa i.
請原諒我。 | 許します働 許可、饒恕 |

| 03 | 言^いってはいけないことを言^いってしまった。
i t te wa i ke na i ko to wo i t te shi ma t ta.
講了不該講的話。 | ～てはいけない：表示禁止 |

| 04 | すべては私^{わたし}が悪^{わる}いのです。
su be te wa wa ta shi ga wa ru i no de su.
全都是我不好。 | すべて名 全部、所有 |

| 05 | せっかく来^きたのに、店^{みせ}は休^{やす}みです。
se k ka ku ki ta no ni , mi se wa ya su mi de su.
明明難得來了，但那間店卻休息。 | ～のに：帶有不滿的口氣 |

| 06 | 買^かわなければよかった…。
ka wa na ke re ba yo ka t ta.
要是沒買就好了。 | ～ばよかった：表示後悔 |

07

どんなに悔しくても、
もう仕方がないです。
do n na ni ku ya shi ku te mo ,
mo u shi ka ta ga na i de su.
即使再怎麼後悔，都已經沒辦法了。

どんなに〜ても：表示
「不論…都…」

08

今頃反省しても、もう遅いで
す。
i ma go ro ha n se i shi te mo , mo u o so i de su.
即使現在反省也已經晚了。

〜ても：表示「即使」

09

ちゃんと反省してください。
cha n to ha n se i shi te ku da sa i.
請好好反省。

ちゃんと 副 好好地

10

後悔しない人生を過ごせますよ
うに。
ko u ka i shi na i ji n se i wo su go se ma su yo u ni.
希望能過一個沒有後悔的人生。

〜ように：表示期望

11

今さら何を言っても無駄です。
i ma sa ra na ni wo i t te mo mu da de su.
到現在說什麼都沒用了。

いまさら 副 事到如今

12

後悔しても、返品できません。
ko u ka i shi te mo , he n pi n de ki ma se n.
即使後悔，也不能退貨。

後悔します 動 後悔

日語50音與筆順

清音

濁音

半濁音

拗音

長音

促音

撥音

重音

基礎文法與構句

最常用的生活單字

最口語的日常短句

情境模擬生活會話

Unit
05 擔心

4-05.mp3

01	心配でしょうがない です。 (しんぱい) shi n pa i de syo u ga na i de su. 擔心得不得了。 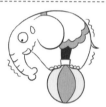	「～でしょうがない」 和「～てしかたがな い」一樣，表示「非常」

02	心配しないでください。 (しんぱい) shi n pa i shi na i de ku da sa i. 請不要擔心。	～ないでください：表 示「請不要」，有輕微 的命令口氣

03	ご心配をかけましてすみません。 (しんぱい) go shi n pa i wo ka ke ma shi te su mi ma se n. 不好意思讓你擔心了。	心配：名詞或ナ形容 詞，擔憂 (しんぱい)

04	心配には及びません。 (しんぱい) (およ) shi n pa i ni wa o yo bi ma se n. 不必擔心。	～には及びません：指 情況沒到那種程度 (およ)

05	心配する必要はありません。 (しんぱい) (ひつよう) shi n pa i su ru hi tsu yo u wa a ri ma se n. 沒必要擔心。	必要 名 必要 (ひつよう)

06	夫がいないと心細いです。 (おっと) (こころぼそ) o t to ga i na i to ko ko ro bo so i de su. 老公一不在就會很不安。	と：假定，表示「…的 話」

07
何がありましたか。
na ni ga a ri ma shi ta ka.
發生了什麼事？

何代什麼

08
どうしましょうか。
do u shi ma syo u ka.
該怎麼辦？

どう副如何

09
大丈夫だよね…。
da i jo u bu da yo ne.
沒問題吧…。

よね：終助詞，表要求
認同口氣

10
大丈夫だと言われても心配です。
da i jo u bu da to i wa re te mo shi n pa i de su.
即使他說沒問題，我還是很擔心。

言われます：「言います」的被動形，表示「被說」

11
すごく焦っています。
su go ku a se t te i ma su.
非常焦慮。

焦ります動焦躁

12
今心配しても意味がないです。
i ma shi n pa i shi te mo i mi ga na i de su.
現在即使擔心也沒意義。

〜がない：表示「沒有」

日語50音與筆順

清音
濁音
半濁音
拗音
長音
促音
撥音
重音

基礎文法與構句

最常用的生活單字

最口語的日常短句

情境模擬生活會話

Unit

06 喜歡

4-06.mp3

01

好きです。
su ki de su.
喜歡。

好き：ナ形容詞，喜歡

02

一番^{いち ばん}好^すきです。
i chi ba n su ki de su.
最喜歡了。

一番 副 最

03

あなたが好^すきです。
a na ta ga su ki de su.
我喜歡你。

が：助詞，於喜好及能力等相關用詞時使用

04

私^{わたし}は料理^{りょう り}が好^すきです。
wa ta shi wa ryo u ri ga su ki de su.
我喜歡做料理。

料理 名 菜餚

05

好^すきな人^{ひと}がいます。
su ki na hi to ga i ma su.
有喜歡的人。

好きな人：ナ形容詞
「好き」修飾名詞「人」
時中間要加「な」

06

世界^{せ かい}で一番^{いち ばん}好^すきな花^{はな}はバラです。
se ka i de i chi ba n su ki na ha na wa ba ra de su.
世界上最喜歡的花是玫瑰。

で：助詞，表示範圍

07 一人で映画を見るのが好きです。
hi to ri de e i ga wo mi ru no ga su ki de su.
我喜歡一個人看電影。

の：放在動詞之後可以把動詞變化成名詞

08 その子が気に入りました。
so no ko ga ki ni i ri ma shi ta.
喜歡上了那個孩子。

その（連體）那個

09 妹 はあの男に気があるようです。
i mo u to wa a no o to ko ni ki ga a ru yo u de su.
妹妹對那個男的好像有意思。

〜よう：推測，表示「好像…」

10 興味が湧いてきました。
kyo u mi ga wa i te ki ma shi ta.
對這件事起了興趣。

〜てきました：補助動詞，表示「…而來了」

11 気に入った服を買いました。
ki ni i tta hu ku wo ka i ma shi ta.
買了中意的衣服。

買います 動 購買

12 人に気に入られるようにします。
hi to ni ki ni i ra re ru yo u ni shi ma su.
討人歡心。

〜ようにします：經由努力而達成的變化

日語50音與筆順

清音

濁音

半濁音

拗音

長音

促音

撥音

重音

基礎文法與構句

最常用的生活單字

最口語的日常短句

情境模擬生活會話

Unit
07 不喜歡

4-07.mp3

01

嫌^{きら}いです。
ki ra i de su.
討厭。

嫌い：ナ形容詞，討厭的

02

大嫌^{だいきら}いです。
da i ki ra i de su.
最討厭。

03

私^{わたし}は人参^{にんじん}が嫌^{きら}いです。
wa ta shi wa ni n ji n ga ki ra i de su.
我討厭胡蘿蔔。

ニンジン 名 胡蘿蔔

04

牛肉^{ぎゅうにく}があまり好きじゃないで
す。
gyu u ni ku ga a ma ri su ki ja na i de su.
不太喜歡牛肉。

牛肉^{ぎゅうにく} 名 牛肉

05

嫌^{いや}な人^{ひと}に会^あいました。
i ya na hi to ni a i ma shi ta.
見到討厭的人。

に：助詞・表示對象

06

早起^{はやお}きは嫌^{きら}いです。
ha ya o ki wa ki ra i de su.
討厭早起。

早起き^{はやお} 名 早起

07

ちっとも好きじゃないです。
chi t to mo su ki ja na i de su.
一點也不喜歡。

ちっとも 副 一點也不

08

嫌です。
i ya de su.
我不要。

嫌：ナ形容詞，討厭、厭煩

09

嫌なことを思い出しました。
i ya na ko to wo o mo i da shi ma shi ta.
想起了討厭的事。

思い出します 動 想起

10

運動するのは嫌いです。
u n do u su ru no wa ki ra i de su.
討厭運動。

の：將動詞名詞化

11

この匂いは好きじゃないです。
ko no ni o i wa su ki ja na i de su.
不喜歡這個味道。

匂い 名 氣味

12

好きじゃない花をもらいました。
su ki ja na i ha na wo mo ra i ma shi ta.
拿到了不喜歡的花。

もらいます 動 獲得

日語50音與筆順

清音
濁音
半濁音
拗音
長音
促音
撥音
重音

基礎文法與構句

最常用的生活單字

最口語的日常短句

情境模擬生活會話

Unit
08 樂觀

4-08.mp3

01
彼はポジティブな人です。
_{かれ} _{ひと}
ka re wa po ji tji bu na hi to de su.
他是樂觀的人。

ポジティブ：ナ形容詞，積極的

02
前向きに生きています。
_{まえ む} _い
ma e mu ki ni i ki te i ma su.
樂觀地生活。

前向き 名 向前

03
絶対に順調にいきます。
_{ぜっ たい} _{じゅんちょう}
ze t ta i ni ju n cho u ni i ki ma su.
一定會順利下去的。

順調：ナ形容詞，順利

04
何回失敗しても、あきらめません。
_{なん かい しっ ぱい}
na n ka i shi p pa i shi te mo , a ki ra me ma se n.
不管失敗幾次，都不會放棄。

あきらめます 動 死心、放棄

05
私たちのチームは絶対に勝ちます。
_{わたし} _{ぜっ たい} _か
wa ta shi ta chi no chi i mu wa ze t ta i ni ka chi ma su.
我們隊絕對會贏的。

絶対に 副 絕對

06
彼女はいつもポジティブです。
_{かの じょ}
ka no jo wa i tsu mo po ji tji bu de su.
她總是很樂觀。

いつも 副 總是

日語50音與筆順

清音

濁音

半濁音

拗音

長音

促音

撥音

重音

基礎文法與構句

最常用的生活單字

最口語的日常短句

情境模擬生活會話

07

私はやり遂げます。
wa ta shi wa ya ri to ge ma su.
我做得到。

やり遂げます 動 完成

08

胸を張って、歩いてください。
mu ne wo ha t te , a ru i te ku da sa i.
請抬頭挺胸走下去。

張ります 動 挺起

09

先生はいつも笑顔で私と話します。
se n se i wa i tsu mo e ga o de wa ta shi to ha na shi ma su.
老師總是笑著臉和我說話。

と：助詞，對話是雙方進行的事情，所以用表現雙向的助詞「と」

10

私の友達は明るいです。
wa ta shi no to mo da chi wa a ka ru i de su.
我的朋友很開朗。

明るい：イ形容詞，明亮的、開朗的

11

よく笑う人のほうが健康です。
yo ku wa ra u hi to no ho u ga ke n ko u de su.
常笑的人比較健康。

～のほう：表示比較，表示「…的那一方」

12

積極的に仕事をしています。
se k kyo ku te ki ni shi go to wo shi te i ma su.
積極地工作著。

～ています：表示持續的狀態

Unit

09 悲觀

01
彼はネガティブな人です。
ka re wa ne ga tji bu na hi to de su.
他是個悲觀的人。

ネガティブ：ナ形容詞・消極的

02
どんなに運動しても、痩せません。
do n na ni u n do u shi te mo , ya se ma se n.
再怎麼樣運動，都沒有瘦。

痩せます 動 痩

03
合格しなかったので、凹みました。
go u ka ku shi na ka t ta no de , he ko mi ma shi ta.
因為沒有合格，所以垂頭喪氣。

凹みます 動 垂頭喪氣

04
自分の貯金額を考えると絶望します。
ji bu n no cho ki n ga ku wo ka n ga e ru to ze tsu bo u shi ma su.
一想到自己的存款，就很絕望。

自分 名 自己

05
彼の人生は失敗ばかりです。
ka re no ji n se i wa shi p pa i ba ka ri de su.
他的人生盡是失敗。

ばかり（副助）盡是

06

彼女は悲しみながら私と別れました。

ka no jo wa ka na shi mi na ga ra wa ta shi to wa ka re ma shi ta.

他一邊難過一邊跟我道別。

～ながら：指兩件事情同時進行，表示「一邊…一邊…」

07

いくら頑張っても、成功しません。

i ku ra ga n ba t te mo , se i ko u shi ma se n.

不管怎麼努力，都不會成功的。

頑張ります 動 努力、加油

08

その時、私は何もできなかったです。

so no to ki , wa ta shi wa na ni mo de ki na ka t ta de su.

那個時候，我什麼都沒辦法做。

～何も：什麼都（後加否定）

09

うつうつとしています。

u tsu u tsu to shi te i ma su.

鬱鬱寡歡。

～ています：表示狀態

悲觀

10

もうだめです。

mo u da me de su.

我已經不行了。

だめ：ナ形容詞，不行、無用

11

気持ちが挫けました。

ki mo chi ga ku ji ke ma shi ta.

沮喪。

挫けます 動 頹喪

12

気が滅入ります。

ki ga me i ri ma su.

情緒消沉。

滅入ります 動 沉悶、鬱悶

日語50音與筆順

清音

濁音

半濁音

拗音

長音

促音

撥音

重音

基礎文法與構句

最常用的生活單字

最口語的日常短句

情境模擬生活會話

01
びっくりしました。
bi k ku ri shi ma shi ta.
嚇一跳。

02
あ！しまった。
a ! shi ma t ta.
啊！糟了。

しまった 感 糟了、糟糕

03
呆然（ぼうぜん）とする。
bo u ze n to su ru.
目瞪口呆。

04
あの女性（じょせい）が社長（しゃちょう）になったなんて。
a no jo se i ga sya cho u ni na t ta na n te.
那個女人竟然當上社長了？

～なんて：表示驚訝或輕視口氣

05
うそでしょう。
u so de syo u.
騙人的吧。

～でしょう：表推測語氣

06
びっくりするほど成長（せいちょう）しました。
bi k ku ri su ru ho do se i cho u shi ma shi ta.
以讓人驚訝的程度成長了。

～ほど：表示程度

07

日本に来て驚いたことがたくさんあります。

ni ho n ni ki te o do ro i ta ko to ga ta ku sa n a ri ma su.

來日本後有很多讓我吃驚的事情。

驚きます 動 驚嚇、驚訝

08

え、そうなんですか。

e , so u na n de su ka.

欸？是那樣嗎？

え 感 欸（表示驚訝或疑問）

09

あれ？どこに入れましたか。

a re ? do ko ni i re ma shi ta ka.

咦？放到哪裡了？

に：助詞，表示到達點、進入點

10

全然想像できません。

ze n ze n so u zo u de ki ma se n.

完全無法想像。

想像 名 想像

11

彼女はまさかレモン汁を飲んでから、薬を飲んだわけじゃないですよね。

ka no jo wa ma sa ka re mo n ji ru wo no n de ka ra , ku su ri wo no n da wa ke ja na i de su yo ne.

她該不會喝完檸檬汁就吃藥吧。

～てから：表示前項事情做了之後，馬上做後項的動作

12

え、消えてしまいました。

e , ki e te shi ma i ma shi ta.

欸？消失了。

～てしまいました：表示動作完了

日語50音與筆順

清音
濁音
半濁音
拗音
長音
促音
撥音
重音

基礎文法與構句

最常用的生活單字

最口語的日常短句

情境模擬生活會話

Unit

11 冷漠

4-11.mp3

01
あの人は冷たいです。
a no hi to wa tsu me ta i de su.
那個人很冷漠。

冷たい：イ形容詞，
冷、不熱情

02
私には関係ありません。
wa ta shi ni wa ka n ke i a ri ma se n.
跟我沒關係。

関係 **名** 關係

03
無愛想な返事でした。
bu a i so u na he n ji de shi ta.
收到了冷淡的回應。

無愛想：ナ形容詞，冷
淡

04
無愛想に断るのは気が引けま
す。
bu a i so u ni ko to wa ru no wa ki ga hi ke ma su.
我不想要冷漠的拒絕。

断ります **動** 拒絕

05
自分で考えなさい。
ji bu n de ka n ga e na sa i.
你自己想辦法。

～なさい：比「～てく
ださい」口氣更強的命
令

06
すみません。お断りします。
su mi ma se n. o ko to wa ri shi ma su.
對不起，我拒絕。

お～します：表示謙讓

254

07
ざまあみろ。
za ma a mi ro.
活該。

08
自分で決めなさい。
（じ ぶん） （き）
ji bu n de ki me na sa i.
你自己決定。

で：助詞，表示主體

09
もう知りません。
（し）
mo u shi ri ma se n.
我不管了。

知ります 動 知道

10
そうなんですか。
so u na n de su ka.
是那樣啊。

そう 副 這樣、那樣

11
邪魔しないで。
（じゃ ま）
ja ma shi na i de.
不要礙著我。

しないで：是「しないでください」的省略表現

12
私に聞かないで。
（わたし） （き）
wa ta shi ni ki ka na i de.
不要問我。

に：助詞，表示對象

日語50音與筆順

清音
濁音
半濁音
拗音
長音
促音
撥音
重音

基礎文法與構句

最常用的生活單字

最口語的日常短句

情境模擬生活會話

Unit

12 肯定

01
あなたにはできます。
a na ta ni wa de ki ma su.
你做得到。

できます:「します」
的可能形表現

02
はい、そうです。
ha i , so u de su.
是,是的。

はい 感 是（表示肯定的
應答）

03
非常に正しい答えです。
hi jo u ni ta da shi i ko ta e de su.
是非常正確的答案。

正しい:イ形容詞・正
確的

04
これは実に面白いです。
ko re wa ji tsu ni o mo shi ro i de su.
這非常有趣。

実に 副 非常

05
あなたが言った通りです。
a na ta ga i t ta to o ri de su.
如你所說的一樣。

通り 名 同樣

06
あなたの考えは理解できます。
a na ta no ka n ga e wa ri ka i de ki ma su.
我能理解你的想法。

考え 名 想法（是考えま
す的名詞形態）

07

あなたはとても素晴らしいです。

a na ta wa to te mo su ba ra shi i de su.

你非常棒。

素晴らしい：イ形容詞，極好、極優

08

部長は私の提案を採用しました。

bu cho u wa wa ta shi no te i a n wo sa i yo u shi ma shi ta.

部長採納了我的提案。

提案 **名** 提議、提案

09

こうすれば問題ありません。

ko u su re ba mo n da i a ri ma se n.

這樣做就沒問題了。

すれば：「します」的假定形

10

間違いありません。

ma chi ga i a ri ma se n.

沒錯。

間違い **名** 錯誤

11

彼はまじめな学生です。

ka re wa ma ji me na ga ku se i de su.

他是認真的學生。

まじめ：ナ形容詞，認真

12

彼だからこそ、きっと成功します。

ka re da ka ra ko so , ki t to se i ko u shi ma su.

正因為是他，一定會成功。

からこそ：強調原因、理由，是「から」的強調形式

日語50音與筆順

清音

濁音

半濁音

拗音

長音

促音

撥音

重音

基礎文法與構句

最常用的生活單字

最口語的日常短句

情境模擬生活會話

Unit
13 否定

4-13.mp3

01
間違えたのはあなたです。
ma chi ga e ta no wa a na ta de su.
搞錯的是你。

間違える 動 弄錯

02
いいえ、違います。
i i e , chi ga i ma su.
不，不是。

いいえ 感 是（表示否定的應答）

03
それは事実じゃありません。
so re wa ji ji tsu ja a ri ma se n.
那不是事實。

事實 名 事實

04
それは間違いです。
so re wa ma chi ga i de su.
那樣是不對的。

間違い 名 錯誤

05
そんなふうには考えられません。
so n na hu u ni wa ka n ga e ra re ma se n.
不能那樣想。

ふう 名 這樣

06
彼はそんなにすごくないです。
ka re wa so n na ni su go ku na i de su.
他沒那麼厲害。

すごくない：「すごい」的否定形態

07

私は認めません。
wa ta shi wa mi to me ma se n.
我不承認。

認めます 動 認可

08

否定されたのが悲しいです。
hi te i sa re ta no ga ka na shi i de su.
被否定是很難過的。

否定された：「否定します」的被動形態

09

それはだめですよ。
so re wa da me de su yo.
那可不行啦。

よ：終助詞，有喚起對方注意的口氣

10

予想ほど良くないです。
yo so u ho do yo ku na i de su.
不比預想得好。

ほど：表示程度

11

いいとは限らないです。
i i to wa ka gi ra na i de su.
不見得是好的。

とは限らない：指一般認為正確的事，也有例外情況

12

彼はダメな人間です。
ka re wa da me na ni n ge n de su.
他是沒用的人。

人間 名 人、人類

日語50音與筆順

清音
濁音
半濁音
拗音
長音
促音
撥音
重音

基礎文法與構句

最常用的生活單字

最口語的日常短句

情境模擬生活會話

Unit
14 同意

4-14.mp3

01
賛成します。
sa n se i shi ma su.
我贊成。

「賛成します」的相反詞是「反対します」

02
では、そうしましょう。
de wa , so u shi ma syo u.
那麼，就那麼做吧。

では：接續詞，那麼

03
いいです。
i i de su.
可以。

いい：イ形容詞，好的、可以

04
あなたは正しいです。
a na ta wa ta da shi i de su.
你是正確的。

05
認めます。
mi to me ma su.
我承認。

06
いいアイデアです。
i i a i de a de su.
真是好點子。

アイデア 名 主意、點子

07

私<ruby>わたし</ruby>もそう思<ruby>おも</ruby>います。

wa ta shi mo so u o mo i ma su.

我也是那麼想的。

も：副助詞，表示類比

08

反対<ruby>はんたい</ruby>しません。

ha n ta i shi ma se n.

我不反對。

反対<ruby>はんたい</ruby>します 動 反對

09

ずっとあなたの味方<ruby>みかた</ruby>です。

zu t to a na ta no mi ka ta de su.

我一直站在你這邊。

ずっと 副 一直

10

あなたが言<ruby>い</ruby>ったとおりしましょう。

a na ta ga i t ta to o ri shi ma syo u.

就照你說的做吧。

言<ruby>い</ruby>います 動 說

11

それもそうですね。

so re mo so u de su ne.

說得也是。

それ 代 那

12

そうですね。

so u de su ne.

對耶。

ね：終助詞，表示同意口氣

日語50音與筆順

清音
濁音
半濁音
拗音
長音
促音
撥音
重音

基礎文法與構句

最常用的生活單字

最口語的日常短句

情境模擬生活會話

01

はんたい
反対します。
ha n ta i shi ma su.
我反對。

02

なっとく
納得できません。
na t to ku de ki ma se n.
我無法接受。

なっとく
納得します 動理解、信服

03

だめです。
da me de su.
不行。

04

そうではありません。
so u de wa a ri ma se n.
不是那樣的。

05

めんどう
面倒くさくないですか。
me n do u ku sa ku na i de su ka.
不會很麻煩嗎？

〜ないですか：反問，
表示「不⋯嗎？」

06

いぎ
異議があります。
i gi ga a ri ma su.
我有異議。

いぎ
異議 名異議、不同意見

262

07 それは認（みと）めません。
so re wa mi to me ma se n.
我不承認那件事。

08 父（ちち）に留学（りゅうがく）を反対（はんたい）されました。
chi chi ni ryu u ga ku wo ha n ta i sa re ma shi ta.
留學被爸爸反對了。

に：助詞，表示對象

09 そうとは思（おも）いません。
so u to wa o mo i ma se n.
我不認為那樣。

と：助詞，表示思考的具體內容

10 無理（むり）です。
mu ri de su.
沒辦法。

無理：名詞或ナ形容詞，不合理、難辦到

11 ありえないです。
a ri e na i de su.
不可能。

ありうる 動 可能

12 私（わたし）は結構（けっこう）です。
wa ta shi wa ke k ko u de su.
我不用了。

結構：ナ形容詞，不用、不必要

日語50音與筆順

清音
濁音
半濁音
拗音
長音
促音
撥音
重音

基礎文法與構句

最常用的生活單字

最口語的日常短句

情境模擬生活會話

Unit
16 詢問

4-16.mp3

01

駅はどちらですか。
e ki wa do chi ra de su ka.
車站在哪邊呢？

どちら⏺哪邊

02

これはいくらですか。
ko re wa i ku ra de su ka.
這多少錢呢？

いくら⏺多少

03

ルテインは売っていますか。
ru te i n wa u t te i ma su ka.
有賣葉黃素嗎？

ルテイン⏺葉黃素

04

もっと大きいサイズがあります
か。
mo t to o o ki i sa i zu ga a ri ma su ka.
有更大的尺寸嗎？

～があります：存在、擁有表現，表示「有…」

05

カードで払えますか。
ka a do de ha ra e ma su ka.
可以用信用卡付嗎？

で：助詞・表示方法、手段

06

このカタログをもらってもいい
ですか。
ko no ka ta ro gu wo mo ra t te mo i i de su ka.
這個目錄可以拿嗎？

～てもいいですか：請求許可時可用的表現

07

薬を飲まなければなりませんか。

くすり の

ku su ri wo no ma na ke re ba na ri ma se n ka.

必須吃藥嗎？

～なければなりません
か：表示「必須…」

08

だめですか。

da me de su ka.

不行嗎？

09

こちらはどなたですか。

ko chi ra wa do na ta de su ka.

這位是哪位呢？

どなた 代 哪位（比「誰」
更有禮貌）

10

お酒は飲めますか。

さけ の

o sa ke wa no me ma su ka.

能喝酒嗎？

飲めます：「飲みます」
的可能形態，表示「能
喝、會喝」

11

この列車のほうが速いですか。

れっしゃ はや

ko no re s sya no ho u ga ha ya i de su ka.

這班列車比較快嗎？

速い：イ形容詞，快速
的

12

3割引きですか。

わり び

sa n wa ri bi ki de su ka.

打7折嗎？

❶割ります 動 分割、分
配
❷引きます 動 扣除
所以「3割引き」指的是
扣除三等份，也就是七
折之意

日語50音與筆順

清音

濁音

半濁音

拗音

長音

促音

撥音

重音

基礎文法與構句

最常用的生活單字

最口語的日常短句

情境模擬生活會話

4-17.mp3

01

ありがとう。

a ri ga to u.

謝謝。

02

ありがとうございます。

a ri ga to u go za i ma su.

謝謝。

謝謝的敬語說法

03

どうもありがとうございます。

do u mo a ri ga to u go za i ma su.

非常感謝。

どうも 副 很、實在。更加強調表現感謝之意的說法

04

わざわざ来てくれて、ありがとうございました。

wa za wa za ki te ku re te , a ri ga to u go za i ma shi ta.

謝謝您特地到來。

わざわざ 副 特意

05

心配してくれて、ありがとうございます。

shi n pa i shi te ku re te , a ri ga to u go za i ma su.

謝謝你為我擔心。

06

感謝を申し上げます。

ka n sya wo mo u shi a ge ma su.

致上我的感謝。

申し上げます 動 致、說

07

ご理解くださって、ありがとうございます。
go ri ka i ku da sa t te , a ri ga to u go za i ma su.
謝謝您的理解。

くださって：是「くれて」的敬語說法

08

お母さん、生んでくれて、ありがとう。
o ka a sa n , u n de ku re te , a ri ga to u.
媽媽，謝謝你生下我。

生みます 動 生、產

09

あなたのおかげです。
a na ta no o ka ge de su.
多虧了你。

〜のおかげ：因某原因受到幫助，感到感謝的說法，表示「多虧…」

10

これは神様からの恵みです。
ko re wa ka mi sa ma ka ra no me gu mi de su.
這是上天給的恩惠。

から：助詞，表示接受動作、物品的對象

11

どうやって感謝の気持ちを伝えますか。
do u ya t te ka n sya no ki mo chi wo tsu ta e ma su ka.
要怎麼表達感謝之意呢？

気持ち 名 心情、感覺

12

いつもお世話になっております。
i tsu mo o se wa ni na t te o ri ma su.
一直受到您的關照。

ております：是「ています」的謙讓語

日語50音與筆順
清音
濁音
半濁音
拗音
長音
促音
撥音
重音
基礎文法與構句
最常用的生活單字
最口語的日常短句
情境模擬生活會話

4-18.mp3

01
すみません。
su mi ma se n.
對不起。

較「ごめんなさい」更
為誠懇的道歉

02
ごめんなさい。
go me n na sa i.
對不起。

03
本当にごめんなさい。
ho n to u ni go me n na sa i.
真的非常對不起。

增加強度的道歉

04
申し訳ございません。
mo u shi wa ke go za i ma se n.
真的非常對不起。

尊敬的道歉說法

05
お詫び申し上げます。
o wa bi mo u shi a ge ma su.
跟您致上最高的歉意。

お詫び 名 道歉、賠罪

06
先ほどは、失礼しました。
sa ki ho do wa , shi tsu re i shi ma shi ta.
剛剛抱歉了。

先ほど 名 剛才

07

失礼いたしました。
shi tsu re i i ta shi ma shi ta.
失禮了。

失礼します 動 失禮、抱歉

08

約束を破ってしまい、申し訳ありません。
ya ku so ku wo ya bu tte shi ma i , mo u shi wa ke a ri ma se n.
沒遵守約定，真抱歉。

破ります 動 破壞、失約

09

役に立たなくて、
ごめんなさい。
ya ku ni ta ta na ku te ,
go me n na sa i.
沒幫上忙，對不起。

役に立ちます 動 有用處

10

心配をかけてしまい、すみません。
shi n pa i wo ka ke te shi ma i , su mi ma se n.
抱歉讓大家擔心了。

かけます 動 寄託

11

私が間違っていました。
wa ta shi ga ma chi ga tte i ma shi ta.
是我弄錯了。

が：助詞，用以表示主語

12

詫びには及びません。
wa bi ni wa o yo bi ma se n.
用不著道歉。

日語50音與筆順

清音

濁音

半濁音

拗音

長音

促音

撥音

重音

基礎文法與構句

最常用的生活單字

最口語的日常短句

情境模擬生活會話

4-19.mp3

01

あなたを信^{しん}じます。

a na ta wo shi n ji ma su.

我相信你。

信^{しん}じます 動 相信

02

信^{しん}じられません。

shi n ji ra re ma se n.

真是不敢相信。

信^{しん}じられます：是「信^{しん}じます」的可能形

03

彼^{かれ}は信頼^{しんらい}できる人^{ひと}です。

ka re wa shi n ra i de ki ru hi to de su.

他是值得信任的人。

信頼^{しんらい}します 動 信賴、信任

04

彼^{かれ}は信用^{しんよう}がない人^{ひと}です。

ka re wa shi n yo u ga na i hi to de su.

他是沒信用的人。

ない：「ありません」的普通形

05

受^うかると信^{しん}じています。

u ka ru to shi n ji te i ma su.

我相信我會考上。

受^うかります 動 考上

06

信^{しん}じてください。

shi n ji te ku da sa i.

請相信我。

～てください：輕微的命令，表示「請你…」

07

その話は本当だと思います。
so no ha na shi wa ho n to u da to o mo i ma su.
我覺得那個話是真的。

本当 **名** 真正、真的

08

私たちはお互いを信じています。
wa ta shi ta chi wa o ta ga i wo shi n ji te i ma su.
我們互相相信。

お互い **名** 互相

09

彼は学生たちからの信頼が厚いです。
ka re wa ga ku se i ta chi ka ra no shi n ra i ga a tsu i de su.
他很受學生信賴。

厚い：イ形容詞，深厚

10

彼は信頼に足る人です。
ka re wa shi n ra i ni ta ru hi to de su.
他是能充分信賴的人。

足ります **動** 足夠

11

頼もしいですね。
ta no mo shi i de su ne.
很可靠呢。

ね：終助詞，表示要求同感

12

私が彼の人格を保証します。
wa ta shi ga ka re no ji n ka ku wo ho syo u shi ma su.
我可以保證他的人格。

保証します **動** 保證

日語50音與筆順

清音
濁音
半濁音
拗音
長音
促音
撥音
重音

基礎文法與構句

最常用的生活單字

最口語的日常短句

情境模擬生活會話

4-20.mp3

01

まさか彼女がそんなものを買ったりしないでしょう。

ma sa ka ka no jo ga so n na mo no wo ka t ta ri shi na i de syo u.

她總不會去買那樣的東西吧。

まさか 副 難道、表示猜測某種情況不太可能發生的心情

02

あの人が嘘をついたのだと思います。

a no hi to ga u so wo tsu i ta no da to o mo i ma su.

我覺得那個人說了謊。

思います 動 想、覺得

03

彼は宿題をしないで提出したと思います。

ka re wa syu ku da i wo shi na i de te i syu tsu shi ta to o mo i ma su.

我覺得他沒寫作業就交出去了。

～ないで：表示保持某動作就做了下一個動作

04

彼は女の子たちに人気らしいです。

ka re wa o n na no ko ta chi ni ni n ki ra shi i de su.

他似乎在女孩們中很受歡迎。

人気 名 受歡迎、人緣

05

彼はあの会社の社長らしいです。

ka re wa a no ka i sya no sya cho u ra shi i de su.

他似乎是那間公司的社長。

～らしい：表示客觀的推測

06	今日は雨が降るみたいです。 （きょう）（あめ）（ふ） kyo u wa a me ga hu ru mi ta i de su. 今天可能會下雨。	～みたい：較口語的主觀推測
07	学生たちは夏休みで暇なはずです。 （がく せい）（なつ やす）（ひま） ga ku se i ta chi wa na tsu ya su mi de hi ma na ha zu de su. 暑假學生們應該很閒。	～はず：按理來說所得的推測，表示「應該…」
08	彼らは別れたのかもしれません。 （かれ）（わか） ka re ra wa wa ka re ta no ka mo shi re ma se n. 他們也許分手了。	～かもしれません：沒甚麼把握的推測，表示「也許…」
09	友達は今留守かもしれません。 （とも だち）（いま る す） to mo da chi wa i ma ru su ka mo shi re ma se n. 朋友現在也許不在家。	留守 名 不在家
10	彼はパーティーに来ないかもしれません。 （かれ）（こ） ka re wa pa a tji i ni ko na i ka mo shi re ma se n. 他也許不會來派對。	に：助詞，表示目的
11	友達ともう二度と会えないかもしれません。 （とも だち）（に ど）（あ） to mo da chi to mo u ni do to a e na i ka mo shi re ma se n. 也許再也見不到朋友了。	友達 名 朋友 （とも だち）

日語50音與筆順

清音
濁音
半濁音
拗音
長音
促音
撥音
重音

基礎文法與構句

最常用的生活單字

最口語的日常短句

情境模擬生活會話

01	疑わしい。 u ta ga wa shi i. 懷疑。	疑わしい：イ形容詞，可疑
02	彼は怪しいです。 ka re wa a ya shi i de su. 他很可疑。	怪しい：イ形容詞，奇怪、可疑
03	本当ですか。 ho n to u de su ka. 真的嗎？ 	
04	これは夢じゃないですよね。 ko re wa yu me ja na i de su yo ne. 這不是夢對吧。	よね：終助詞，表示確認語氣
05	あの人が信じられますか。 a no hi to ga shi n ji ra re ma su ka. 可以相信那個人嗎？	
06	おかしくないですか。 o ka shi ku na i de su ka. 不奇怪嗎？	おかしい：イ形容詞，奇怪、不正常

07

普通はこんなことしないでしょう？

hu tsu u wa ko n na ko to shi na i de syo u？

通常不會這樣做吧？

こんな：ナ形容詞，這樣的

08

どうしても信じられません。

do u shi te mo shi n ji ra re ma se n.

怎麼也沒辦法相信。

どうしても 副 怎麼也、無論如何

09

本気ですか。

ho n ki de su ka.

你認真的嗎？

本気 名 認真、真的

10

勝手に人を疑わないでください。

ka t te ni hi to wo u ta ga wa na i de ku da sa i.

不要隨便懷疑他人。

勝手：ナ形容詞，任意

11

もう一度誓ってください。

mo u i chi do chi ka t te ku da sa i.

再發誓一次。

誓います 動 發誓

12

そうなんですか。

so u na n de su ka.

是那樣嗎？

日語50音與筆順

清音

濁音

半濁音

拗音

長音

促音

撥音

重音

基礎文法與構句

最常用的生活單字

最口語的日常短句

情境模擬生活會話

4-22.mp3

01

やめてください。困_{こま}ります。

ya me te ku da sa i. ko ma ri ma su.

請住手。我很困擾。

やめます 動 作罷

02

困_{こま}ったな。

ko ma t ta na.

真是令人頭痛。

困_{こま}ります 動 為難、困窘

03

締_しめ切_きりに間_まに合_あわなくて、悩_{なや}んでいます。

shi me ki ri ni ma ni a wa na ku te , na ya n de i ma su.

趕不上截止日，很煩惱。

悩_{なや}みます 動 煩惱

04

今_{いま}の悩_{なや}みを教_{おし}えてください。

i ma no na ya mi wo o shi e te ku da sa i.

把現在的煩惱告訴我。

悩_{なや}み 名 煩惱、苦惱

05

お腹_{なか}が痛_{いた}くて、つらいです。

o na ka ga i ta ku te , tsu ra i de su.

肚子痛得很難受。

～て、～：表示原因

06

返事_{へんじ}に困_{こま}ります。

he n ji ni ko ma ri ma su.

難以回答。

返事_{へんじ} 名 答覆

07

上司[じょうし]を困[こま]らせました。
jo u shi wo ko ma ra se ma shi ta.
讓上司困擾了。

困[こま]らせました：使役形，表示「讓…」

08

人[ひと]に迷惑[めいわく]をかけないでください。
hi to ni me i wa ku wo ka ke na i de ku da sa i.
請不要給人添麻煩。

に：助詞，表示對象

09

ご迷惑[めいわく]をおかけまして、申し訳[もうしわけ]ありません。
go me i wa ku wo o ka ke ma shi te , mo u shi wa ke a ri ma se n.
造成您的麻煩，十分抱歉。

迷惑[めいわく]名 麻煩

10

この箱[はこ]は邪魔[じゃま]だな。
ko no ha ko wa ja ma da na.
這個箱子很礙事啊。

邪魔[じゃま]：名詞或ナ形容詞，妨礙

11

彼[かれ]はしつこくて、嫌[きら]いです。
ka re wa shi tsu ko ku te , ki ra i de su.
他死纏爛打，很討厭。

しつこい：イ形容詞，糾纏不休

12

ミルクをこぼしちゃって、大変[たいへん]です。
mi ru ku wo ko bo shi cha t te , ta i he n de su.
打翻了牛奶，好麻煩。

こぼします 動 灑落

日語50音與筆順

清音
濁音
半濁音
拗音
長音
促音
撥音
重音

基礎文法與構句

最常用的生活單字

最口語的日常短句

情境模擬生活會話

Unit
23 建議

4-23.mp3

01
病院へ行ったほうがいいですよ。
byo u i n e i tta ho u ga i i de su yo.
去醫院比較好唷。

〜たほうがいい：表示建議、忠告

02
謝ったほうがいいですよ。
a ya ma tta ho u ga i i de su yo.
道歉會比較好唷。

謝ります 動 謝罪

03
このボタンを押してみてください。
ko no bo ta n wo o shi te mi te ku da sa i.
請按按看這個按鈕。

〜てみます：表示嘗試

04
駅で集まるのはどうですか。
e ki de a tsu ma ru no wa do u de su ka.
在車站集合怎麼樣？

で：助詞・表示動作的場所

05
一緒に飲みませんか。
i s syo ni no mi ma se n ka.
要不要一起去喝一杯？

〜ませんか：表示邀約

06
いいアドバイスをもらいました。
i i a do ba i su wo mo ra i ma shi ta.
我得到了一個很好的建議。

アドバイス 名 提案、忠告

07

私は会議で自分の意見を言いました。

wa ta shi wa ka i gi de ji bu n no i ke n wo i i ma shi ta.

我在會議上提出了自己的意見。

で：助詞，表示動作的場所

08

一緒に討論しましょうか。

i s syo ni to u ro n shi ma syo u ka.

我們一起討論吧。

〜ましょうか：較邀約表現的「〜ませんか」更強勢點的說法

09

窓ををちょっと閉めてもらってもいいですか。

ma do wo cho t to shi me te mo ra t te mo i i de su ka.

可以稍微關一下門嗎？

ちょっと 副 稍微

10

私がしたとおりにしてください。

wa ta shi ga shi ta to o ri ni shi te ku da sa i.

請照著我做過的來做一次。

とおり 名 一樣

11

一緒に行きましょう。

i s syo ni i ki ma syo u.

一起去吧。

一緒 名 一同

12

もう提案はしました。

mo u te i a n wa shi ma shi ta.

我已經提案了。

日語50音與筆順

清音
濁音
半濁音
拗音
長音
促音
撥音
重音

基礎文法與構句

最常用的生活單字

最口語的日常短句

情境模擬生活會話

Unit

24 意願

01
任せ(まか)てください。
ma ka se te ku da sa i.
請交給我。

任せ(まか)ます 動 託付

02
お手伝(て つだ)いしましょうか。
o te tsu da i shi ma syo u ka.
要不要幫忙您？

〜ましょうか：詢問協助，表示「要不要幫你…」

03
私(わたし)がやります。
wa ta shi ga ya ri ma su.
由我來做。

やります 動 做

04
ごはんを作(つく)らせてください。
go ha n wo tsu ku ra se te ku da sa i.
請讓我做飯。

〜らせてください：使役動詞的命令表現，表示「請讓我…」

05
彼(かれ)は海外転勤(かい がい てん きん)に意欲的(い よく てき)です。
ka re wa ka i ga i te n ki n ni i yo ku te ki de su.
他有意願調派到海外。

意欲(い よく) 名 熱情、積極的

06
プロジェクトをやらせてください。
pu ro jie ku to wo ya ra se te ku da sa i.
請讓我做專案。

プロジェクト 名 企劃、專案

07

うちの猫がやっと餌を食べました。

u chi no ne ko ga ya t to e sa wo ta be ma shi ta.

我家的貓終於吃飼料了。

やっと 副 終於

08

いつかヨーロッパへ行きます。

i tsu ka yo o ro p pa e i ki ma su.

總有一天我會去歐洲的。

へ：助詞，表示移動的方向

09

このかばんを買いたいです。

ko no ka ba n wo ka i ta i de su.

想買這個包包。

～たい：表示動作的想要

10

一緒に映画を見ましょう。

i s syo ni e i ga wo mi ma syo u.

一起看電影吧。

映画 名 電影

11

私と結婚してください。

wa ta shi to ke k ko n shi te ku da sa i.

請和我結婚。

結婚します 動 結婚

12

私が持ちましょうか。

wa ta shi ga mo chi ma syo u ka.

由我來幫您拿吧。

が：助詞，用以表示主詞

日語50音與筆順

清音
濁音
半濁音
拗音
長音
促音
撥音
重音

基礎文法與構句

最常用的生活單字

最口語的日常短句

情境模擬生活會話

4-25.mp3

01
かれ ほんとう あたま わる
彼は本当に頭が悪いです。
ka re wa ho n to u ni a ta ma ga wa ru i de su.
他腦袋真的不好。

悪い：イ形容詞，不好的

02
へ や きたな せま
この部屋は汚くて、狭いです。
ko no he ya wa ki ta na ku te , se ma i de su.
這房間又髒又小。

〜くて、〜：又〜又〜，並列形容詞時會用到的表現

03
しつれい ひと
失礼な人です。
shi tsu re i na hi to de su.
真是沒禮貌的人。

失礼：ナ形容詞，失禮

04
かれ さいてい おとこ
彼は最低な男です。
ka re wa sa i te i na o to ko de su.
他真是差勁的男人。

最低：ナ形容詞，最壞

05
くすり の
この薬は飲みにくいです。
ko no ku su ri wa no mi ni ku i de su.
這個藥很難吞。

〜にくい：表示「難以…」

06
あなたはバカですか。
a na ta wa ba ka de su ka.
你是笨蛋嗎？

バカ 名 笨蛋、傻瓜

07
いい度胸（どきょう）だ！
i i do kyo u da !
好大的膽子。

度胸 **名** 膽量

08
静（しず）かにしてくれませんか？
shi zu ka ni shi te ku re ma se n ka ?
能給我安靜點嗎？

〜にします：ナ形容詞加「にします」，使ナ形容詞副詞化，表示「…地做…」

09
黙（だま）れ！うるさい！
da ma re ! u ru sa i !
閉嘴！很吵！

黙（だま）れ：「黙（だま）ります」的「ます」前變成え段音，並去掉「ます」，是強烈的命令表現

10
いい加減（かげん）にしてください。
i i ka ge n ni shi te ku da sa i.
給我差不多一點。

加減（かげん）**名** 斟酌，做各種事時的程度、力道

11
図々（ずうずう）しい。
zu u zu u shi i.
不要臉。

図々（ずうずう）しい：イ形容詞，厚顏無恥

12
訳（わけ）が分（わ）かりません。
wa ke ga wa ka ri ma se n.
莫名其妙。

分（わ）かります **動** 懂、明白

4-26.mp3

01
彼女（かのじょ）はとてもきれいです。
ka no jo wa to te mo ki re i de su.
她很漂亮。

きれい：ナ形容詞，漂亮的

02
このかばんは素敵（すてき）です。
ko no ka ba n wa su te ki de su.
這個包包很漂亮。

素敵：ナ形容詞，漂亮、帥

03
この部屋（へや）はきれいで、広（ひろ）いです。
ko no he ya wa ki re i de , hi ro i de su.
這間房間又乾淨又寬敞。

きれい：ナ形容詞，乾淨的

04
素敵（すてき）なカップです。
su te ki na ka p pu de su.
好棒的杯子。

カップ **名** 杯子

05
すごいですね。
su go i de su ne.
好棒喔。

ね：終助詞，表示請求對方同感

06
彼女（かのじょ）は天使（てんし）のように心（こころ）が優（やさ）しいです。
ka no jo wa te n shi no yo u ni ko ko ro ga ya sa shi i de su.
她就像是天使一樣心地善良。

よう：比喻，表示「像是…一樣」

07

よくできました。
yo ku de ki ma shi ta.
做得真好。

できました：「できます」的過去式可以表示「完成」

08

これが一番おいしいんです。
ko re ga i chi ba n o i shi i n de su.
這是最好吃的。

ん：表示強調口氣

09

英語が上手ですね。
ei go ga jo u zu de su ne.
英文講得真好。

上手：ナ形容詞，擅長、拿手

10

この靴は歩きやすいです。
ko no ku tsu wa a ru ki ya su i de su.
這鞋子很好走。

〜やすい：表示「易於…」

11

とてもすごいです。
to te mo su go i de su.
好厲害。

すごい：イ形容詞，驚人、厲害

12

腕があります。
u de ga a ri ma su.
有本事。

腕 **名** 本領

日語50音與筆順

清音
濁音
半濁音
拗音
長音
促音
撥音
重音

基礎文法與構句

最常用的生活單字

最口語的日常短句

情境模擬生活會話

27 祝賀

4-27.mp3

01
おめでとうございます。
o me de to u go za i ma su.
恭喜。

02
よいお年をお迎えください。
yo i o to shi wo o mu ka e ku da sa i.
新年快樂。

過年前的新年祝賀

03
明けましておめでとう
ございます。
a ke ma shi te o me de to u go za i ma su.
新年快樂。

過年後的新年祝賀

04
ご入学おめでとうございます。
go nyu u ga ku o me de to u go za i ma su.
恭喜入學。

入学 名 入學

05
ご結婚おめでとうございます。
go ke k ko n o me de to u go za i ma su.
恭喜結婚。

結婚 名 結婚

06
お誕生日おめでとう
ございます。
o ta n jo u bi o me de to u
go za i ma su.
生日快樂。

誕生日 名 生日

07

ご卒業おめでとうございます。
go so tsu gyo u o me de to u go za i ma su.
恭喜畢業。

卒業 **名** 畢業

08

ご出産おめでとうございます。
go syu s sa n o me de to u go za i ma su.
恭喜喜獲麟兒。

出産 **名** 生產

09

昇進おめでとうございます。
syo u shi n o me de to u go za i ma su.
恭喜升遷。

昇進 **名** 晉升

10

メリークリスマス。
me ri i ku ri su ma su.
聖誕快樂。

11

ハッピーバレンタインデー。
ha p pi i ba re n ta i n de e.
情人節快樂。

ハッピー：相當於英文的「happy」

12

合格おめでとうございます。
go u ka ku o me de to u go za i ma su.
恭喜合格。

合格 **名** 及格、考上

日語50音與筆順

清音
濁音
半濁音
拗音
長音
促音
撥音
重音

基礎文法與構句

最常用的生活單字

最口語的日常短句

情境模擬生活會話

memo

5

會話課
情境模擬生活會話

Unit

01 寒暄介紹

 01 打招呼

5-01.mp3

study 1 常用短句

01.	おはようございます。	早安。
02.	こんにちは。	午安/你好。
03.	こんばんは。	晚安。
04.	おやすみなさい。	（睡前）晚安。
05.	お元気ですか。	過得好嗎？
06.	お久しぶりです。	好久不見。
07.	ご無沙汰しております。	（對地位高的人）好久不見。
08.	初めまして。	初次見面。
09.	どうぞよろしくお願いします。	請多多指教。
10.	こちらこそどうぞよろしくお願いします。	哪裡哪裡，請多多指教。

單字

① 今晩（名）今晚
② 休み（名）休息
③ 元気（名、ナ形）精神、健康的
④ 久しい（イ形）許久的
⑤ 初め（名）第一次
⑥ 願います（動）請求、希望

文法

★ ～ております：是「います」的謙讓語，面對地位比自己高的人使用。放低自己地位，以示對方地位較高。

日語50音與筆順

清音

濁音

半濁音

拗音

長音

促音

撥音

重音

基礎文法與構句

最常用的生活單字

最口語的日常短句

情境模擬生活會話

study2 情境會話

對話1 初次見面

佐藤：初めまして、佐藤と申します。ど
うぞよろしくお願いします。

鈴木：初めまして、鈴木と申します。こ
ちらこそ、どうぞよろしくお願い
します。

佐藤：初次見面，我叫做佐藤。
請多多指教。

鈴木：初次見面，我叫做鈴木。
哪裡哪裡，請多多指教。

對話2 好久不見

浩子：鈴木さん、お久しぶりです。

鈴木：浩子さん、お久しぶりです。元気
ですか。

浩子：おかげさまで、元気ですよ。

浩子：鈴木先生，好久不見。

鈴木：浩子小姐，好久不見。過
得好嗎？

浩子：多虧你的福，我很好唷。

對話3 偶然碰到

浩子：あれ？鈴木さん？

鈴木：え？浩子さん。どうしてここに？

浩子：夫の誕生日プレゼントを買いに
来たのよ。

鈴木：いいね。そういえば、この店のネ
クタイは有名らしいよ。

浩子：そうなんだ。買ってみようかな。

浩子：欸？鈴木先生？

鈴木：欸？浩子小姐。為什麼在
這裡呢？

浩子：我來買老公的生日禮物
唷。

鈴木：不錯耶。話說，這家店的
領帶聽說很有名唷。

浩子：是這樣啊。那買買看吧。

291

02 介紹

5-02.mp3

study 1 常用短句

01. こちらは田中拓也さんです。　　　這位是田中拓也先生。

02. 田中拓也と申します。　　　　　　我叫做田中拓也。

03. 私は台湾人です。　　　　　　　　我是台灣人。

04. すみません、何とお呼びすればいいですか。　　不好意思，要如何稱呼您。

05. すみません、お名前は？　　　　　不好意思，請問您的名字是？

06. 自己紹介させていただきます。　　請容我自我介紹。

07. いい先生を紹介していただけませんか。　　可以介紹給我好老師嗎？

08. 駅前のケーキ屋がいいです。　　　車站前的蛋糕店才好。

09. 私の趣味は映画を見ることです。　　我的興趣是看電影。

10. 家族は四人います。夫と息子が二人います。　　家人有四個人。老公和兩個兒子。

單字

① 呼びます（動）稱呼、呼叫
② 名前（名）名字
③ 先生（名）老師
④ 趣味（名）興趣
⑤ 映画（名）電影
⑥ 見ます（動）看
⑦ 家族（名）家人
⑧ 夫（名）丈夫
⑨ 息子（名）兒子

文法

★ 動詞使役形て形＋いただきます：表謙虛口氣，動作主為自己。

★ 動詞原形＋こと：名詞化，將動詞變成名詞。

日語50音與筆順

清音

濁音

半濁音

拗音

長音

促音

撥音

重音

基礎文法與構句

最常用的生活單字

最口語的日常短句

情境模擬生活會話

study2 情境會話

對話1 詢問興趣

鈴木：詩織さんの趣味は何ですか。　　　　鈴木：詩織小姐的興趣是什麼。

詩織：私の趣味は映画を見ることです。　詩織：我的興趣是看電影。

鈴木：どんな映画ですか。　　　　　　　鈴木：怎麼樣的電影呢？

詩織：ホラー映画です。　　　　　　　　詩織：恐怖電影。

鈴木：おー。　　　　　　　　　　　　　鈴木：哇。

對話2 介紹家人

鈴木：佐藤さん、ご家族は？　　　　　　鈴木：佐藤小姐，您的家人呢？

佐藤：家族は四人います。夫と息子が　　佐藤：家人有四個人。老公和兩
　　　二人います。　　　　　　　　　　　　個兒子。

鈴木：私は妻と私だけです。子供は、　　鈴木：我的話只有老婆和我而
　　　まだいません。　　　　　　　　　　　已。我們還沒有小孩。

佐藤：そうですか。　　　　　　　　　　佐藤：是這樣啊。

對話3 介紹老師

雅子：鈴木さん、最近アメリカ人の部　　雅子：鈴木先生，最近因為美國
　　　長が着任したから、英語を勉　　　　　人的部長上任了，所以我
　　　強したいの。　　　　　　　　　　　想學英文。

鈴木：おお、大変そうだね。　　　　　　鈴木：哎呀，好辛苦！

雅子：いい英語の先生を紹介してもら　　雅子：可以介紹我好的英文老師
　　　えない？　　　　　　　　　　　　　嗎？

鈴木：英語の先生なら、　　　　　　　　鈴木：英文老師的話，車站前的
　　　駅前のABC英語塾の　　　　　　　　ABC英文補習班的木村
　　　木村先生がいいよ。　　　　　　　　老師很好。

03 告別

5-03.mp3

study 1 常用短句

01. じゃ、また。	那麼，再見。
02. また明日。	明天見。
03. さようなら。	再見。
04. また今度遊びに来てください。	下次請再來玩。
05. また会おうね。	下次再見面吧。
06. 私を忘れないでくださいね。	請不要忘記我喔。
07. お元気で。	請保重。
08. また連絡してくださいね。	請再（跟我）連絡。
09. 手紙を待っています。	我等你的信。
10. お先に失礼します。	我先告辭了。

單字

① じゃ（接）那麼
② 明日（名）明天
③ 遊びます（動）遊玩
④ 来ます（動）來
⑤ 連絡します（動）聯絡
⑥ どこ（代）哪裡

文法

★ さようなら：通常用於不會再相見時的道別，或是離別後幾乎沒機會再見面的時候，但是高中以前的小孩子習慣上不受這種限制。

★ 遊びに来てください：動詞去「ます」加上「に」表示「目的」，成為話中的重點，例如：博多へラーメンを食べに行きます。去博多吃拉麵，吃拉麵是去博多的目的。

日語50音與筆順

清音

濁音

半濁音

拗音

長音

促音

撥音

重音

基礎文法與構句

最常用的生活單字

最口語的日常短句

情境模擬生活會話

study2 情境會話

對話1 在家裡

大器：いってきます。　　　　　　　　　大器：我出門了。

浩子：あ！お弁当を忘れないで。　　　　浩子：啊！不要忘記便當。

大器：あ！ごめん。じゃ、いってきま　　大器：啊！抱歉。那麼，我出門
す。　　　　　　　　　　　　　　　了。

浩子：いってらっしゃい。気を付けて　　浩子：慢走。路上小心。
ね。

對話2 在學校

加藤先生：では、今日はここまで。来　　加藤老師：那麼，今天到這。下
週の火曜日までにレポート　　　　　週二以前請交報告。
を出してください。

学生たち：先生、ありがとうございまし　學生們：老師，謝謝。
た。

佑太：なつみ、また来週ね。　　　　　佑太：夏美，下週見。

なつみ：また。　　　　　　　　　　　夏美：再見。

對話3 到國外讀書

鈴木：いろいろお世話になりました。　鈴木：受到你多方的照顧了。

浩子：いいえ。お元気で。　　　　　　浩子：不會。請保重。

鈴木：じゃ、また連絡してくださいね。　鈴木：那麼，請再跟我聯絡喔。

浩子：はい、また連絡します。アメリカ　浩子：好，再聯絡。到達美國的
の空港に着いたら、電話してくだ　　　機場後，請打電話給我。
さい。

鈴木：わかりました。　　　　　　　　鈴木：我知道了。

Unit
02 家庭生活

01 起床

5-04.mp3

---

study 1 | 常用短句

01. 早く起きなさい。 快點起床。
02. よく眠れましたか。 睡得好嗎？
03. まだ眠いです。あと5分ください。 我還想睡。再給我五分鐘。
04. いい夢を見ました。 做了好夢。
05. 目が覚めました。 醒了。
06. 明日の朝6時に私を起こしてください。 明天早上六點請叫我起床。
07. やばい！遅刻だ！ 糟了！遲到了！
08. 寝坊しました。ごめんなさい。 我睡過頭了。對不起。
09. 遅れるところでした。 差點就遲到了。
10. 眠い。でも、起きなきゃ。 好想睡。但是必須起床。

(單字)
① 起きます（動）起床
② 眠ります（動）睡覺
③ 眠い（イ形）想睡、睏
④ 夢（名）夢
⑤ 起こします（動）叫醒
⑥ 遅れます（動）遲到
⑦ 寝坊します（動）睡懶覺

(文法)
★ 起きなさい：動詞「ます」去「ます」加「なさい」是比動詞て型加ください更強烈一些的命令口氣。

★ 眠れます：是「眠ります」的可能型，指能夠睡得好的一種能力表現。

★ 起きなきゃ：是「起きなければなりません」的縮略講法，較為口語。

296

日語50音與筆順

清音

濁音

半濁音

拗音

長音

促音

撥音

重音

基礎文法與構句

最常用的生活單字

最口語的日常短句

情境模擬生活會話

study2 情境會話

對話1 假日起床①

俊介：早く起きなさい。休みの日だからって、こんなに遅く起きるのは良くないよ。

詩織：まだ眠いの、あと5分ください。5分後に起こして。

俊介：しょうがないなぁ。

俊介：快點起床。雖然是假日，但這麼晚起也不好啊。

詩織：我還想睡，再給我五分鐘。五分後叫我起床。

俊介：真拿你沒辦法。

對話2 假日起床②

俊介：よく眠れた？

詩織：うん、いい夢を見たよ。

俊介：どんな夢？

詩織：宝くじが当たった夢。

俊介：睡得好嗎？

詩織：嗯，我做了好夢唷。

俊介：怎麼樣的夢？

詩織：中獎的夢。

對話3 遲到

母：早く起きなさい。もう7時だよ。

律：嫌だ。まだ眠い。

母：今日は始業式じゃないの？

律：あ！そうだ！早く起きなきゃ。危ない！遅れるところだった。

母親：快點起床。已經七點了唷。

律：不要。我還想睡。

母親：今天不是開學典禮嗎？

律：啊！對！那必須早起。好險！差點就遲到了。

02 梳洗

5-05.mp3

常用短句

01. 毎朝、起きてすぐ歯を磨きます。　　　每天早上起床之後馬上刷牙。

02. ごはんを食べる前に手を洗ってください。　　　吃飯前請洗手。

03. シャワーを浴びます。　　　淋浴。

04. お風呂に入ります。　　　泡澡。

05. 顔を洗わないで出かけました。　　　沒洗臉就出門了。

06. お風呂に入ったので、気持ちがいいです。　　　因為泡澡了，所以很舒服。

07. 一日に何回歯を磨きますか。　　　一天刷幾次牙呢？

08. 髪を洗うのが先ですか、体を洗うのが先ですか。　　　是先洗髮還是先洗身體呢？

09. 暑いので、ちょっとシャワーを浴びました。　　　因為很熱，所以稍微沖了澡。

10. タオルを体に巻いて浴槽に入らないでください。　　　請不要包著浴巾進澡缸。

（單字）
① 歯（名）牙齒
② 磨きます（動）刷
③ 食べます（動）吃
④ 洗います（動）洗
⑤ 出かけます（動）出門
⑥ ボディタオル（名）浴巾

（文法）
★ 動詞原形＋前に～：指做某事之前要先做某事，表示「在…之前…先」。

★ 動詞＋てください：表示「請做…」，有輕微命令的口氣。

★ ～から～：完整的句子後加から，表示原因或理由。可翻成「因為…所以…」。

study2 情境會話

對話1 吃飯

詩織：ごはんできたよ。

俊介：いい匂いだ。早く食べたい。

詩織：だめよ。
ごはんを食べる前に、手を洗ってください。

俊介：はーい。

詩織：飯煮好囉。

俊介：好香喔。好想趕快吃。

詩織：不可以。
吃飯前請去洗手。

俊介：好。

對話2 去飯店的大浴場

詩織：やっとホテルに着いたね。疲れきったわ。

俊介：じゃ、大浴場に行こうか。

詩織：タオルを体に巻いて浴槽に入らないでくださいね。

俊介：わかった。

詩織：終於到飯店了。累死了。

俊介：那我們去大澡堂吧。

詩織：不要包著浴巾進澡缸喔。

俊介：我知道。

對話3 匆忙出門

鈴木：浩子さん、おはよう。

浩子：おはよう。あら、どうして顔が油っぽいの？

鈴木：顔を洗わないで出て来たから。

浩子：それはだめよ。清潔には注意しなきゃ。

鈴木：浩子，早安。

浩子：早安。哎呀，為什麼妳臉油油的？

鈴木：因為沒洗臉就出門了。

浩子：那可不行啊，要注意清潔啦。

03 出門

5-06.mp3

常用短句

01. いってきます。　　　　　　　　我出門了。

02. いってらっしゃい。　　　　　　慢走。

03. 雨が降っていますから、傘を忘れ　因為在下雨，不要忘記傘了。
ないでください。

04. ちょっと郵便局まで。　　　　　我稍微到郵局一下。

05. 気を付けてくださいね。　　　　路上小心。

06. 晩ごはんはすき焼きですよ。早く　晩餐是壽喜燒唷，早點回來吧。
帰って来てくださいね。

07. 残業しますから、帰りは遅くな　因為要加班，所以會很晚回家。
ります。

08. 化粧しないまま、出かけてしま　沒化妝就出門了。
いました。

09. 退勤した後、ちょっと本屋に寄っ　下班後，稍微繞去書店一下再回家。
て、帰ります。

10. 残業するなら、電話をくださいね。　如果要加班的話，請打給我。

單字

① 雨（名）雨
② 降ります（動）下（雨、雪）
③ 忘れます（動）忘記
④ 郵便局（名）郵局
⑤ 残業します（動）加班
⑥ 化粧します（動）化妝
⑦ 退勤します（動）下班

文法

★ 動詞+ています：表示「正在…」，
例如：ごはんを食べています。正在
吃飯。

★ 動詞+てしまいました：表示殘念、
完了的口氣，有「光了、掉了」等意
思。

★ なら：假定表現。承接上述話題，
做出假設，並提出意見。

日語50音與筆順

清音

濁音

半濁音

拗音

長音

促音

撥音

重音

基礎文法與構句

最常用的生活單字

最口語的日常短句

情境模擬生活會話

study2 情境會話

對話1 去郵局

俊介 (しゅんすけ)：ちょっと郵便局 (ゆうびんきょく) まで。

詩織 (しおり)：気 (き) を付 (つ) けてね。あ、雨 (あめ) が降 (ふ) っているから、傘 (かさ) を忘 (わす) れないで。

俊介 (しゅんすけ)：わかった。いってきます。

詩織 (しおり)：いってらっしゃい。

俊介：我稍微到郵局一下。

詩織：路上小心。啊！正在下雨，別忘記傘了。

俊介：我知道。我出門囉。

詩織：慢走。

對話2 傳簡訊

詩織 (しおり)：晩 (ばん) ごはんはすき焼 (や) きよ。早 (はや) く帰 (かえ) って来 (き) てね。

俊介 (しゅんすけ)：ごめん、今日 (きょう) 残業 (ざんぎょう) するから、帰 (かえ) りが遅 (おそ) くなる。

詩織 (しおり)：残念 (ざんねん)。じゃ、一人 (ひとり) で食 (た) べるわ。

俊介 (しゅんすけ)：うん、できるだけ早 (はや) く仕事 (しごと) を終 (お) わらせるね。

詩織：今天晚餐是壽喜燒唷，早點回家吧。

俊介：抱歉，今天因為要加班，會很晚才回家。

詩織：真遺憾，那我一個人吃。

俊介：嗯，我盡量早點把工作結束掉。

對話3 匆忙來赴約

詩織 (しおり)：俊介 (しゅんすけ)、おはよう。どうしよう。化粧 (けしょう) しないまま、出 (で) て来 (き) ちゃった。

俊介 (しゅんすけ)：じゃ、化粧室 (けしょうしつ) を探 (さが) そうか。

詩織 (しおり)：ごめんね。時間 (じかん) 取 (と) らせちゃって。

俊介 (しゅんすけ)：大丈夫 (だいじょうぶ) だよ。

詩織：俊介，早安。怎麼辦，我沒化妝就出門了。

俊介：那我們去找化妝室吧。

詩織：對不起，耽誤你的時間。

俊介：沒關係。

04 晚餐

5-07.mp3

常用短句

01. 一緒に晩ごはんを食べませんか。　　　要不要一起吃晚餐。

02. 一緒に晩ごはんを食べましょう。　　　一起吃晚餐吧。

03. 晩ごはんはファミレスで食べまし　　　晚餐在家庭餐廳吃吧。
　　ょうか。

04. 晩ごはんを食べながら、　　　　　　　一邊吃晚餐，一邊喝紅酒。
　　ワインを飲みます。

05. 晩ごはんを食べてから、　　　　　　　吃完晚餐後在居酒屋二次會吧。
　　居酒屋で二次会しましょう。

06. 晩ごはんを食べましたか。　　　　　　吃晚餐了嗎？

07. まだ晩ごはんを食べていません。　　　我還沒吃晚餐，接下來要吃。
　　これから食べます。

08. いつも一人で晩ごはんを食べま　　　　我總是一個人吃晚餐。
　　す。

09. 早く帰って来てください。　　　　　　早點回家，晚餐要涼了。
　　晩ごはんが冷めてしまいますよ。

10. 晩ごはんは何ですか。　　　　　　　　晚餐是什麼？

單字

① 晩ごはん（名）晚餐

② ファミレス（名）家庭餐廳

③ ワイン（名）葡萄酒、紅酒

④ 二次会（名）續攤

⑤ 冷めます（動）冷掉

文法

★ 動詞+ませんか：表示邀約，翻譯成「要不要…」。

★ 動詞+ましょう：表示一起動作，翻譯成「…吧」。

★ ファミレスで～：で是助詞，表示「做動作的場所」。

日語50音與筆順

清音

濁音

半濁音

拗音

長音

促音

撥音

重音

基礎文法與構句

最常用的生活單字

最口語的日常短句

情境模擬生活會話

study2 情境會話

對話1 邀約

浩子：一緒に晩ごはんを食べませんか。　　浩子：要不要一起吃晚餐呢？

鈴木：いいですね。一緒に食べましょ　　　鈴木：好啊，一起吃吧。
　　　う。

浩子：ファミレスで　　　　　　　　　　　浩子：在家庭餐廳吃吧。
　　　食べましょう
　　　か。

鈴木：いいですよ。　　　　　　　　　　　鈴木：好啊。

對話2 慶祝情人節

俊介：今日はバレンタインデーだよ。　　　俊介：今天是情人節唷。

詩織：じゃ、晩ごはんはレストランへ食　　詩織：那麼，晚餐去餐廳吃吧。
　　　べに行こうか。

俊介：いいね。食べながらワインがあ　　　俊介：好啊。一邊吃晚餐，一邊
　　　れば、いい雰囲気だね。　　　　　　　　喝紅酒的話很有氣氛呢。

對話3 跟朋友一起吃飯

詩織：俊介はいつも残業だから、いつ　　　詩織：俊介總是在加班。所以我
　　　も一人で晩ごはんを食べます。　　　　　總是一個人吃晚餐。

鈴木：そうですか。じゃ、今日はみん　　　鈴木：是這樣啊。那今天我們大
　　　なと一緒に晩ごはんを食べてか　　　　　家一起吃晚餐之後，去居
　　　ら、居酒屋で二次会しましょう。　　　　酒屋二次會吧。

詩織：いいですね。じゃ、俊介と同じ　　　詩織：好啊，這樣就跟俊介一樣
　　　くらいに帰ります。　　　　　　　　　　晚回家了。

05 看電視

5-08.mp3

---

study 1 常用短句

01. 私は日本のドラマを見るのが好きです。
我喜歡看日劇。

02. チャンネルを変えましょうか。
轉個台吧。

03. 音をもっと小さくしてください。
請再把聲音關小聲一點。

04. この番組は実に面白いです。
這個節目真的很有趣。

05. CMのうちにトイレへ行きます。
趁廣告時間去廁所。

06. テレビをつけっぱなしで寝てしまいました。
開著電視就睡著了。

07. ごはんを食べながら、テレビを見ないでください。
不要一邊吃飯一邊看電視。

08. 忙しいので、テレビは見ません。
因為很忙，所以不看電視。

09. 月曜日のドラマは何時からですか。
星期一的戲劇幾點開始？

單字

① ドラマ（名）戲劇
② チャンネル（名）頻道
③ 音（名）聲音
④ 実に（副）非常
⑤ 忙しい（イ形）忙碌

文法

★ ～見るのが好きです：動詞原形加上「の」是名詞化的表現，可以當作名詞使用。

★ 小さくします：イ形容詞去「い」加「く」再接「します」，意思是「把…變成…」。

★ つけっぱなし：動詞去「ます」加っぱなし，表示做某事到一半放著，然後就發生了後面的事情。

對話1 討論戲劇①

詩織：俊介、昨日のドラマを見た？

俊介：いいえ。どうしたの。

詩織：そのドラマは実に面白かったよ。

俊介：そう。あんまり夢中にならないでね。

詩織：俊介，昨天看劇了嗎？

俊介：沒有。怎麼了？

詩織：那部劇非常好看。

俊介：是這樣啊。不要太沉迷耶。

對話2 討論戲劇②

俊介：詩織、先日言っていたドラマは何時から？

詩織：夜9時からだよ。

俊介：俺も見てみる。

詩織：ぜひ見て。面白いよ。

俊介：詩織，之前說的戲劇幾點開始？

詩織：晚上九點開始唷。

俊介：我也來看看吧。

詩織：請務必看看，非常好看喔。

對話3 正在看電視

俊介：チャンネルを変えようか。

詩織：なんで。この番組、面白いのに。

俊介：じゃ、音をもっと小さくして。

詩織：うるさいなぁ。

俊介：轉個台吧。

詩織：為什麼，這節目明明很有趣啊。

俊介：那麼關小聲一點。

詩織：你很煩耶。

日語50音與筆順

清音

濁音

半濁音

拗音

長音

促音

撥音

重音

基礎文法與構句

最常用的生活單字

最口語的日常短句

情境模擬生活會話

06 睡覺

study 1 常用短句

01. もう11時です。早く寝なさい。　　已經十一點了，快點睡覺。
02. いつも何時に寝ますか。　　　　　你總是幾點睡呢？
03. 私はいつも11時に寝ます。　　　　我總是十一點睡。
04. 眠れないです。　　　　　　　　　睡不著。
05. ちゃんと寝てください。　　　　　好好睡。
06. 今日は寝ないで、宿題をしま　　　今天不睡覺要做作業。
　　す。
07. シャワーを浴びずに寝てしまいま　沒洗澡就睡了。
　　した。
08. 疲れきって、知らないうちに寝て　因為累死了，所以不知不覺就睡著
　　しまいました。　　　　　　　　　了。
09. テレビを見ながら、居眠りをしま　一邊看電視一邊打瞌睡。
　　す。
10. 布団を用意します。　　　　　　　準備棉被。

（單字）
① 早く（副）早點、快點
② いつも（副）總是
③ 宿題（名）作業
④ 疲れます（動）疲累
⑤ 居眠り（名）打盹、打瞌睡
⑥ 布団（名）棉被

（文法）
★ 眠れない：「眠ります」的可能型，
　沒辦法睡的意思。

★ ～ないで、～：保持做A的事情，然
　後做B。例如：醤油をつけないで、
　食べます。不沾醬油吃掉。

306

日語50音與筆順

清音

濁音

半濁音

拗音

長音

促音

撥音

重音

基礎文法與構句

最常用的生活單字

最口語的日常短句

情境模擬生活會話

study 2 情境會話

對話1 不睡覺①

母：もう11時だよ。早く寝なさい。

律：わかってるよ。でも、宿題が多すぎるんだよ。

母：でも、明日6時に起きなきゃいけないんじゃないの？

律：今日は寝ないで、宿題をする。

母：好きにしたら。

母親：已經十一點了，快點睡。

律：我知道啦，但是作業太多了。

母親：但是明天不是必需六點起床嗎？

律：我今天不睡，要做作業。

母親：隨便你。

對話2 不睡覺②

母：まだ寝ないの？

律：もうすぐ宿題が終わるから。

母：じゃ、布団を用意するね。

律：ありがとう。

母：ちゃんと寝てね。

母親：還沒睡嗎？

律：作業快要做完了。

母親：那我去準備棉被。

律：謝謝。

母親：好好睡覺。

對話3 著涼

鈴木：雅子、どうしたの？

雅子：風邪をひいたの。

鈴木：またテレビを見ながら、居眠りをしたの？

雅子：仕方がないじゃない。残業で疲れきってたから、知らないうちに寝ちゃったのよ。

鈴木：お大事にね。

鈴木：雅子，怎麼了？

雅子：感冒了。

鈴木：你又邊看電視邊打瞌睡嗎？

雅子：沒辦法，因為加班累死了，所以不知不覺就睡著了。

鈴木：請保重啊。

Unit
03 餐館用餐

01 預約

5-10.mp3

study1 常用短句

01. そちらは何時（なんじ）からですか。 請問那邊幾點開始（營業）呢？

02. 予約（よやく）を確認（かくにん）したいんですが…。 我想要確認我的預約…。

03. 申（もう）し訳（わけ）ありません。今日（きょう）は満席（まんせき）で 真的很抱歉，今天座位已經滿了。
ございます。

04. じゃ、日（ひ）を改（あらた）めて予約（よやく）します。 那麼我改天再預約。

05. 平日（へいじつ）は予約（よやく）しなくても大丈夫（だいじょうぶ）で 平日不用預約也可以。
す。

06. すみません。窓側（まどがわ）の席（せき）がいいです。 不好意思，我想要靠窗的位子。

07. 個室（こしつ）はありますか。 請問有包廂嗎？

08. すみません。ご予約（よやく）は二日前（ふつかまえ）まで 不好意思，請在兩天前預約。
にお願（ねが）いします。

（單字）

① 予約（よやく）（名）預約
② 予約（よやく）します（動）預約
③ 確認（かくにん）します（動）確認
④ 満席（まんせき）（名）客滿
⑤ 改（あらた）めて（副）重新、再次
⑥ 個室（こしつ）（名）包廂

（文法）

★ 動詞＋たい：動作的希望表現，意思是「想要做…」。例如：食（た）べたいです。「想吃」。

★ 〜までに：表示該時間到期之前任一時候做某事，表示「在…之前」

日語50音與筆順

清音
濁音
半濁音
拗音
長音
促音
撥音
重音

基礎文法與構句

最常用的生活單字

最口語的日常短句

情境模擬生活會話

study2 情境會話

對話1 預約餐廳

佐藤：すみません。予約したいんですが…。

店員：はい、いつがよろしいですか。

佐藤：12月27日です。

店員：かしこまりました。お電話番号は？

佐藤：090-2077-5861です。

店員：では、お名前は？

佐藤：佐藤です。

店員：かしこまりました。ご来店をお待ちしております。

佐藤：不好意思，我想預約…。

店員：好的，請問哪時候呢？

佐藤：12月27日。

店員：了解了，那麼電話號碼是？

佐藤：090-2077-5861。

店員：那麼，貴姓呢？

佐藤：佐藤。

店員：了解了。那麼等待您到來。

對話2 打算預約

詩織：クリスマスのレストランは予約した？

俊介：まだ。

詩織：早くしてよ。クリスマスだから、満席になっちゃうかも。

俊介：わかったよ。

詩織：聖誕節的餐廳訂了嗎？

俊介：還沒。

詩織：快點啦，因為是聖誕節，可能會客滿。

俊介：我知道啦。

02 點菜

---

study 1 常用短句

01.	オムライスを一つください。	請給我一個歐姆蛋包飯。
02.	アイスコーヒーにします。	我決定點冰咖啡。
03.	おすすめの料理は何ですか。	你們推薦的料理是什麼？
04.	単品でお願いします。	我要單點。
05.	氷なしでお願いします。	麻煩去冰。
06.	ビールを頼んでもいいですか。	我可以點啤酒嗎？
07.	ご注文伺いましょうか？	請問要點餐了嗎？
08.	ここの馬刺しは有名だそうですよ。	聽說這裡的生馬肉片很有名唷。
09.	ウィスキーの水割りを一つください。	請給我一杯摻水的威士忌。
10.	以上です。	以上就這些。

單字

① オムライス（名）歐姆蛋包飯
② アイスコーヒー（名）冰咖啡
③ おすすめ（名）推薦
④ 単品（名）單點
⑤ 頼みます（動）拜託、訂
⑥ 馬刺（名）生馬肉片
⑦ 水割り（名）摻水

文法

★ N＋でお願いします：意思為「以…麻煩你」。

★ 動詞＋＋てもいいですか：請求許可表現，意思是「可以…嗎？」

★ ～そうです：各詞性的普通型＋「そうです」表示傳聞，可翻譯成「聽說…」。

日語50音與筆順

清音

濁音

半濁音

拗音

長音

促音

撥音

重音

基礎文法與構句

最常用的生活單字

最口語的日常短句

情境模擬生活會話

study2 情境會話

對話1 點餐①

店員（てんいん）：ご注文（ちゅうもん）、お伺（うかが）いいたします。　　店員：不好意思，幫您點餐。

佐藤（さとう）：アイスコーヒーを一（ひと）つください。　　佐藤：請給我一杯冰咖啡。

店員（てんいん）：はい。　　店員：好。

佐藤（さとう）：氷（こおり）なしでお願（ねが）いします。　　佐藤：麻煩幫我去冰。

店員（てんいん）：かしこまりました。
以上（いじょう）ですか。　　店員：了解了。
那就這樣嗎？

佐藤（さとう）：はい、以上（いじょう）です。　　佐藤：是，就這樣。

對話2 點餐②

鈴木（すずき）：今日（きょう）は私（わたし）がおごるから、たくさん食（た）べてね。　　鈴木：今天我請客，吃多一點喔。

雅子（まさこ）：やった！じゃ、ウィスキーを頼（たの）んでもいい？　　雅子：太好了！那，我可以點威士忌嗎？

鈴木（すずき）：いいよ。どうぞ。　　鈴木：可以唷，請。

雅子（まさこ）：すみません。ウィスキーの水割（みずわ）りを一（ひと）つください。　　雅子：不好意思，請給我一杯摻水的威士忌。

店員（てんいん）：はい、かしこまりました。　　店員：好，了解了。

對話3 點餐③

佐藤（さとう）：鈴木（すずき）さんは何（なに）にしますか。　　佐藤：鈴木先生決定要點什麼？

鈴木（すずき）：うん…。私（わたし）は紅茶（こうちゃ）にします。佐藤（さとう）さんは？　　鈴木：嗯…，我決定紅茶。佐藤小姐呢？

佐藤（さとう）：私（わたし）はミルクティーにします。　　佐藤：我決定奶茶。

鈴木（すずき）：じゃ、店員（てんいん）さんを呼（よ）びますね。　　鈴木：那我叫店員囉。

佐藤（さとう）：はい、お願（ねが）いします。　　佐藤：好，麻煩你了。

03 品嚐食物

5-12.mp3

study 1 | 常用短句

01. 油っぽいです。 很油膩。

02. このラーメンはしょっぱすぎます。 這碗拉麵太鹹了。

03. すみません。試食してもいいですか。 不好意思。可以試吃嗎。

04. 味が薄いです。 味道很淡。

05. このスープはさっぱりしていて、おいしいです。 這個湯又清爽又好喝。

06. すみません。もうすこし塩を入れていただけませんか。 不好意思，可以幫我們再加一點點鹽嗎？

07. これを食べてみてください。 請吃這個看看。

08. 甘すぎるお菓子はあまり好きじゃないんです。 我不太喜歡太甜的點心。

單字

① 油（名）油
② ラーメン（名）拉麵
③ しょっぱい（イ形）鹹的
④ 試食します（動）試吃
⑤ 薄い（イ形）淡
⑥ さっぱり（副）清爽
⑦ 入れます（動）放入
⑧ 甘い（イ形）甜的

文法

★ N＋っぽい：以五感判斷後，有某種較負面的特質或傾向。

★ イ\/ナ\/動詞＋ます＋すぎます：指事情或狀況過頭，可翻譯成「過於…」。

★ 動詞＋＋ていただけませんか：是較尊敬的請求他人的說法，可翻成「可以幫我…嗎？」，所以動作主是對方，不是自己。

★ 動詞＋＋てみます：嘗試表現，可翻譯成「…看看。」例如：書いてみます。寫看看。

日語50音與筆順

清音
濁音
半濁音
拗音
長音
促音
撥音
重音

基礎文法與構句

最常用的生活單字

最口語的日常短句

情境模擬生活會話

study2 情境會話

對話1 在土產店

高橋（たかはし）：すみません。これを試食（ししょく）しても
　　　　　　いいですか。

店員（てんいん）：いいですよ。どうぞ。

高橋（たかはし）：おいしいですね。1パックいくら
　　　　　　ですか。

店員（てんいん）：1パック1200円（えん）でございます。

高橋：不好意思，請問這個能試
　　　吃嗎？

店員：可以唷，請。

高橋：很好吃耶，一盒多少錢
　　　呢？

店員：一盒1200日圓。

對話2 品嚐味道①

詩織（しおり）：これを頼（たの）んだの、食（た）べてみて。

俊介（しゅんすけ）：スープはちょっと薄（うす）いけど、
　　　　　　さっぱりしてておいしいね。

詩織（しおり）：店員（てんいん）さんにもうすこし塩（しお）を入（い）れて
　　　　　　もらう？

俊介（しゅんすけ）：これでいいよ。

詩織：我點了這個，吃吃看。

俊介：湯有點淡，不過很清爽很
　　　好喝。

詩織：要麻煩店員幫我們再加一
　　　點鹽嗎？

俊介：這樣就好。

對話3 品嚐味道②

詩織（しおり）：どう？

俊介（しゅんすけ）：おいしい。でも、もっと辛（から）いと
　　　　　　いいかな。

詩織（しおり）：今度（こんど）、うちで自分（じぶん）で作（つく）ってみよう
　　　　　　か。

俊介（しゅんすけ）：うん。じゃ、もっと辛（から）くしてね。

詩織（しおり）：わかった。

詩織：怎麼樣？

俊介：很好吃，但是更辣的話會
　　　更好。

詩織：我們在家自己做做看吧。

俊介：嗯，那做辣一點。

詩織：知道了。

04 餐間服務

5-13.mp3

study1 常用短句

01. 替え玉をお願いします。 　　　　請幫我加麵。
02. 麺の硬さを選べます。 　　　　　可以選擇麵的硬度。
03. お湯をください。 　　　　　　　請給我熱水。
04. これは頼んでいません。 　　　　我沒有點這個。
05. すみません。追加注文です。 　　不好意思，要加點。
06. すみません。さっき頼んだのですが、まだかかりますか。 　不好意思，剛剛有點了餐，還沒好嗎？
07. お待たせしました。 　　　　　　讓您久等了。
08. 箸を落としてしまったので、取り替えてもらえませんか。 　筷子掉了，可以幫我換一雙嗎？
09. お下げします。 　　　　　　　　我幫您收盤子。
10. 少々お待ちください。 　　　　　請稍候。

單字

① 替え玉（名）加麵
② 硬さ（名）硬度
③ 選びます（動）選擇
④ お湯（名）熱水
⑤ 頼みます（動）點餐、拜託
⑥ 待ちます（動）等待
⑦ 落とします（動）弄掉

文法

★ 硬さ：由イ形容詞「硬い」去「い」加「さ」而來的，會成為名詞，意思改變成程度表現，例如：「長い」變「長さ」，意思從「長的」變成「長度」。

★ 頼んでいません：て形加「います」表示狀態，而以「いません」為否定表現，則表示現在不是這樣的狀態。

★ 頼んだのですが：普通形加「のです」，表示強調、說明等口氣。在此例句中表示強調。

日語50音與筆順

清音

濁音

半濁音

拗音

長音

促音

撥音

重音

基礎文法與構句

最常用的生活單字

最口語的日常短句

情境模擬生活會話

study2 情境會話

對話1 點拉麵

俊介：ラーメンを一つお願いします。　　　俊介：請給我一碗拉麵。

店員：はい。麵の硬さを選べます。いか　　店員：好的。麵的硬度能選擇，
　　　がいたしますか。　　　　　　　　　　　請問要選擇嗎？

俊介：じゃ、すこし硬くしてください。　　俊介：那，請給我硬一點。

店員：かしこまりました。　　　　　　　　店員：了解了。

俊介：あ、無料で替え玉できますか。　　　俊介：啊，能免費加麵嗎？

店員：はい、無料でできます。　　　　　　店員：是，可以免費加。

俊介：わかりました。ありがとうござ　　　俊介：我知道了。謝謝。
　　　います。

對話2 上錯菜

店員：お待たせしました。　　　　　　　　店員：讓您久等了。

詩織：あ、これは頼んでいませんよ。　　　詩織：啊，我們沒有點這個唷。

店員：申し訳ございません。　　　　　　　店員：真是抱歉。

詩織：あと、すみません。さっき箸を落　　詩織：還有，抱歉。剛剛把筷子
　　　としてしまったので、取り替えて　　　　弄掉了，可以幫我換一雙
　　　もらえませんか。　　　　　　　　　　　嗎？

店員：はい、少々お待ちください。　　　　店員：好的，請稍候。

05 結帳

5-14.mp3

---

study 1 常用短句

01. ごちそうさまでした。 （多謝款待的）謝謝。

02. 駐車料金は無料サービスがありますか。 有免費停車嗎？

03. お買い上げ金額に応じて駐車サービスが付与されます。 我們會依照消費金額給予停車優惠。

04. お会計をお願いします。 麻煩結帳。

05. 全部で13000円になります。 全部共13000日圓。

06. お釣りの7000円でございます。 找您7000日圓

07. 割引はありますか。 有打折嗎？

08. レシートをお願いします。 麻煩給我收據。

09. カードで払います。 我用信用卡付。

10. いくらですか。 多少錢呢？

單字

① 駐車料金（名）停車費
② 買い上げ（名）購買、消費
③ 会計（名）結帳
④ お釣り（名）找零
⑤ 割引（名）打折
⑥ レシート（名）收據
⑦ カード（名）卡片

文法

★ 付与されます：被動形，在敘述規則、條文時經常使用。

★ 7000円でございます：でございます是「であります」更有禮貌的說法。

對話1 用卡片付

詩織：すみません。お会計をお願いします。　　詩織：不好意思，我要結帳。

店員：はい。全部で13000円になります。　　店員：是。全部共13000日圓。

詩織：カードで払います。　　詩織：我用信用卡付。

店員：かしこまりました。　　店員：了解了。

對話2 免費停車

店員：全部で5600円になります。　　店員：全部共5600日圓。

俊介：駐車料金の無料サービスはありますか。　　俊介：有免費停車嗎？

店員：申し訳ございません。お買い上げ金額に応じて駐車サービスが付与されるので、10000円で10%割引になります。　　店員：真的很抱歉。我們會依照消費金額給予停車優惠，因此消費10000日圓，才打9折。

俊介：わかりました。　　俊介：我知道了。

對話3 打折

雅子：すみません。割引はありますか。　　雅子：不好意思，請問有打折嗎？

店員：少々お待ちください。確認いたします。　　店員：請稍候一下，我為您確認。

雅子：はい。お願いします。　　雅子：好，麻煩你了。

店員：お待たせしました。今月はお客様の誕生日なので、10%割引があります。　　店員：讓您久等了。這個月因為是客人您的生日，所以有9折的折扣。

Unit
04 消費購物

 01 買衣服

5-15.mp3

| study 1 | 常用短句 |

01. もっと大きいサイズはありますか。	有更大的尺寸嗎？
02. もっと小さいのをください。	請給我更小的。
03. このサイズはいくつですか。	這個尺碼是幾號的？
04. サイズが合わないです。	不符合尺寸。
05. 試着してもいいですか。	可以試穿嗎？
06. 試着室はどこですか。	請問試穿間在哪？
07. フェイスカバーをご利用ください。	請使用面罩。
08. サイズを測ってもらえませんか。	可以幫我量尺寸嗎？
09. ほかの色はありますか。	請問有其他的顏色嗎？
10. ちょっとイメージと違うので…。	跟我想像中的有差。

（單字）
① 大きい（イ形）大的
② 小さい（イ形）小的
③ サイズ（名）尺寸
④ 合います（動）符合、適合
⑤ 試着します（動）試穿
⑥ フェイスカバー（名）面罩
⑦ 測ります（動）測量

（文法）
★ 小さいのをください：普通形加「の」可名詞化，因此可以直接接「をください」。

★ 測ってもらえませんか：與「動詞＋＋ていただけませんか」一樣是請求他人做某事的表現，但「動詞＋＋ていただけませんか」禮貌程度更盛。

日語50音與筆順

清音

濁音

半濁音

拗音

長音

促音

撥音

重音

基礎文法與構句

最常用的生活單字

最口語的日常短句

情境模擬生活會話

study2 情境會話

對話1 詢問尺寸

詩織：すみません。このサイズはいくつ
　　　ですか。

店員：Lです。

詩織：もっと大きいサイズはあります
　　　か。

店員：はい、あります。
　　　XLがこちらに。

詩織：ありがとう
　　　ございます。

詩織：不好意思，請問這尺碼是
　　　幾號的。

店員：是L的。

詩織：有更大的尺寸嗎？

店員：是，有的。
　　　XL的話在這邊。

詩織：謝謝。

對話2 試穿①

浩子：すみません。試着してもいいで
　　　すか。

店員：はい、どうぞ。フェイスカバーを
　　　ご利用ください。

浩子：ありがとうございます。

浩子：不好意思，可以試穿嗎？

店員：可以，請。請使用面罩。

浩子：謝謝。

對話3 試穿②

浩子：すみません。サイズが合わないで
　　　す。

店員：お客様が今ご試着されたのはい
　　　くつですか。

浩子：Lサイズです。もっと小さいのを
　　　ください。

店員：はい、少々お待ちください。

浩子：不好意思，尺寸不合。

店員：客人您剛剛試穿幾號呢？

浩子：是L號，麻煩給我更小
　　　的。

店員：好，請稍候。

319

02 殺價

5-16.mp3

---

study 1 常用短句

01. もっと安くしてもらえませんか。	可以算我更便宜嗎？
02. もう少し安くならないですか。	能不能再便宜一點？
03. 値下げ交渉は可能ですか。	能殺價嗎？
04. 一つ買うと、もう一つ無料です。	買一送一。
05. 私たちより安い店はございません。	沒有比我們更便宜的店了。
06. 近くのお店は20000円でしたが、それより安くできませんか。	附近的店賣兩萬日圓，不能比那個更便宜嗎？
07. これとこれを一緒に買って、あと千円安くならないですか。	我一起買這個和這個，能不能再便宜一千塊？
08. 今キャンペーンはありますか。	現在有做活動嗎？
09. 今現金で全部買って、40%割引してもらえませんか。	現在用現金全部買下，可以打我六折嗎？

單字

① 安い（イ形）便宜
② 少し（副）一點點
③ 値下げ（名）降價
④ 交渉（名）交涉、談判
⑤ 可能（名）可能
⑥ 買います（動）購買
⑦ 無料（名）免費
⑧ 近く（名）附近
⑨ キャンペーン（名）宣傳活動
⑩ 現金（名）現金

文法

★ 安くならない：イ形容詞去「い」加「くなります」是變化表現，表示某狀態的變化，「安くなります」的普通型否定表現為「安くならない」，意指「不能變便宜」，再加上「か」表示疑問，意思成為「不能變便宜嗎」。

★ 一つ買うと：「と」是假定表現，表示A一發生，必然發生B，可以翻譯成「一…就…」。所以買一個必然會隨之第二個免費，也就是買一送一。

日語50音與筆順

清音

濁音

半濁音

拗音

長音

促音

撥音

重音

基礎文法與構句

最常用的生活單字

最口語的日常短句

情境模擬生活會話

study2 情境會話

對話1 詢問殺價可能性

店員：いらっしゃいませ。　　　　　　店員：歡迎光臨。

雅子：これを安くしてもらえませんか。　雅子：可以算我便宜一點嗎？

店員：申し訳ございませんが…。　　　　店員：真的很抱歉…。

雅子：わかりました。　　　　　　　　雅子：我了解了。

對話2 有沒有活動

雅子：今キャンペーンはありますか。　雅子：現在有做活動嗎？

店員：はい、あります。今一つ買うと、　店員：是，有的。現在買一送
　　　もう一つ無料です。　　　　　　　　一。

雅子：近くのお店は20000円でしたが、　雅子：附近的店賣兩萬日圓，不
　　　それより安くできませんか。　　　　能比那個更便宜嗎？

店員：申し訳ございませんが、すでにキ　店員：十分抱歉，已經有一個是
　　　ャンペーンで一つ無料サービス　　　免費的活動了…。
　　　しておりますので…。

雅子：じゃ、これとこれを一緒に買っ　雅子：那我一起買這個和這個，
　　　て、あと千円安くならないです　　　能不能再便宜一千塊？
　　　か。

店員：そうしますと、同じものが一つ無　店員：那樣的話，不適用於同一
　　　料のキャンペーンが適用されま　　　商品買一送一的活動，可
　　　せんが、よろしいですか。　　　　　以嗎？

雅子：大丈夫です。　　　　　　　　　雅子：沒問題。

店員：はい、かしこまりました。　　　店員：好，我了解了。

03 結帳

---

study 1 | 常用短句

01. ポイントカードはお持ちですか。　　請問有集點卡嗎?

02. ポイントカードは持っていません。　　我沒有集點卡。

03. クーポンがあります。　　我有酷碰。

04. レジ袋は大丈夫です。　　不用塑膠袋。

05. このお弁当を温めてください。　　請幫我加熱這個便當。

06. 割り箸を一膳ください。　　請給我一雙筷子。

07. 110円ちょうどお預かりいたします。　　收您剛好110日圓。

08. お待ちのお客様、どうぞ。　　在等待的客人,請。

09. 袋はご一緒でよろしいですか。　　要裝一起嗎?

10. 袋は分けてください。　　請幫我分開裝。

單字

① ポイントカード（名）集點卡
② クーポン（名）酷碰（折價卷）
③ レジ袋（名）塑膠袋
④ お弁当（名）便當
⑤ 温めます（動）加熱
⑥ 割り箸（名）免洗筷
⑦ 分けます（動）分開

文法

★ クーポンがあります:表示存在及持有。「が」前面放存在、持有物（名詞）。

★ お預かりします:動詞前加「お」或「ご」,後去「ます」加「します」表現謙讓態度,用較謙遜的說法敘述自己的動作。

對話1 買便當

店員：いらっしゃいませ。　　　　　　　店員：歡迎光臨

俊介：このお弁当を温めてください。　　俊介：請幫我加熱這個便當。

店員：かしこまりました。　　　　　　　店員：了解了。

俊介：ありがとうございます。　　　　　俊介：謝謝。

對話2 使用集點卡

店員：二番目にお待ちのお客様、どう　店員：第二位等待的客人，請。
　　　ぞ。ポイントカードをお持ちです　　　　請問有集點卡嗎？
　　　か。

詩織：すみません。持っていません。　　詩織：不好意思，沒有。

店員：100円買うと、1円相当が戻って　店員：買100日圓，會回饋1日
　　　きますよ。　　　　　　　　　　　　　圓唷。

詩織：じゃ、一枚作ります。　　　　　　詩織：那麼我申請一張。

店員：かしこまりました。　　　　　　　店員：了解了。

對話3 塑膠袋

店員：袋はご一緒でよろしいですか。　　店員：要裝一起嗎？

浩子：すみません。袋は分けてくださ　　浩子：不好意思，請幫我分開
　　　い。　　　　　　　　　　　　　　　　裝。

店員：かしこまりました。全部で110円　店員：了解。全部共110日圓。
　　　になります。

浩子：はい。　　　　　　　　　　　　　浩子：好。

店員：110円ちょうど　　　　　　　　　店員：收您剛好110日圓。
　　　お預かりいたし
　　　ます。

04 退換貨

5-18.mp3

study 1 常用短句

01. すみません。返品_{へんぴん}したいんですが…。 不好意思，我想退貨。

02. 商品_{しょうひん}を交換_{こうかん}したいんですが…。 我想換貨。

03. レシートをお持_もちでしょうか。 您有帶收據嗎？

04. 返品商品_{へんぴんしょうひん}を受領後_{じゅりょうご}、通常_{つうじょう}1日_{にち}から3日_かくらいで返金_{へんきん}いたします。 退貨商品收到後，一般1至3天左右會退款。

05. 使用_{しよう}した商品_{しょうひん}は返品_{へんぴん}や交換_{こうかん}はできません。 使用後的商品沒辦法退換貨。

06. 返品_{へんぴん}する際_{さい}、返送料_{へんそうりょう}はお客様_{きゃくさま}の負担_{ふたん}になります。 退貨時，退回運費由客戶負擔。

07. 開封済_{かいふうず}みの場合_{ばあい}、商品代金_{しょうひんだいきん}の50％が返金_{へんきん}になります。 開封過的狀況，退還商品金額50%。

08. レシートをお持_もちでなければ、返品_{へんぴん}できません。 沒帶收據的話，是沒辦法退貨的。

09. 七日間_{なのかかん}の無料鑑賞_{むりょうかんしょう}サービスが実施中_{じっし}です。 七天鑑賞期服務實施中。

單字

① 返品_{へんぴん}します（動）退貨
② 交換_{こうかん}します（動）互換
③ 受領_{じゅりょう}（名）收領
④ 返金_{へんきん}します（動）退款
⑤ サービス（名）服務

文法

★ 返品_{へんぴん}する際_{さい}：動詞原形加上「際_{さい}」，表示事情發生之際，會同時做某動作。

日語50音與筆順

清音

濁音

半濁音

拗音

長音

促音

撥音

重音

基礎文法與構句

最常用的生活單字

最口語的日常短句

情境模擬生活會話

study 2 情境會話

對話1 退貨①

雅子：すみません。返品したいんですが…。

店員：レシートをお持ちでしょうか。

雅子：はい。これです。

雅子：不好意思，我想退貨。

店員：請問有帶收據嗎？

雅子：有，這個。

對話2 退貨②

店員：お客様、この商品に、どのような問題がございましたか。

雅子：電源を入れても、動かないんです。

店員：修理はご検討されますか。

雅子：他のメーカーの商品を買い直したいので。

店員：かしこまりました。では、こちらでお手続きをお願いします。

店員：客人，這個商品有怎麼樣的問題呢？

雅子：即使接通電源也不會動。

店員：請問有考慮修理嗎？

雅子：我想重買其他品牌的商品。

店員：了解了，那麼，請來這邊辦理手續。

對話3 不能換貨

佑太：すみません。商品を交換したいんですが。

店員：はい。こちらの商品、どこか問題がございましたか。

佑太：このシャツを着てみたら、あまり似合わないと思いまして…。

店員：申し訳ございません。使用した商品の返品や交換はお受けできません。

佑太：不好意思，我想換貨。

店員：是。請問商品哪裡有問題呢？

佑太：我穿了這個襯衫之後，覺得不適合我…。

店員：十分抱歉，使用後的商品沒辦法退換貨。

Unit
05 電話交流

 01 打電話

5-19.mp3

---

study 1 常用短句

01. もしもし。 喂喂？

02. どちら様でしょうか。 是哪位呢？

03. 遅くてすみませんが、鈴木綾さんはいらっしゃいますか。 抱歉很晚還打擾了，請問鈴木綾小姐在嗎？

04. はい、お電話代わりました。 你好，換人接聽了。

05. 今、お電話よろしいでしょうか。 現在方便講電話嗎？

06. 申し訳ございません。渡辺はただいま席を外しております。 十分抱歉，渡邊小姐剛剛離席。

07. いつごろお戻りになられますか。 什麼時候左右會回來呢？

08. また掛け直します。 我再重打。

09. 電話に出ません。 不接電話。

10. 電話を切ります。 掛電話。

（單字）

① 遅い（イ形）慢的
② 電話（名）電話
③ 代わります（動）更換、交換
④ 席（名）座位
⑤ 外します（動）離開
⑥ 戻ります（動）回來

（文法）

★ 様：「様」是「さん」更有禮貌的尊稱。

★ よろしい：是「いい」更有禮貌的說法。

★ 掛け直します：「動詞ます形」去掉「ます」在加上「なおします」表示要重新再做一次某個動作。

study2 情境會話

對話1 聽不清楚

佐藤：はい、佐藤です。　　　　　　　　佐藤：是，佐藤家。
鈴木：もしもし？　　　　　　　　　　　鈴木：喂喂？
佐藤：もしもし。聞こえますか。　　　　佐藤：喂喂？聽得到嗎？
鈴木：あ、聞こえました。鈴木です。　　鈴木：啊，有聽到。我是鈴木。

對話2 暫時離席

小林：はい。築田商事でございます。　　小林：你好，築田商事。
加藤：富国製造所の加藤です。渡辺さん　加藤：我是富國製造所的加藤。
　　　はいらっしゃいますか。　　　　　　　　請問渡邊小姐在嗎？
小林：申し訳ございません。渡辺はた　　小林：十分抱歉，渡邊剛剛離
　　　だいま席を外しております。　　　　　　席。
加藤：いつごろお戻りになられますか。　加藤：什麼時候左右會回來呢？
小林：だいたい3時ごろです。　　　　　小林：大約3點左右。
加藤：わかりました。それでは、また掛　加藤：了解了，那麼，我再重
　　　け直します。　　　　　　　　　　　　　打。

對話3 很晚打擾

鈴木：はい、鈴木です。　　　　　　　　鈴木：是，鈴木家。
高橋：遅くにすみません。鈴木雅子さん　高橋：抱歉很晚還打擾了，請問
　　　はいらっしゃいますか。　　　　　　　　鈴木雅子小姐在嗎？
鈴木：はい、少々待ちください。　　　　鈴木：是，請稍等。
雅子：はい、お電話代わりました。　　　雅子：你好，換人接聽了。
高橋：鈴木さん、今電話よろしいでしょ　高橋：鈴木小姐，現在方便講電
　　　うか。　　　　　　　　　　　　　　　　話嗎？
雅子：はい、どうぞ。　　　　　　　　　雅子：可以，請說。

02 留言

5-20.mp3

study 1 | 常用短句

01. 何かご<ruby>伝言<rt>でんごん</rt></ruby>はありますか。 　有什麼給我的留言嗎？
02. <ruby>急<rt>いそ</rt></ruby>ぎの<ruby>用件<rt>ようけん</rt></ruby>ですか。 　是很急的事情嗎？
03. お<ruby>名前<rt>なまえ</rt></ruby>と<ruby>電話番号<rt>でんわばんごう</rt></ruby>を<ruby>伺<rt>うかが</rt></ruby>ってよろ 　能否詢問一下您的姓名及電話。
　　しいですか。
04. ほかの<ruby>連絡先<rt>れんらくさき</rt></ruby>はありませんか。 　有其他的聯絡資料嗎？
05. <ruby>小林<rt>こばやし</rt></ruby>が<ruby>帰<rt>かえ</rt></ruby>ったら、お<ruby>伝<rt>つた</rt></ruby>えいたし 　小林回來後，我會轉告他。
　　ます。
06. <ruby>何<rt>なに</rt></ruby>かご<ruby>用<rt>よう</rt></ruby>ですか。 　有什麼事情嗎？
07. おっしゃった<ruby>内容<rt>ないよう</rt></ruby>を<ruby>加藤<rt>かとう</rt></ruby>に<ruby>伝<rt>つた</rt></ruby>えま 　會跟加藤轉達您說的。
　　す。
08. <ruby>今<rt>いま</rt></ruby>はおりません。 　現在不在。
09. あとで、<ruby>掛<rt>か</rt></ruby>け<ruby>直<rt>なお</rt></ruby>していただけます 　請等一下再打可以嗎？
　　か。
10. どちら<ruby>様<rt>さま</rt></ruby>からの<ruby>伝言<rt>でんごん</rt></ruby>を<ruby>伝<rt>つた</rt></ruby>えます 　要說是哪位的留言呢？
　　か。

單字

① <ruby>伝言<rt>でんごん</rt></ruby>（名）留言、傳話
② <ruby>急<rt>いそ</rt></ruby>ぎます（動）趕緊、急忙
③ <ruby>用件<rt>ようけん</rt></ruby>（名）事情
④ <ruby>伺<rt>うかが</rt></ruby>います（動）請教
⑤ <ruby>内容<rt>ないよう</rt></ruby>（名）內容
⑥ <ruby>伝<rt>つた</rt></ruby>えます（動）傳達

文法

★ ～ありませんか：比「ありますか」
　更委婉的詢問方式。

★ ～<ruby>帰<rt>かえ</rt></ruby>ったら：動詞「た形」加上
　「ら」，表示「假定」，用以假設在
　某件事完成後，再去做某事。這邊可
　表示「～的話」或「～之後」。

日語50音與筆順
清音
濁音
半濁音
拗音
長音
促音
撥音
重音
基礎文法與構句
最常用的生活單字
最口語的日常短句
情境模擬生活會話

study2 情境會話

對話1 轉達

山本：はい、山本です。

律：おばさん、こんにちは。律です。

山本：あぁ、律。どうしたの？

律：佑太に今公園で待っていると伝えて
　　もらえませんか。

山本：うん、わかったわ。

山本：是，山本家。

律：阿姨，你好。我是律。

山本：啊，律啊。怎麼了？

律：可以幫我跟佑太說我正在公
　　園等嗎？

山本：好，知道了。

對話2 問有沒有留言

小林：何か伝えたいことはありますか。

田中：あ、さっき加藤さんから電話があ
　　りました。机にメモが置いてあ
　　ります。

小林：ありがとうございます。

小林：有什麼給我的留言嗎？

田中：啊，剛剛加藤先生有打
　　來。我把紙條放在桌上
　　了。

小林：謝謝。

對話3 盡速回電

小林：築田商事の小林です。加藤さ
　　んはいらっしゃいますか。

佐藤：すみません。今は不在にしており
　　ます。何かご用ですか。

小林：ちょっと急ぐので、加藤さんが帰
　　ったら、すぐ私に連絡してくだ
　　さいと伝えていただけませんか。

佐藤：はい、わかりました。加藤が戻っ
　　たら、お伝えいたします。

小林：我是築田商事的小林，請
　　問加藤先生在嗎？

佐藤：不好意思，現在不在。請
　　問有什麼事嗎？

小林：這有點急，所以加藤回來
　　後，可以麻煩幫我跟他說
　　請聯絡我嗎。

佐藤：好，我知道了。加藤回來
　　後，我會轉告他。

03 打錯電話

5-21.mp3

study1 常用短句

01. 近藤さんはいらっしゃいますか。　　請問近藤小姐在嗎？

02. こちらに近藤という者はおりません。　　這裡沒有叫做近藤的人。

03. 間違えました。すみません。　　我搞錯了，抱歉。

04. そちらの電話番号は1234－5678ではありませんか。　　那邊電話號碼不是1234-5678嗎？

05. いいえ、違います。　　不，不是。

06. そちらは丸井新宿本館ですか。　　那邊是丸井新宿本館嗎？

07. 申し訳ございませんが、こちらは国際学村でございます。　　很抱歉，這裡是國際學村。

08. これは中村さんの携帯ではありませんか。　　這不是中村先生的手機嗎？

09. 何かお間違いではないでしょうか。　　是不是搞錯什麼了？

10. 何番におかけですか。　　打了幾號呢？

單字

① 者（名）人
② 間違えます（動）弄錯
③ 違います（動）不對、錯
④ 携帯（名）手機

文法

★ ～という者：「という」是由表示引用的「と」搭配「言います」而來，「と」前面表示引用的內容，並用「言います」的原形修飾名詞「者」，表示「叫做…的…」。

study 2 情境會話

對話1 打到朋友家

鈴木：近藤さんはいらっしゃいますか。

相手：すみません。こちらには近藤という者はおりません。

鈴木：間違えました。すみません。

相手：いいえ。

鈴木：請問近藤小姐在嗎？

對方：抱歉，這裡沒有叫做近藤的人。

鈴木：我搞錯了，抱歉。

對方：不會。

對話2 確認號碼

雅子：そちらは丸井新宿本館ですか。

国際学村：申し訳ございませんが、こちらは国際学村でございます。

雅子：そちらの電話番号は1234－5678ではありませんか。

国際学村：いいえ、違います。

雅子：あ、すみません。

雅子：那邊是丸井新宿本館嗎？

國際學村：很抱歉，這裡是國際學村。

雅子：那邊電話號碼不是1234-5678嗎？

國際學村：不，不是。

雅子：啊，抱歉。

對話3 懷疑

佑太：律、佑太です。

相手：すみません。こちらは律ではありません。何かお間違いではないでしょうか。

佑太：これは中村さんの携帯ではありませんか。

相手：いいえ。違います。

佑太：律，我是佑太。

對方：不好意思，我不是叫律的人。是不是搞錯什麼了？

佑太：這不是中村先生的手機嗎？

對方：不，不是。

04 通話障礙

5-22.mp3

---

study1 常用短句

01. 声と一緒に雑音がします。 　　　　　伴隨聲音有雜音。

02. 声は聞こえたり、聞こえなかった　　　聲音一下子有，一下子又沒有。
　　りします。

03. 通話の途中で突然声が聞こえな　　　通話中途突然聽不到。
　　くなります。

04. 相手は私の声が聞こえないと言　　　對方說聽不到我的聲音。
　　っています。

05. 声がちょっと小さいです。 　　　　　聲音有點小。

06. 電話が繋がりません。 　　　　　　　電話打不通。

07. 修理センターへ連絡したら、　　　聯絡維修中心的話，他們會幫我們修
　　修理してくれますよ。 　　　　　　理。

08. 電話が壊れたみたいです。 　　　　　電話好像壞了。

09. 電波が届きません。 　　　　　　　　收不到訊號。

10. 通話の品質が悪いです。 　　　　　　通話品質很差。

單字

① 一緒（名）一起
② 聞こえます（動）聽得到
③ 通話（名）通話
④ 途中（名）中途
⑤ 突然（副）突然地
⑥ 繋がります（動）連接
⑦ 壊れます（動）損壞

文法

★ 名詞+がします：指藉由感官上得到
　的感覺，例如氣味、聲音、口味等，
　表示「感覺…」。

★ ～たり～たりします：表示動作的列
　舉，用動詞「た形」變化連接，最後
　的します會依時態而改變。表示「又
　是…又是…」。

對話1 無法打通

まさこ
雅子：電話が繋がりません。　　　　　　雅子：電話打不通。

すずき
鈴木：もう一度かけたらどうですか。　　鈴木：再打一次的話怎麼樣？

まさこ
雅子：もうこれで、3回目です。　　　　雅子：現在已經第三次了。

すずき
鈴木：焦らないでください。また後で掛　鈴木：不要急，等一下再打一
　　　け直しましょう。　　　　　　　　　次。

對話2 在維修中心

すずき
鈴木：電話が壊れたみたいです。　　　　鈴木：電話好像壞了。

てんいん
店員：どうなさいましたか。　　　　　　店員：怎麼了？

すずき
鈴木：声と一緒に雑音がします。　　　　鈴木：伴隨聲音有雜音。

てんいん
店員：ほかには何かありますか。　　　　店員：還有其他的嗎？

すずき
鈴木：あ、あと通話の途中で突然声が　　鈴木：啊，還有通話中途會突然
　　　聞こえなくなります。　　　　　　　聽不到聲音。

てんいん
店員：かしこまりました。　　　　　　　店員：了解了。

對話3 在電信公司

ひろこ
浩子：すみません、いつも電波が悪く　　浩子：不好意思，訊號總是很
　　　て。　　　　　　　　　　　　　　　差。

てんいん
店員：お名前伺ってよろしいですか。　　店員：該怎麼稱呼您呢？

ひろこ　すずき
浩子：鈴木です。　　　　　　　　　　　浩子：我叫鈴木。

てんいん
店員：はい、鈴木様、電話番号を教えて　店員：好的，鈴木小姐，可以告
　　　いただけますか。　　　　　　　　　訴我你的電話號碼嗎？

ひろこ
浩子：はい、080-1234-5678です。　　　浩子：好，080-1234-5678。

てんいん　しょうしょう　　　　　　いまかくにん
店員：少々お待ちください。今確認い　店員：請稍候，現在幫您檢查。
　　　たします。

日語50音與筆順
清音
濁音
半濁音
拗音
長音
促音
撥音
重音
基礎文法與構句
最常用的生活單字
最口語的日常短句
情境模擬生活會話

05 掛電話

5-23.mp3

study1 常用短句

01. 電話に出たら、切られました。　接起電話之後，就被掛斷了。

02. じゃ、切りますよ。　那麼，要掛囉。

03. まぁ、また連絡します。　那再連絡。

04. じゃ、このへんで。そろそろ切るね。　那麼，就到這裡。差不多要掛了。

05. びっくりして、切ってしまいました。　因為嚇一跳，所以掛掉了。

06. 電話切っちゃうところでした。　差點掛掉電話。

07. またあとで電話します。　之後再打給你。

08. 切っちゃだめですよ。　不可以掛唷。

09. では、失礼します。　那麼，再見。

10. もう疲れたから、切るね。　因為已經很累了，我要掛了。

単字

① 切ります（動）切、剪、截斷
② だめ（ナ形）不行、不可以
③ 失礼します（動）失禮、告辭
④ 疲れます（動）疲倦、勞累

文法

★ 切られます：被動形，表示「被掛（電話）」。

★ ～ところでした：動詞原形加上「ところでした」，表示某動作或事態差一點就做了、發生了。表示「差點…」。

日語50音與筆順

清音

濁音

半濁音

拗音

長音

促音

撥音

重音

基礎文法與構句

最常用的生活單字

最口語的日常短句

情境模擬生活會話

study2 情境會話

對話1 接到奇怪電話

浩子：昨日変な電話がかかってきたの。　　浩子：昨天接到奇怪的電話。

鈴木：どんな電話？　　　　　　　　　　鈴木：怎麼樣的電話。

浩子：ずっと笑っている声が聞こえた。　浩子：一直聽到笑聲。

鈴木：怖い！　　　　　　　　　　　　　鈴木：好可怕。

浩子：びっくりしたから、切っちゃっ　　浩子：因為嚇一跳，所以我掛掉
　　　た。　　　　　　　　　　　　　　　　了。

對話2 準備掛電話

鈴木：じゃ、このへんで。　　　　　　　鈴木：那麼，就到這裡，差不多
　　　そろそろ切るね。　　　　　　　　　　了，要掛了。

雅子：はい、おやすみなさい。　　　　　雅子：好的，晚安。

鈴木：おやすみなさい。　　　　　　　　鈴木：晚安。

對話3 允諾再次聯絡

小林：また連絡します。　　　　　　　　小林：那再連絡。

加藤：わかりました。　　　　　　　　　加藤：我知道了。

小林：では、失礼します。　　　　　　　小林：那麼，再見。

加藤：失礼します。　　　　　　　　　　加藤：再見。

Unit
06 旅遊外出

 01 問路

5-24.mp3

常用短句

01. あのう、すみません。池袋駅はどちらですか。

那個，不好意思。池袋車站在哪邊呢？

02. まっすぐ行って、二番目の角を右へ曲がります。

直直地去，在第二個轉角往右轉。

03. 突き当りまで行って、左にあります。

走到盡頭，在左邊。

04. チケット売り場は何階ですか。

售票處在幾樓呢？

05. そのエスカレーターで下がって、２階の突き当りです。

那個手扶梯下去，在二樓的盡頭。

06. 西武デパートは東口ですか、西口ですか。

西武百貨在東口，還是在西口呢？

（單字）
① 近く（名）附近
② 角（名）轉角
③ 曲がります（動）彎曲、轉彎
④ 突き当り（名）進頭
⑤ 出口（名）出口
⑥ 信号（名）紅綠燈
⑦ 売り場（名）賣場

（文法）
★ 〜出たほうがいい：「動詞た形」加上「ほうがいい」表示建議，是話者給予聽者的行動建議，意為「…比較好」。

對話1 問車站

雅子：あのう、すみません。池袋駅は
　　　どちらですか。

通行人：突き当りまで行って、左にあ
　　　ります。

雅子：ありがとうございます。

雅子：那個，不好意思。池袋車
　　　站在哪邊呢？

路人：走到盡頭，在左邊。

對話2 問最近的郵局

広志：あのう、すみません。一番近くの
　　　郵便局は、この信号を右へ曲が
　　　ったところですか。

通行人：いいえ、まっすぐ行って、二番
　　　目の角を右へ曲がるとあります
　　　よ。

広志：わかりました。ありがとうござい
　　　ます。

廣志：那個，抱歉。最近的郵局
　　　是在這個紅綠燈右轉嗎？

路人：不，直直地去，在第二個
　　　轉角往右轉。

廣志：明白了。謝謝。

對話3 從哪個出口出去

詩織：あのう、すみません。サンシャイ
　　　ンシティに行きたいんですが、ど
　　　の出口から出たほうがいいです
　　　か。

通行人：東口から出たほう
　　　　がいいですよ。

詩織：ありがとう
　　　ございます。

詩織：那個，抱歉。我想要去太
　　　陽城，從哪個出口出去比
　　　較好。

路人：從東口出去比較好。

詩織：謝謝。

日語50音與筆順

清音
濁音
半濁音
拗音
長音
促音
撥音
重音

基礎文法與構句

最常用的生活單字

最口語的日常短句

情境模擬生活會話

02 坐公車

5-25.mp3

study1 常用短句

01.	大山駅までは、何番のバスに乗ればいいですか。	到大山車站要搭幾號公車好呢？
02.	大山で降りてください。	請在大山下車。
03.	すみません。整理券を取るのを忘れてしまいました。	不好意思。我忘記拿整理券了。
04.	この機械はお釣りが出ますか。	這個機器會找零嗎？
05.	お釣りは出ません。	不會找零。
06.	ご階段にご注意ください。	請小心樓梯。
07.	板橋区役所に行きたいんですが、どのバス停で降りたらいいですか。	我想去板橋區公所，在哪個站下車好呢？
08.	板橋区役所で降れば大丈夫です。	在板橋區公所下車的話就可以。
09.	お客様、練馬駅に着きました。	客人，練馬車站到了。

單字

① 乗ります（動）搭乗
② 降ります（動）下、降落
③ 観光客（名）観光客
④ 着きます（動）抵達
⑤ 整理券（名）整理券
⑥ 取ります（動）取、拿
⑦ お釣り（名）找零的零錢

文法

★ ～ばいい：假設型態的「ば」加上表示「好」的いい組合而成。通常用於詢問，表示「…就好了」。

日語50音與筆順
清音
濁音
半濁音
拗音
長音
促音
撥音
重音
基礎文法與構句
最常用的生活單字
最口語的日常短句
情境模擬生活會話

study 2 情境會話

對話1 搭幾號車

俊介：すみません。大山駅にいくには、何番のバスに乗ればいいですか。

運転手：1番のバスに乗ってください。

俊介：どこのバス停で降りますか。

運転手：大山で降りてください。

俊介：不好意思。去大山車站要搭幾號公車。

司機：要搭1號巴士。

俊介：要在哪個站下車。

司機：請在大山下車。

對話2 忘記拿整理券

雅子：すみません。整理券を取るのを忘れてしまいました。

運転手：どこで乗りましたか。

雅子：大山で乗りました。

運転手：では、385円になります。

雅子：わかりました。この機械はお釣りが出ますか。

運転手：申し訳ございません。お釣りは出ません。

雅子：わかりました。じゃ、500円入れます。

雅子：不好意思。我忘記拿整理券了。

司機：請問在哪裡搭的呢？

雅子：在大山搭的。

司機：那麼是385日圓。

雅子：明白了。這個機器能找零嗎？

司機：十分抱歉。這不找零。

雅子：明白了。那我投500日圓。

03 坐火車

5-26.mp3

---

study 1 | 常用短句

01. この電車は池袋行きですか。　　　　這班列車往池袋嗎？

02. 大山駅に行きたいんですが、どの　　我想去大山車站，要搭哪輛車好呢？
　　電車に乗ったらいいですか。

03. この電車は新宿駅で止まります　　　這條線有停新宿車站嗎？
　　か。

04. 改札口を通れません。　　　　　　　我沒辦法過剪票口。

05. 残高不足です。　　　　　　　　　　餘額不足。

06. ここで24時間乗車券が買えます　　　在這裡買得到24小時乘車券嗎？
　　か。

07. 大きい駅なら売っています。　　　　大車站的話有賣。

08. 丸の内線に乗ったほうが速いです　　搭丸之內線比較快唷。
　　よ。

09. 構内にエレベーターがあります　　　站內有電梯嗎？
　　か。

10. チャージしてください。　　　　　　請儲值。

單字
① 電車（名）電車
② 止まります（動）停止
③ 改札口（名）剪票口
④ 通ります（動）通過
⑤ 売ります（動）賣

文法
★ 買えます：「買います」的可能形，
　 表示能力及可能。

★ ほうが〜：比較表現，表示「某方比
　 較〜」。

對話1 問列車路線

俊介：すみません。この電車は和光市行きですか。

駅員：いいえ、さっきの電車が和光市行きですよ。これは池袋行きです。

俊介：そうですか。ありがとうございます。

俊介：不好意思。這班列車往和光市嗎？

站務員：不，剛剛的列車才是往和光市。現在的是往池袋。

俊介：是這樣啊，謝謝。

對話2 問停靠站

浩子：あのう、すみません。この電車は新宿駅で止まりますか。

駅員：はい、新宿駅で止まります。

浩子：どうもありがとうございます。

浩子：那個，抱歉。這班電車有停新宿車站嗎？

站務員：是的，有停新宿車站。

浩子：非常謝謝。

對話3 無法通過剪票口

雅子：すみません。改札口が通れません。

駅員：カードを見せてください。

雅子：はい。

駅員：残高不足です。まずチャージしてください。

雅子：不好意思，我沒辦法過剪票口。

站務員：請給我看卡片。

雅子：好。

站務員：餘額不足。請先儲值。

日語50音與筆順

清音

濁音

半濁音

拗音

長音

促音

撥音

重音

基礎文法與構句

最常用的生活單字

最口語的日常短句

情境模擬生活會話

04 坐計程車

5-27.mp3

---

study 1 常用短句

01. 大山商店街（おおやましょうてんがい）までお願（ねが）いします。	麻煩到大山商店街。
02. その郵便局（ゆうびんきょく）で止（と）めてください。	請在那個郵局停車。
03. あ、過（す）ぎました。Uターンしてください。	啊，過頭了。請迴轉。
04. 自動（じどう）ドアなので、手（て）で開（あ）けないでください。	因為是自動門，所以請勿用手開門。
05. ちょっとわからないですね。地図（ちず）はありますか。	有點不清楚耶，有地圖嗎？
06. ちょっと待（ま）ってください。グーグルマップで調（しら）べます。	請等一下，我用Google地圖查一下。
07. どの道（みち）で行（い）きますか。	要往那條路去？
08. 川越街道（かわごえかいどう）のほうが近（ちか）いです。	去川越街道比較近。
09. トランクに荷物（にもつ）を入（い）れたいんですが…。	我想放行李到後車廂。
10. お忘（わす）れ物（もの）はありませんか。	有忘記的東西嗎？

單字

① 過（す）ぎます（動）過頭
② 自動（じどう）ドア（名）自動門
③ 開（あ）けます（動）開
④ 地図（ちず）（名）地圖
⑤ 調（しら）べます（動）調查
⑥ 忘（わす）れ物（もの）（名）遺失物

文法

★ 〜ないでください：動詞否定形加上「でください」，表示否定的命令，表示「請不要做…」。

日語50音與筆順

清音

濁音

半濁音

拗音

長音

促音

撥音

重音

基礎文法與構句

最常用的生活單字

最口語的日常短句

情境模擬生活會話

study 2 情境會話

對話1 叫車

浩子：すみません、トランクに荷物を入れたいんですが…。

浩子：我想放行李到後車廂。

運転手：はい、少々お待ちください。

司機：好的，請稍候。

浩子：ちょっと重いんですが、すみません、お願いします。

浩子：稍微有點重，麻煩你了。

運転手：大丈夫です。

司機：沒關係。

對話2 坐上車

詩織：大山商店街までお願いします。

詩織：麻煩到大山商店街。

運転手：ちょっとわからないですね。地図はありますか。

司機：有點不清楚耶，有地圖嗎？

詩織：ちょっと待ってください。グーグルマップで調べます。

詩織：請等一下，我用Google地圖查一下。

運転手：はい。お願いします。

司機：好的，麻煩你了。

對話3 抵達目的地

詩織：その郵便局で止めてください。

詩織：請在那個郵局停車。

運転手：はい。

司機：好的。

詩織：いくらですか。

詩織：多少錢呢？

運転手：1200円になります。お忘れ物はありませんか。

司機：1200日圓。有忘記的東西嗎？

詩織：いいえ。
はい、こちらは
2000円です。

詩織：沒有。這裡是2000日圓。

05 坐飛機

5-28.mp3

常用短句

01. 窓側でお願いします。　　　　　　　　請給我靠窗位子。
02. 14番ゲートでご搭乗ください。　　　　請在14號登機門登機。
03. 100ミリリットルを超える液体は　　　　超過100ml的液體不能帶上機。
　　機内持ち込みはできません。
04. ブランケットをください。　　　　　　請給我毛毯。
05. イヤホンの調子が悪いんです　　　　　耳機的狀況不好。
　　が…。
06. パスポートを見せてください。　　　　請給我看護照。
07. どちらに宿泊の予定ですか。　　　　　預計住哪裡？
08. 両手の人差し指をここに置いて　　　　請把兩手的食指放在這。
　　ください。
09. はい、これで結構です。　　　　　　　好，這樣就可以了。
10. 免税品はいつ販売しますか。　　　　　哪時候賣免稅品。

單字

① 窓側（名）靠窗一側
② ゲート（名）大門、出入口
③ 超えます（動）超過、越過
④ 持ち込みます（動）帶入
⑤ 調子（名）情況
⑥ 宿泊（名）住宿
⑦ 販売します（動）銷售

文法

★ ご搭乗ください：最開頭加上「ご/
　お」並去掉「ます」的動詞（第三類
　動詞則去掉します），並在最後加上
　「ください」，表示非常尊敬口氣的
　命令。表示「請…」。

★ Nをください：將請人給予的物品
　（名詞）加上をください，表示「請
　給我…」。

日語50音與筆順

清音

濁音

半濁音

拗音

長音

促音

撥音

重音

基礎文法與構句

最常用的生活單字

最口語的日常短句

情境模擬生活會話

study2 情境會話

對話1 登機手續

雅子：窓側でお願いします。

職員：申し訳ございません。今窓側は
空席がございません。

雅子：じゃ、通路側じゃなければ大丈
夫です。

職員：かしこまりました。

雅子：請給我靠窗的位子。

職員：十分抱歉，現在靠窗沒有
空位了。

雅子：那麼，不要走道就好。

職員：了解了。

對話2 通關

審査官：パスポートを見せてください。

俊介：はい。どうぞ。

審査官：今回は何のために来たんです
か。

俊介：観光です。

審査官：どこに宿泊の予定ですか。

俊介：新宿御苑の近くです。

移民官：請給我看護照。

俊介：好，請。

移民官：這次為了什麼來的。

俊介：觀光。

移民官：預計住哪裡？

俊介：新宿御苑附近。

對話3 搭機中

雅子：すみません。ブランケットをくだ
さい。

乗務員：一枚ですか。

雅子：はい、一枚
お願いします。

乗務員：かしこまり
ました。

雅子：不好意思，請給我毛毯。

空服員：一條嗎？

雅子：是，麻煩你給我一條。

空服員：了解了。

Unit 07 飯店住宿

01 預約

5-29.mp3

---

study 1 | 常用短句

01. ダブルの部屋はありますか。　　　　　有雙人房嗎？

02. 人数によって料金を計算いたします。　是依照人數計算費用的。

03. 郵便物を私の代わりに受け取っていただけませんか。　可以幫我代收包裹嗎？

04. コインランドリーは何階ですか。　　　自助洗衣機在幾樓？

05. 四泊する予定です。　　　　　　　　　我預定住四晚。

06. 今、早割のコースがございます。　　　現在有早鳥方案。

07. 朝食付きですか。　　　　　　　　　　有附早餐嗎？

08. チェックインは何時からですか。　　　check in是幾點開始？

09. 何時までにチェックアウトをしなければなりませんか。　幾點之前必須check out呢？

單字

① ダブル（名）雙重、雙人
② 人数（名）人數
③ 計算します（動）計算
④ 受け取ります（動）接收、領
⑤ 早割（名）早鳥

文法

★ Nによって：以某事物為依據基準，而做某事。表示「根據…」。

★ Nの代わりに：本來該由某人做的事，改由他人來做，是前後者的替代關係。表示「代替…」。

對話1 詢問房間

詩織：すみません、四泊泊まる予定ですが、ダブルの部屋はありますか。

受付：はい、あります。

詩織：料金はいくらですか。

受付：料金は人数によって計算いたしますので、何名様ですか。

詩織：二名です。

受付：では、67300円になります。

詩織：不好意思，我預定住四晚，請問有雙人房嗎？

櫃台：是，有的。

詩織：費用是多少呢？

櫃台：費用是依照人數計算的，請問有幾位呢？

詩織：兩位。

櫃台：那麼，是67300日圓。

對話2 早鳥優惠

俊介：すみません、禁煙ルームをお願いします。

受付：かしこまりました。今朝食付きの早割コースがございます。10%割引になります。朝食は必要ですか。

俊介：はい、お願いします。

俊介：不好意思，請給我禁菸房。

櫃台：了解了，現在有附早餐的早鳥方案，會打9折，有需要附早餐嗎？

俊介：好，麻煩你了。

對話3 代收

高橋：12月17日に泊まる予定の高橋です。郵便物を私の代わりに受け取っていただけませんか。

受付：はい、郵便物にチェックインの日付を書いてください。

高橋：わかりました。

高橋：我是12月17日預定入住的高橋。能幫我代收包裹嗎？

櫃台：好的，請在包裹上寫上入住日期。

高橋：明白了。

日語50音與筆順

清音
濁音
半濁音
拗音
長音
促音
撥音
重音

基礎文法與構句

最常用的生活單字

最口語的日常短句

情境模擬生活會話

02 入住

5-30.mp3

study 1 常用短句

01. チェックインをお願いします。　　　　　我想check in。

02. パスポートをお貸ししていただけ　　　　能借我一下護照嗎？
　　ますか。

03. パスポートをコピーしてもよろし　　　　可以影印護照嗎？
　　いですか。

04. ここに名前と電話番号をお書きく　　　　請在這裡寫名字和電話號碼。
　　ださい。

05. 私の国の電話番号を書いてもい　　　　　可以寫我的國家的電話嗎？
　　いですか。

06. お部屋番号は308です。　　　　　　　　您的房間號碼是308。

07. こちらがお部屋の鍵になります。　　　　這是您房間鑰匙。

08. 308ということは3階の8番の部屋　　　　308是指3樓8號房間嗎？
　　ですか。

09. 朝食券8枚をご確認ください。　　　　　請確認8張早餐券。

10. チェックアウトする際は、鍵をこ　　　　check out時，請把鑰匙投入這裡。
　　こに入れてください。

單字

① パスポート（名）護照
② 貸します（動）借
③ コピーします（動）複印
④ 番号（名）號碼
⑤ 鍵（名）鑰匙
⑥ 朝食券（名）早餐券

文法

★ 動詞+てもよろしいですか：原為「～て
もいいですか」，是由動詞て形加上「も
いいですか」成為一個疑問句，是請求許
可的表現，表示「可以…嗎？」，而「よ
ろしい」是「いい」的更有禮貌的說法，
可替換使用。

study2 情境會話

對話1 入住辦理

シンイ：チェックインをお願いします。　心怡：我想check in。

受付：パスポートを貸していただけますか。　櫃台：能借我一下護照嗎？

シンイ：はい、どうぞ。　心怡：好的，請。

受付：外国のお客様なので、パスポートをコピーしてもよろしいですか。　櫃台：因為是外國的客人，所以可以影印護照嗎？

シンイ：はい、大丈夫です。　心怡：好的，沒問題。

對話2 填寫入住

受付：ここにお名前と電話番号を書いてください。　櫃台：請在這裡寫名字和電話號碼。

シンイ：日本の電話を持っていませんが、私の国の電話番号を書いてもいいですか。　心怡：我沒有日本的電話，可以寫我的國家的電話嗎？

受付：はい、いいです。　櫃台：是的，可以。

對話3 房間號碼

受付：お部屋番号は308です。こちらがお部屋の鍵になります。　櫃台：您的房間號碼是308。這是您房間鑰匙。

シンイ：はい、308ということは3階の8番の部屋ですか。　心怡：好的，308是指3樓8號房間嗎？

受付：はい、そうです。　櫃台：是的，沒錯。

日語50音與筆順

清音
濁音
半濁音
拗音
長音
促音
撥音
重音

基礎文法與構句

最常用的生活單字

最口語的日常短句

情境模擬生活會話

03 飯店服務

5-31.mp3

study 1 常用短句

01. Wi-Fiがつながりません。 　　　　　連不上WIFI。
02. 朝食は何時から何時までですか。 　　早餐是幾點到幾點。
03. 大浴場へ行くとき、何を着たら 　　　去大澡堂時，要穿什麼好？
　　 いいですか。
04. 掃除が必要な場合、掃除の札を掛 　　需要打掃服務的時候，一定要掛掃除
　　 ける必要はありますか。 　　　　　　的牌子嗎？
05. ドライヤーが壊れそうです。 　　　　吹風機好像壞了。
06. 鍵をなくしてしまいました。 　　　　我把鑰匙弄丟了。
07. 外出する際、鍵を預けてもいい 　　　外出時可以幫我保管鑰匙嗎？
　　 ですか。
08. 部屋がたばこの匂いがするので、 　　房間有菸味，可以幫我換房間嗎？
　　 部屋を替えていただけませんか。
09. トイレットペーパーを使いきりま 　　廁所衛生紙用完了。
　　 した。
10. モーニングコールのサービスはあ 　　有morning call服務嗎？
　　 りますか。

單字

① 大浴場（名）大澡堂
② 着ます（動）穿
③ 掃除（名）打掃
④ 札（名）牌子
⑤ 必要（名、ナ形）需要、必要
⑥ 預けます（動）托、寄放
⑦ 匂い（名）氣味

文法

★ ～から～まで：表示時間或地點的起點及終點，表示「從…到…」。

★ 壊れそう：動詞去「ます」加「そう」表示由眼睛判斷，人事物的樣貌狀態為何。表示「看起來好像…」。

日語50音與筆順

清音

濁音

半濁音

拗音

長音

促音

撥音

重音

基礎文法與構句

最常用的生活單字

最口語的日常短句

情境模擬生活會話

study 2 情境會話

對話1 詢問打掃服務

浩子：おはようございます。 　　　浩子：早安。

受付：おはようございます。 　　　櫃台：早安。

浩子：掃除のサービスが必要な場合、　浩子：需要打掃服務的狀況，要
　　　掃除の札をドアに掛ける必要はあ　　　掛掃除的牌子嗎？
　　　りますか。

受付：はい、掛けていただいたら、　　櫃台：是的，掛的話，會為您打
　　　お掃除をいたします。 　　　　　　掃。

對話2 詢問衣服

俊介：すみません。大浴場へ行くと　俊介：不好意思。去大澡堂時，
　　　き、何を着たらいいですか。 　　　要穿什麼好？

受付：お部屋の引き出しにしまってある　櫃台：請穿著房間抽屜收著的浴
　　　浴衣をご利用ください。 　　　　衣。

俊介：わかりました。どうも。 　　　俊介：明白了，謝謝。

對話3 衛生紙用完

シンイ：すみません。トイレットペーパ　心怡：廁所衛生紙用完了。
　　　　ーを使いきりました。

受付：お部屋番号は何番ですか。 　　櫃台：您的房間號碼是幾號呢？

シンイ：308です。 　　　　　　　　心怡：是308。

受付：はい、すぐ補　　　　　　　　　櫃台：好的，馬上為您補上。請
　　　充いたします。　　　　　　　　　　稍候。
　　　少々お待ち
　　　ください。

04 退房

5-32.mp3

---

study1 常用短句

01. チェックアウトをお願いします。	我要退房。
02. 鍵はここに入れてください。	請把鑰匙投入這裡。
03. テレビカードはどこに返しますか。	電視卡要還到哪裡？
04. お持ち帰りになっても結構です。	帶回家也沒關係。
05. 段ボールがいくつか部屋にあります。	有放幾個紙箱在房間。
06. 要らない物なので、捨ててもらってください。	因為是不要的東西，請幫我丟掉。
07. これでいいですか。	這樣就可以了嗎？
08. またのお越しをお待ちしております。	歡迎再度光臨。
09. 使っていない歯ブラシを持ち帰ってもいいですか。	可以把沒用的牙刷帶回家嗎？
10. どうぞ、ご自由にお持ち帰りください。	請自由帶回家。

単字

① 返します（動）歸還
② 持ち帰ります（動）帶回
③ 段ボール（名）瓦楞紙
④ 要ります（動）需要
⑤ 捨てます（動）丟棄
⑥ 歯ブラシ（名）牙刷

文法

★ 動詞+てもらいます：授受表現，指動作主接受對象給予的動作。表示「從…得到」、「…為…做」。

對話1 到櫃台退房

詩織：チェックアウトをお願いします。
何か手続きが必要ですか。

受付：鍵をここに入れてください。

詩織：これでいいですか。

受付：はい。

詩織：我要退房。需要辦什麼手續？

櫃台：請把鑰匙投入這裡。

詩織：這樣就可以了嗎？

櫃台：是的。

對話2 告知遺留物可丟棄

雅子：部屋にいくつか段ボールがありますが、要らないものなので、捨ててもらってください。

受付：かしこまりました。

雅子：有放幾個紙箱在房間，因為是不要的東西，請幫我丟掉。

櫃台：了解了。

對話3 將物品帶回家

佑太：あのう、使っていない歯ブラシを持ち帰ってもいいですか。

受付：どうぞ、ご自由にお持ち帰りください。

佑太：ありがとうございます。

受付：またお越しください。

佑太：可以把沒用的牙刷帶回家嗎？

櫃台：請自由帶回家。

佑太：謝謝。

櫃台：歡迎再度光臨。

08 醫院看病

01 預約

5-33.mp3

study 1 常用短句

01. 内科を予約したいのですが。 　我想預約內科。
02. ご指定の医師はいらっしゃいますか。 　有指定醫生嗎？
03. 診察券をお持ちですか。 　有帶診療卡嗎？
04. 保険証を見せてください。 　請給我看健保卡。
05. 中国語ができるお医者さんはいますか。 　有會說中文的醫生嗎？
06. 今日は初めてのご来院ですか。 　今天是第一次來本院嗎？
07. 問診表に記入してください。 　請填問診單。
08. あとでお名前をお呼びします。 　稍後會叫您的名字。
09. 保険証はお会計の時にお返しいたします。 　健保卡在批價時會還您。

單字
① 内科（名）內科
② 予約します（動）預約
③ 医師（名）醫生
④ 持ちます（動）攜帶
⑤ 見せます（動）給…看、出示
⑥ 初めて（副）第一次

文法
★ ～なければなりません：動詞ない形去「い」加上「ければなりません」，指非做不可，表示「必須…」。

日語50音與筆順

清音

濁音

半濁音

拗音

長音

促音

撥音

重音

基礎文法與構句

最常用的生活單字

最口語的日常短句

情境模擬生活會話

study 2 情境會話

對話1 預約

シンイ：すみません。内科の予約をお願　　心怡：不好意思，我要預約內
　　　　いします。　　　　　　　　　　　　　　　科。

受付：保険証をお見せください。　　　　　　櫃台：請給我看健保卡。

シンイ：すみません。保険証を持って　　　心怡：抱歉，我沒有健保卡。
　　　　いません。

受付：保険証がなければ、料金は全額　　　櫃台：沒有健保卡的話，必須付
　　　で支払わなければなりませんよ。　　　　　　全額的費用唷。

對話2 挑選醫生

受付：ご指定の医師はいらっしゃいます　　櫃台：有指定醫生嗎？
　　　か。

シンイ：中国語ができるお医者さんは　　　心怡：有會說中文的醫生嗎？
　　　　いますか。

受付：中国語なら、山田先生ですね。　　　櫃台：中文的話，是山田醫師。

シンイ：じゃ、山田先生をお願いしま　　　心怡：那麻煩幫我掛山田醫師。
　　　　す。

對話3 初診手續

受付：今日は初めてのご来院ですか。　　　櫃台：今天是第一次來本院嗎？

浩子：はい。　　　　　　　　　　　　　　　浩子：是。

受付：では、　　　　　　　　　　　　　　　櫃台：那麼，請填問診單。
　　　問診表に記入
　　　してください。

浩子：はい。　　　　　　　　　　　　　　　浩子：好。

355

02 診斷

5-34.mp3

---

study 1 常用短句

01. どうされましたか。 　　　　　　怎麼了呢？
02. 喉が痛いです。 　　　　　　　　喉嚨很痛。
03. 鼻水が出ますか。 　　　　　　　會流鼻水嗎？
04. 足首をひねりました。 　　　　　腳踝扭到了。
05. 腫れていますね。 　　　　　　　腫起來了呢。
06. 大きく息を吸って、次はゆっくり　大大吸氣，然後請慢慢吐氣。
　　吐いてください。
07. 薬は一日に三回飲んでくださ　　　藥請一天吃三次。
　　い。
08. しばらくお風呂に入らないでくだ　請暫時不要泡澡。
　　さい。
09. 熱があったら、この赤い薬を一　　有發燒的話，請吃一顆這個紅色的
　　錠飲んでください。 　　　　　　藥。
10. 薄く塗ってください。 　　　　　請薄薄地塗。

單字

① 喉（名）喉嚨
② 痛い（イ形）痛
③ 鼻水（名）鼻水
④ 出ます（動）出來
⑤ 足首（名）腳踝
⑥ ひねります（動）擰、扭
⑦ 腫れます（動）腫脹
⑧ 吐きます（動）吐

文法

★ 薄く～：イ形容詞去「い」可變成副詞功能，後面可修飾動詞，例如：速く走れ。表示：「給我快快地跑」。

日語50音與筆順
清音
濁音
半濁音
拗音
長音
促音
撥音
重音
基礎文法與構句
最常用的生活單字
最口語的日常短句
情境模擬生活會話

study 2 情境會話

對話1 感冒

医者：どうされましたか。 　　　醫生：怎麼了呢？

浩子：喉が痛いです。 　　　　　浩子：喉嚨很痛。

医者：口を大きく開けてください。 醫生：請張大嘴。

浩子：はい。 　　　　　　　　　浩子：好。

医者：鼻水は出ますか。 　　　　醫生：會流鼻水嗎？

浩子：少しだけ出ます。 　　　　浩子：只有一點點。

對話2 腳扭到

雅子：足首をひねりました。 　　　雅子：腳踝扭到了。

医者：ちょっと見せてくださいね。あ、腫れてますね。 醫生：讓我看一下。啊，腫起來了。

雅子：今歩きにくいです。 　　　　雅子：現在很難走路。

医者：まず足首を冷やしてください。あと薬は薄く塗ってください。 醫生：首先先冰敷腳踝，再來請薄薄地擦藥。

對話3 確診

医者：風邪ですね。薬は一日に三回飲んでください。 醫生：是感冒。藥請一天吃三次。

広志：はい、わかりました。 　　　廣志：好，我知道了。

医者：熱があったら、この赤い薬を一錠飲んでください。それでしばらくお風呂に入らないでください。 醫生：有發燒的話，請吃一顆這個紅色的藥。然後請暫時不要泡澡。

広志：はい。 　　　　　　　　　廣志：好。

357

03 探病

5-35.mp3

---

study 1 常用短句

01. 外科（げか）の病室（びょうしつ）はどちらですか。 — 外科病房在哪呢？

02. 中村律（なかむらりつ）さんの病室（びょうしつ）はどちらですか。 — 中村律先生的病房在哪呢？

03. 面会時間（めんかいじかん）が過（す）ぎました。 — 過了探病時間。

04. 面会（めんかい）は何時（なんじ）までですか。 — 探病到幾點呢？

05. 具合（ぐあい）はどうですか。 — 身體狀況如何？

06. よくなりました。 — 好多了。

07. いつ退院（たいいん）しますか。 — 哪時候出院呢？

08. 来（き）てくれてありがとうございます。 — 謝謝你來。

09. 千羽鶴（せんばづる）を持（も）って来（き）ました。 — 我帶千紙鶴來了。

10. また来（き）ます。 — 我還會再來。

單字

① 外科（げか）（名）外科
② 病室（びょうしつ）（名）病房
③ 面会（めんかい）（名）會面
④ 過ぎます（す）（動）超過
⑤ 具合（ぐあい）（名）情況
⑥ どう（副）怎麼樣、如何
⑦ 退院します（たいいん）（動）出院

文法

★ よくなりました：イ形容詞去「い」加「なります」表示一種「變化」，這裡原本是「いい」，因為要變化，所以以「よい」去「い」加「なります」做變化。翻譯可表示「變成…」。

study2 情境會話

對話1 詢問病房

佑太：すみません。中村なつみさんの病室はどちらですか。

看護師：805病室です。でも、面会時間はもう過ぎてしまいました。

佑太：そうですか。じゃ、また明日来ます。

佑太：不好意思。中村夏美小姐的病房在哪呢？

護士：805號病房。但是已經過了探病時間了。

佑太：是這樣啊，那我明天再來。

對話2 帶探病物來

佑太：千羽鶴を持って来たよ。

なつみ：えー。誰が作ったの？

佑太：俺が作ったんだよ。

なつみ：すごい！ありがとう。

佑太：我帶千紙鶴來了。

夏美：欸？是誰做的？

佑太：我做的唷。

夏美：好厲害，謝謝。

對話3 問出院

佑太：いつ退院するの？

なつみ：先生がいうには、来週の水曜日だって。

佑太：頑張ってな。あ、そろそろ帰るよ。

なつみ：来てくれてありがとう。

佑太：哪時候出院？

夏美：聽醫生說是下禮拜三。

佑太：加油喔。啊！差不多要回去了。

夏美：謝謝你來。

Unit

09 郵局郵寄

01 寄信

5-36.mp3

study 1 常用短句

01. 書留でお願いします。　麻煩寄掛號。
02. 速達でお願いします。　麻煩寄急件。
03. どのくらいかかりますか。　要花多久時間呢？
04. 三日以内に届きますか。　三天內會到嗎？
05. ここに郵便番号を書いてください。　請在這裡寫郵遞區號。
06. アメリカまでいくらですか。　寄到美國要多少錢呢？
07. 何で送ると一番速く届きますか。　用什麼寄是最快的呢？
08. 53円の切手を3枚ください。　請給我53日圓郵票3張。
09. 封筒に入れてください。　請放入信封袋。
10. はがきは書留で送れますか。　明信片可以用掛號寄嗎？

單字

① 書留（名）掛號
② 速達（名）急件
③ どのくらい（連）多少
④ かかります（動）花費
⑤ 届きます（動）到達
⑥ 郵便番号（名）郵遞區號
⑦ 切手（名）郵票

文法

★ ～書留で送れます：助詞「で」表示方法、手段，表示「用…」。

360

日語50音與筆順

清音

濁音

半濁音

拗音

長音

促音

撥音

重音

基礎文法與構句

最常用的生活單字

最口語的日常短句

情境模擬生活會話

study 2 情境會話

對話1 詢問寄送方法

詩織：すみません、何で送ると一番速く届きますか。

局員：速達が一番速いです。

詩織：じゃ、いくらですか。

局員：84円になります。

詩織：不好意思，用什麼寄是最快到的？

郵局人員：用急件是最快的。

詩織：那麼，多少錢呢？

郵局人員：84日圓。

對話2 詢問到達日①

雅子：アメリカまでお願いします。

局員：はい、かしこまりました。

雅子：あ、三日以内に届きますか。

局員：申し訳ございませんが、アメリカですので、一週間くらいかかります。

雅子：請寄到美國。

郵局人員：好的，了解了。

雅子：啊！三天內會到嗎？

郵局人員：十分抱歉，因為是寄到美國，所以需要一週。

對話3 詢問到達日②

浩子：これを速達でお願いします。

局員：はい、かしこまりました。

浩子：どのくらいかかりますか。

局員：速達なら、明日までに届きます。

雅子：這個請用急件。

郵局人員：好的，了解了。

雅子：要花多久時間呢？

郵局人員：急件的話，明天之前就會到了。

02 寄包裹

5-37.mp3

01. これはゆうパックですか、それとも
    重量(じゅうりょう)ゆうパックになりますか。

這個是普通包裹還是加重包裹呢？

02. 荷物(にもつ)の大(おお)きさをお量(はか)りします。

測量包裹的大小。

03. 配達日(はいたつび)を指定(してい)したいんですが…。

我想指定配送日。

04. このシールにご希望(きぼう)の配達日(はいたつび)を記(き)
    入(にゅう)して、郵便物(ゆうびんぶつ)に貼(は)ってくださ
    い。

請在這個貼紙上寫下配送日，並貼在
郵件上。

05. 中(なか)には何(なに)が入(はい)ってますか。

裡面裝著什麼呢？

06. 代金引換(だいきんひきかえ)でお願(ねが)いします。

我想要請你們代收貨款。

07. 代金引換料(だいきんひきかえりょう)は265円(えん)です。

代收貨款費是265日圓。

08. 郵便物(ゆうびんぶつ)の大(おお)きさが超(こ)えています。

郵件的大小超過了。

09. ご依頼主控(いらいしゅひか)えにある番号(ばんごう)を入力(にゅうりょく)
    したら、追跡(ついせき)できます。

輸入收執聯上的號碼之後，可以追蹤
郵件。

10. 航空便(こうくうびん)でいくらですか、船便(ふなびん)でい
    くらですか。

空運多少錢呢？船運多少錢呢？

單字
① 荷物(にもつ)（名）貨物、行李
② 量(はか)ります（動）測量
③ 配達日(はいたつび)（名）配送日
④ 指定(してい)します（動）指定
⑤ 貼(は)ります（動）黏貼
⑥ 航空便(こうくうびん)（名）空運
⑦ 船便(ふなびん)（名）船運

文法
★ 追跡(ついせき)できます：第三類動詞的能力形
  是以「します」變成「できます」而
  來，表示「能…」、「可以…」。

日語50音與筆順

清音

濁音

半濁音

拗音

長音

促音

撥音

重音

基礎文法與構句

最常用的生活單字

最口語的日常短句

情境模擬生活會話

study 2 情境會話

對話1 寄國際包裹

浩子（ひろこ）：すみません。これは航空便（こうくうびん）でいくらですか、船便（ふなびん）でいくらですか。

局員（きょくいん）：どこまでですか。

浩子（ひろこ）：フランスまでです。

局員（きょくいん）：航空便（こうくうびん）は2500円（えん）で、船便（ふなびん）は1800円（えん）です。

浩子：不好意思，這個空運多少錢呢？船運多少錢呢？

郵局人員：請問寄到哪呢？

浩子：寄到法國。

郵局人員：空運的話2500日圓，船運的話1800日圓。

對話2 指定配送日

詩織（しおり）：配達日（はいたつび）を指定（してい）したいんですが…。

局員（きょくいん）：このシールにご希望（きぼう）の配達日（はいたつび）を記入（きにゅう）して、郵便物（ゆうびんぶつ）に貼（は）ってください。

詩織（しおり）：これでいいですか。

局員（きょくいん）：専用窓口（せんようまどぐち）に出（だ）してください。

詩織：我想指定配送日。

郵局人員：請在這個貼紙上寫下希望的配送日，並貼在郵件上。

詩織：這樣就可以了嗎？

郵局人員：請在專門窗口寄送。

對話3 代收貨款

俊介（しゅんすけ）：代金引換（だいきんひきかえ）をお願（ねが）いします。

局員（きょくいん）：はい、まずこの申込書（もうしこみしょ）を記入（きにゅう）してください。

俊介（しゅんすけ）：あとは何（なに）かありますか。

局員（きょくいん）：代金引換料金（だいきんひきかえりょうきん）の265円（えん）が追加（ついか）になります。

俊介：我想要請你們代收貨款。

郵局人員：是，首先請填寫申請書。

俊介：之後還有什麼嗎？

郵局人員：代收貨款會加收265日圓。

Unit

10 銀行業務

 01 開戸

5-38.mp3

---

study 1 常用短句

01. 口座を作りたいです。　　　　　我想開戸。

02. この申込書にご記入ください。　請填這份申請書。

03. ハンコをお持ちですか。　　　　有帶印章嗎？

04. 在留カードを見せてください。　請給我看在留卡。

05. 本店で申し込みされる理由はございますか。　有選擇在本行申請的理由嗎？

06. ATMの暗証番号を4桁設定してください。　請設定ATM四碼密碼。

07. これは通帳です。　　　　　　　這是存摺。

08. 入学許可書をお持ちですか。　　有帶入學許可書嗎？

09. 申し訳ございません。在日6か月未満ですと、口座が作れません。　十分抱歉，在日未滿6個月的話是沒辦法開戸的。

單字

① 口座（名）戸頭
② 作ります（動）製作
③ ハンコ（名）印章
④ 理由（名）理由
⑤ 暗証番号（名）密碼
⑥ 桁（名）位數
⑦ 通帳（名）存摺

文法

★ ございます：「ございます」是「あります」更尊敬的說法。

★ 作れません：是第一類動詞的可能形，將「ます」前一音改成え段音。

日語50音與筆順
清音
濁音
半濁音
拗音
長音
促音
撥音
重音
基礎文法與構句
最常用的生活單字
最口語的日常短句
情境模擬生活會話

study2 情境會話

對話1 辦理開戶

シンイ：口座を作りたいです。　　　　心怡：我想開戶。

行員：ハンコと在留カードをお持ちで　　銀行員：有帶印章和在留卡嗎？
　　　すか。

シンイ：はい、どうぞ。　　　　　　　心怡：有，請。

行員：この申込書にご記入ください。　銀行員：請填這份申請書。

シンイ：はい。　　　　　　　　　　　心怡：好。

對話2 詢問開戶理由

行員：口座を作る理由は何でしょうか。　銀行員：開戶的理由是什麼呢？

シンイ：この一年留学するからです。　　心怡：因為這一年要留學。

行員：本店で申し込みの理由は何でしょ　銀行員：選擇在本行申請的理由
　　　うか。　　　　　　　　　　　　　　　　是什麼？

シンイ：学校の近くだからです。　　　　心怡：因為在學校附近。

對話3 取得開戶相關文件

行員：ATMの暗証番号を4桁設定して　銀行員：請設定ATM四碼密
　　　ください。生年月日で設定するの　　　　碼，請避免設定出生年
　　　は、ご遠慮ください。　　　　　　　　　月日。

シンイ：はい。　　　　　　　　　　　心怡：好。

行員：これは通帳です。キャッシュカ　　銀行員：這是存摺。金融卡會在
　　　ードは一週間後、郵送でお送り　　　　　一週後寄給您。
　　　いたします。

シンイ：わかりました。　　　　　　　心怡：知道了。

02 取款

5-39.mp3

study 1 | 常用短句

01. 引出しをしたいです。 我想要提款。

02. ここにキャッシュカードを入れて 請在這裡放入金融卡。
   ください。

03. 一日いくらまで引き出しできます 一天最多可以提款多少錢。
   か。

04. 「万」と「円」を押してくださ 請按「萬」和「圓」。
   い。

05. 手数料は必要ですか。 需要手續費嗎？

06. ハンコをください。 請給我印章。

07. いくら下ろしますか。 要領多少錢呢？

08. 千円札は下ろせますか。 能領千元鈔嗎？

09. 暗証番号を押してください。 請按密碼。

10. 一番近くのATMはどちらです 最近的ATM在哪邊呢？
   か。

單字

① 引出し（名）提取
② キャッシュカード（名）金融卡
③ 入れます（動）放入
④ 押します（動）推、按
⑤ 手数料（名）手續費
⑥ 下ろします（動）取下、拿下

文法

★ ～に～を入れます：「に」表示到達點，「に」前放表示空間的詞，意指東西放入的空間。「を」前放要放入某空間的物品，指「把」某物放入某空間。

日語50音與筆順

清音

濁音

半濁音

拗音

長音

促音

撥音

重音

基礎文法與構句

最常用的生活單字

最口語的日常短句

情境模擬生活會話

study2 情境會話

對話1 臨櫃領錢

浩子：引出しをしたいです。　　　　　浩子：我想提款。

窓口：払戻請求書をご記入くださ　　　接待員：請填提款單。
　　　い。

浩子：もう記入しました。　　　　　　浩子：已經填了。

窓口：では、請求書と一緒にハンコを　接待員：那麼請一同給我印章和
　　　お預かりします。　　　　　　　　　　提款單。

對話2 請教ATM使用方法

雅子：すみません、ATMの使い方がわか　雅子：不好意思，我不知道
　　　らないので、教えていただけませ　　　　ATM的用法，可以教我
　　　んか。　　　　　　　　　　　　　　　　嗎？

行員：はい。お引出しですか。　　　　　銀行員：是，請問是提款嗎？

雅子：はい、そうです。　　　　　　　　雅子：是，沒錯。

行員：まず、ここにキャッシュカードを　銀行員：首先，請在這裡放入金
　　　入れてください。　　　　　　　　　　融卡。

雅子：はい、入れました。　　　　　　　雅子：好，放了。

行員：次に、暗証番号を押してくださ　　銀行員：接著，請按密碼。
　　　い。

雅子：はい、押しました。あ、画面が出　雅子：好，我按了。啊！畫面出
　　　ました。50000円を下ろしたいで　　　　來了，我想要提5萬日
　　　す。　　　　　　　　　　　　　　　　圓。

行員：では、「5」を押してから、　　　銀行員：那麼，按「5」之後，
　　　「万」と「円」を押してくださ　　　　　請按「萬」和「圓」。
　　　い。

03 存款

5-40.mp3

---

study 1 | 常用短句

01. このATMは預(あず)け入(い)れできますか。 　　這個ATM能存款嗎？

02. お金(かね)を預(あず)け入(い)れたいです。 　　我想存款。

03. 五千円札(ごせんえんさつ)を預金(よきん)できますか。 　　能存五千圓鈔票嗎？

04. 預金(よきん)はハンコが要(い)りますか。 　　存款需要印章嗎？

05. 細(こま)かいお金(かね)を預(あず)け入(い)れたいです。 　　我想存零錢。

06. 26番(ばん)のお客様(きゃくさま)はどうぞ。 　　26號的客人請上前。

07. 通帳記入(つうちょうきにゅう)はどちらですか。 　　補摺在哪裡呢？

08. 残高(ざんだか)を確認(かくにん)したいです。 　　我想要確認餘額。

09. ここで通帳記入(つうちょうきにゅう)できます。 　　在這裡可以補摺。

10. アメリカドルの預金(よきん)はできますか。 　　能存美金嗎？

（單字）

① 預(あず)け入(い)れ（名）存入
② 預金(よきん)（名）存款、儲蓄
③ 細(こま)かい（イ形）細小、零碎
④ 記入(きにゅう)します（動）記上
⑤ 残高(ざんだか)（名）餘額
⑥ 確認(かくにん)します（動）確認

（文法）

★ ハンコが要(い)ります：助詞「が」使用於「喜好」（好き、嫌い）、「能力」（わかります）、「持有」（あります）、「希求」（欲しい、要ります）四大項動詞出現時。

日語50音與筆順

清音

濁音

半濁音

拗音

長音

促音

撥音

重音

基礎文法與構句

最常用的生活單字

最口語的日常短句

情境模擬生活會話

study 2 情境會話

對話1 詢問ATM功能

雅子：このATMは預け入れもできます
か。

雅子：這個ATM能存款嗎？

行員：はい、できます。

銀行員：是，可以。

雅子：五千円札を預け入れできますか。

雅子：能存五千圓鈔票嗎？

行員：申し訳ございま
せん。ご利用で
きるのは千円札
と一万円札だけ
になります。

銀行員：十分抱歉，只能存千圓
鈔和萬圓鈔。

對話2 臨櫃存款

詩織：お金を預け入れたいです。

詩織：我想存錢。

行員：ATMをご利用になったほうが速い
ですよ。

銀行員：用ATM存比較快唷。

詩織：細かいお金を預け入れたいんです
が。

詩織：因為我想存零錢。

行員：はい、かしこまりました。

銀行員：好的，了解了。

對話3 臨櫃存款服務

浩子：すみません。通帳記入はどちら
ですか。

浩子：不好意思，補摺在哪裡
呢？

行員：こちらで通帳記入できます。通
帳はあとでお返しいたします。

銀行員：這裡可以補摺，稍後會
還給您。

浩子：ありがとうございます。

浩子：謝謝。

04 兌換

5-41.mp3

常用短句

01. 両替をしたいです。　　　　　　　　我想要換錢。

02. 日本円をアメリカドルに換えてく　　請把日圓換成美金。
　　ださい。

03. 銀行に両替に行きたいです。　　　　我想去銀行換錢。

04. 両替はどこでしますか。　　　　　　換錢在哪裡換？

05. 日本円の10万円はだいたい914ド　　10萬日圓大概是914美金。
　　ルになります。

06. 10万円はだいたい何ドルかを計　　可以幫我算10萬日圓大概是多少美金
　　算していただけませんか。　　　　　嗎？

07. 日本円をちょうど1000ドルに換　　我想把日圓換剛好1000元的美金。
　　えたいです。

08. 日本円はいくら必要ですか。　　　　需要多少日圓呢？

09. 全部100ドル札でください。　　　　請全部給我百鈔。

10. 換えたドルを口座に預け入れたい　　我想把換好的美金存到戶頭。
　　です。

單字

① 両替（名）換錢

② 日本円（名）日圓

③ アメリカドル（名）美金

④ 換えます（動）變換、更換

⑤ ちょうど（名）正好

⑥ いくら（名）多少

文法

★ 換えたドル：動詞的普通形後直接加名詞，可成為修飾，表示「…的…」，例如：本を読んでいる人，就可翻譯成「正在讀書的人」。

日語50音與筆順

清音

濁音

半濁音

拗音

長音

促音

撥音

重音

基礎文法與構句

最常用的生活單字

最口語的日常短句

情境模擬生活會話

study2 情境會話

對話1 詢問兌換處

浩子：両替はどこでしますか。　　　　　浩子：換錢在哪裡換？

行員：そちらです。　　　　　　　　　　銀行員：在那邊。

浩子：その5番の窓口ですか。　　　　　浩子：那個5號窗口嗎？

行員：そうです。　　　　　　　　　　　銀行員：是的。

對話2 兌換

詩織：日本円をアメリカドルに換えてく　詩織：請把日圓換成美金。
　　　ださい。

行員：おいくらに換えますか。　　　　　銀行員：您想換多少錢呢？

詩織：10万円はだいたい何ドルかを計　詩織：可以幫我算10萬日圓大
　　　算していただけませんか。　　　　　　　概是多少美金嗎？

行員：日本円10万円はだいたい914ドル　銀行員：10萬日圓大概是914美
　　　になります。　　　　　　　　　　　　　金。

詩織：そうですか。じゃ、900ドルに換　詩織：是這樣啊。那請幫我換
　　　えてください。　　　　　　　　　　　　900元美金。

行員：かしこまりました。　　　　　　　銀行員：了解了。

詩織：あ、すみません。全部100ドル札　詩織：啊，不好意思，請全部給
　　　でください。　　　　　　　　　　　　　我百鈔。

行員：はい。　　　　　　　　　　　　　銀行員：好的。

05 匯款

5-42.mp3

01. 振り込みたいです。	我想匯款。
02. 毎月15日までにお振込みください。	請每月15日前匯款。
03. あとで送金をします。	等一下匯款。
04. お振込をお待ちしております。	等待您的匯款。
05. 誤った金額を振り込みました。	我匯了錯誤的金額。
06. 明細票が出てきません。	明細沒出來。
07. ATMで振り込めます。	可以用ATM匯款。
08. 受け取りの方のお名前は何でしょうか。	收款人的名字是什麼呢？
09. 振込依頼書を記入しましたか。	填匯款單了嗎？
10. 振込でエラーが発生しました。	匯款出現錯誤。

單字

① 振り込みます（動）匯入
② 送金（名）匯款
③ 誤ります（動）錯誤
④ 金額（名）金額
⑤ 明細票（名）明細表
⑥ エラー（名）錯誤、過失
⑦ 発生します（動）出現

文法

★ 15日までに：「までに」是表示到某個時間為止之前的任一個時間點上的時間，後面加瞬間動詞。

★ お待ちしております：「おります」為「います」的謙讓表現，因此「しております」表示「しています」。

對話1 找匯款處

雅子（まさこ）：すみません。振（ふ）り込（こ）みたいです。

行員（こういん）：ATMで振（ふ）り込（こ）めますよ。出口（でぐち）を出（で）て左（ひだり）です。

雅子（まさこ）：ありがとうございます。

雅子：不好意思，我想匯款。

銀行員：可以用ATM匯款。出口一出去的左邊。

雅子：謝謝。

對話2 跟房東簽約

大家（おおや）：では、毎月（まいつき）15日（にち）までにお振込（ふりこ）みください。

拓也（たくや）：はい。では、今月（こんげつ）の家賃（やちん）は直接（ちょくせつ）現金（げんきん）で払（はら）いますか。

大家（おおや）：いいえ、振（ふ）り込（こ）んでください。

拓也（たくや）：はい、わかりました。あとで振込（ふりこ）みます。

大家（おおや）：はい。よろしくお願（ねが）いします。

房東：那麼，每月15日前請匯款。

拓也：好的。那麼，這個月的房租直接用現金付嗎？

房東：不，請用匯款。

拓也：好的，等一下匯款。

房東：好的，麻煩你了。

對話3 ATM故障

浩子（ひろこ）：すみません。振（ふ）り込（こ）みましたが、明細票（めいさいひょう）が出（で）てきません。

行員（こういん）：少々（しょうしょう）お待（ま）ちください。今（いま）確認（かくにん）いたします。

浩子（ひろこ）：はい、お願（ねが）いします。

浩子：不好意思，我匯款了，但明細沒吐出來。

銀行員：請稍候一下，現在為您檢查。

浩子：好，麻煩你了。

Unit
11 工作職場

01 面試

5-43.mp3

study 1 常用短句

01. 失礼いたします。 打擾了。

02. 日本語教育を専攻しております。 我專攻日語教育。

03. 実際の現場経験はございませんが、力を尽くしたいと思います。 雖然沒有實作經驗,但我會盡我全力做。

04. 面接の方はこちらでお待ちください。 面試的人請在這裡等候。

05. 日本語を教えることについて大変興味深く感じました。 我對教日語有非常濃厚的興趣。

06. 仕事に活かして頑張りたいと思います。 我想活用在工作上努力加油。

07. 給料のご希望は? 您期望的薪水是?

08. 今度は3次面接です。 這次是第三次面試。

單字

① 失礼します（動）失敬、失禮
② 専攻します（動）專業、專攻
③ 力（名）力量、力氣
④ 尽くします（動）竭力
⑤ 面接（名）面試
⑥ 活かします（動）活用
⑦ 給料（名）薪水

文法

★ 動詞+たいと思います：表示希望，加了「と思います」使得口氣較委婉。

★ 名詞+について：表示「關於…」，對於某對象、事物進行敘述。

374

study2 情境會話

對話1 面試進場

面接官：どうぞ。

拓也：失礼いたします。

面接官：どうぞ。お掛けください。

拓也：はい。失礼します。

面接官：では、さっそく始めましょうか。

拓也：はい。自己紹介させていただきます。田中拓也と申します。東京大学の教育学部で、日本語教育を専攻しております。

面試官：請進。

拓也：打擾了。

面試官：請坐。

拓也：是，失敬了。

面試官：那麼，事不宜遲開始吧。

拓也：好的。請讓我自我介紹一下，我叫做田中拓也，讀東京大學教育學系，專攻日語教育。

對話2 等待面試

木村：初めまして。面接にいらした方ですか。

田中：はい。

木村：何回目の面接ですか。

田中：今度は3次面接です。

木村：大変ですね。

木村：初次見面，是來面試的人嗎？

田中：是。

木村：這次是第幾次面試呢？

田中：這次是第三次面試。

木村：真是辛苦呢。

日語50音與筆順

清音
濁音
半濁音
拗音
長音
促音
撥音
重音

基礎文法與構句

最常用的生活單字

最口語的日常短句

情境模擬生活會話

02 工作中

study1 常用短句

01. 明日から熊本へ出張します。　　　明天要去熊本出差。

02. 昼ごはんを食べたら、会議室で待　　午餐之後請在會議室等候。
っていてください。

03. 今仕事が山ほどあります。　　　　現在工作像山一樣多。

04. 残業しなければなりません。　　　必須加班。

05. 仕事が終わったら、一緒に飲みに　　工作結束後，要不要一起喝一杯？
行きませんか。

06. 3時までにレポートを出してくだ　　請在3點前交報告。
さい。

07. この書類を翻訳していただけませ　　可以幫我翻譯這份文件嗎？
んか。

08. 会議を始めましょうか。　　　　　開始會議吧。

09. ノートパソコンを持って来るのを　　不要忘記帶筆電來。
忘れないでください。

10. 福岡へ転勤を希望しますか。　　　你有調職到福岡的意願嗎？

單字

① 出張します（動）出差
② 終わります（動）結束
③ 書類（名）文件、檔案
④ 翻訳します（動）翻譯
⑤ 忘れます（動）忘記
⑥ 転勤（名）調職

文法

★ 山ほど：「ほど」表示程度。指某狀態到了程度之高的情況。

★ 来るのを忘れます：動詞原形加上「の」產生名詞化，可當名詞用，因此名詞後接「忘れます」則以「～を忘れます」表現。

日語50音與筆順

清音

濁音

半濁音

拗音

長音

促音

撥音

重音

基礎文法與構句

最常用的生活單字

最口語的日常短句

情境模擬生活會話

study2 情境會話

對話1 準備出差

田中：明日から熊本へ 出 張します。

小林：え、知らなかったです。

田中：早く帰らなければなりません。

小林：そうですね。

田中：明天要去熊本出差。

小林：欸？我都不知道。

田中：必須早點回家了。

小林：是啊。

對話2 拒絕晚上聚會

加藤：仕事が終わったら、一緒に飲みに行きませんか。

小林：すみません。今仕事が山ほどあるので、残業しなければなりません。

加藤：残念です。

加藤：工作結束後，要不要一起喝一杯？

小林：不好意思，現在工作像山一樣多，必須加班。

加藤：真遺憾。

對話3 準備開會

部長：昼ごはんを食べたら、会議室で待っていてください。

田中：はい、かしこまりました。

部長：あと、ノートパソコンを持って来るのを忘れないでください。

田中：はい。

部長：午餐之後請在會議室等候。

田中：好，了解了。

部長：還有，不要忘記帶筆電來。

田中：好的。

03 遲到

5-45.mp3

---

study1 常用短句

01. なんで遅刻（ちこく）しましたか。 　　為什麼遲到了？

02. バスが遅（おく）れたので、遅刻（ちこく）しました。 　　因為公車晚了，所以我遲到了。

03. すみません、遅刻（ちこく）しました。 　　不好意思，我遲到了。

04. 車（くるま）が壊（こわ）れたので、会議（かいぎ）に間（ま）に合（あ）わなかったです。 　　因為車子壞了，所以沒趕上會議。

05. いつも通（とお）る道（みち）が工事中（こうじちゅう）だったので、混（こ）んでいました。 　　一直走的路在施工中，所以塞車了。

06. 遅刻（ちこく）したため、三千円減給（さんぜんえんげんきゅう）されました。 　　因為遲到了，所以薪水被扣了三千日圓。

07. もう二度（にど）と遅刻（ちこく）しないでください。 　　不要再遲到了。

08. タクシーに乗（の）り換（か）えなかったんですか。 　　不會轉搭計程車嗎？

09. すみません、今議題（いまぎだい）はどこまで進（すす）みましたか。 　　不好意思，現在進行到哪？

單字

① 遅刻（ちこく）します（動）遲到
② 遅（おく）れます（動）晚、慢、延誤
③ 間（ま）に合（あ）います（動）趕得上
④ 工事中（こうじちゅう）（名）施工中
⑤ 混（こ）みます（動）擁擠
⑥ 減給（げんきゅう）します（動）減薪
⑦ 進（すす）みます（動）進展

文法

★ ため：接續為動詞及「イ形容詞」的普通形，名詞則接の，「ナ形容詞」接な，表示原因，口氣較客觀、委婉。翻譯為「由於…」。

日語50音與筆順
清音
濁音
半濁音
拗音
長音
促音
撥音
重音
基礎文法與構句
最常用的生活單字
最口語的日常短句
情境模擬生活會話

study2 情境會話

對話1 遲到當下

田中（たなか）：すみません、遅刻（ちこく）しました。

部長（ぶちょう）：なんで遅刻（ちこく）しましたか。

田中（たなか）：バスが遅（おく）れたので、遅刻（ちこく）しました。

部長（ぶちょう）：タクシーに乗（の）り換（か）えなかったんですか。

田中（たなか）：お金（かね）が足（た）りないので…。

部長（ぶちょう）：もう二度（にど）と遅刻（ちこく）しないでください。

田中：不好意思，我遲到了。

部長：為什麼遲到了？

田中：因為公車晚了，所以我遲到了。

部長：不會轉搭計程車嗎？

田中：因為錢帶不夠…。

部長：不要再遲到了。

對話2 跟同事閒聊遲到

田中（たなか）：今朝（けさ）、車（くるま）が壊（こわ）れたので、会議（かいぎ）に間（ま）に合（あ）わなかったです。

小林（こばやし）：え、それで？

田中（たなか）：遅刻（ちこく）したので、三千円（さんぜんえん）減給（げんきゅう）されました。

小林（こばやし）：それは大変（たいへん）ですね。

田中：今早因為車子壞了，所以沒趕上會議。

小林：欸？然後呢？

田中：因為遲到了，所以薪水被扣了三千日圓。

小林：那真是糟糕呢。

04 請假

5-46.mp3

常用短句

01. 休みを取りました。　　　　　　　　　我請假了。

02. 休ませていただけませんか。　　　　　能讓我請假嗎？

03. 調子がちょっと悪いので、早く　　　　我身體有點不舒服，能早點回家嗎？
　　帰ってもいいですか。

04. 夏休みなので、2か月休みました。　　因為是暑假，所以休了2個月。

05. お客様のところに伺うので、席　　　　因為要去拜訪客戶，所以離席。
　　を外します。

06. 連休後、休みを取らないでくだ　　　　連休之後請勿請假。
　　さい。

07. インフルエンザなので、会議に　　　　因為流感，所以沒出席會議。
　　出席しませんでした。

08. 昼間にちょっと外出します。　　　　　午間稍微外出一下。

09. 年末なので、休めません。　　　　　　因為是年末，所以沒辦法放假。

10. 今日は誕生日だから、休みたい　　　　今天因為是生日，所以想請假。
　　です。

單字

① 帰ります（動）回去
② 夏休み（名）暑假
③ 伺います（動）拜訪、請教
④ 連休（名）連休
⑤ インフルエンザ（名）
⑥ 出席します（動）流感
⑦ 外出します（動）外出

文法

★ 休ませていただけませんか：動詞使
役形並變化為て形，加上「いただけ
ませんか」，是客氣、禮貌的要求說
法。表示「能讓我⋯嗎？」

對話1 跟朋友閒聊休假

雅子：今日は誕生日だから、休みたい
　　　わ。

鈴木：でも、勝手に休んじゃダメじゃな
　　　い？

雅子：まー、いいじゃない。実は、もう
　　　休みを取ったの。

鈴木：うそー。

雅子：今天因為是生日，所以想
　　　請假。

鈴木：但是，隨便請假不是不行
　　　嗎？

雅子：啊－沒什麼不好。其實我
　　　已經請假了。

鈴木：真的假的。

對話2 中途請假

田中：部長、調子がちょっと悪いの
　　　で、早く帰ってもいいですか。

部長：明日は早く会社に来られますか。

田中：調子がよければ早く来ます。

部長：わかりました。お大事に。

田中：部長，我身體有點不舒
　　　服，能早點回家嗎？

部長：明天可以早點來公司嗎？

田中：身體好了會早點來。

部長：我知道了，請保重。

對話3 電話請假

小林：部長、インフルエンザなので、
　　　休ませていただけませんか。

部長：それは大変ですね。何日休みた
　　　いですか。

小林：お医者さんは一週間で治るだろ
　　　うと言ったので、一週間でよろ
　　　しいですか。

部長：じゃ、仕方がないですね。一週
　　　間後元気になって来てくださ
　　　い。

小林：部長，因為流感，能讓我
　　　請假嗎？

部長：那可不得了。要休幾天？

小林：醫生說一週應該會好，休
　　　一週可以嗎？

部長：那也沒辦法，那麼一個禮
　　　拜後請好好回來。

日語50音與筆順
清音
濁音
半濁音
拗音
長音
促音
撥音
重音
基礎文法與構句
最常用的生活單字
最口語的日常短句
情境模擬生活會話

附錄

1. 東京的地鐵

　　東京地鐵的複雜程度眾人皆知，每條路線顏色不一，可到機場或各大車站索取地鐵圖，也可以到「東京メトロ」(https://www.tokyometro.jp/index.html)下載路線圖隨身攜帶。

　　其中丸之內線可到達許多大地標，例如池袋、東京、銀座、新宿。銀座線可到淺草、上野、澀谷，且跟丸之內線一樣也能到銀座。

　　如果旅行需要頻繁搭乘東京捷運，可以在各大車站或機場購買24小時、48小時或72小時券，在時間內可無限搭乘東京捷運，非常划算。

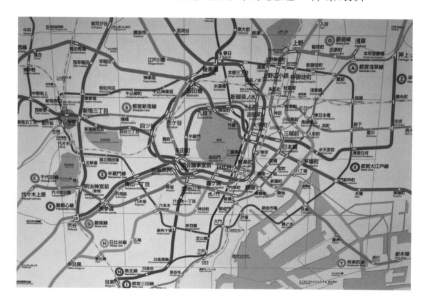

2. 日本知名大學

1. 東京大学 (東京大學)

　　西元1877年創立的國立大學，簡稱「東大」，位於東京，是日本最高學府，在「QS世界大學排行2020」得到了

世界第22名，人才輩出，許多政商人士都畢業於此校。

2. 京都大学（京都大學）

西元1897年創立的國立大學，位於古色古香的京都，簡稱「京大」，是跟東大能同等競爭的日本難關大學之一。校風非常自由，每年畢業典禮，畢業生們都會用盡各種創意變裝參與，並上台領證書，此為京大知名的特色之一。

3. 慶應義塾大学（慶應義塾大學）

西元1920年由思想家福澤諭吉創立的日本知名私校之一，位於東京。簡稱「應慶」或「慶大」，歷史悠久。在「QS世界大學排行2014」得到了世界第193名。日本多位首相都出身於此。

4. 早稲田大学（早稻田大學）

西元1920年創校，簡稱「早大」，位於東京都新宿區。許多政商知名人士及文學、藝術界知名人物都畢業於此。每年與慶應義塾大學校際對抗賽的「早慶戰」最為人津津樂道，尤其是棒球項目的「早慶戰」開打時，激烈的競爭讓日本社會都為之注目及瘋狂。

5. お茶の水女子大学（御茶水女子大學）

西元1949年創立的國立女子大學，簡稱「御茶大」或「御茶女」。關東大地震前位於御茶水，地震後搬至東京都文京區。早期日本傑出女性們大多畢業於此，例如日本第一位女醫師等。另外，日本皇族悠仁親王就讀過御茶大附屬小學，現在正就讀附屬中學。

※以上校徽圖片引用自維基百科。

3. 日文的輸入法

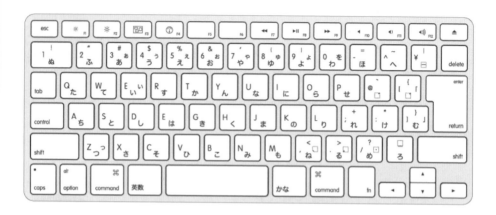

　　日語輸入法包括「かな入力（假名輸入法）」和「ローマ字入力（羅馬拼音輸入法）」兩種，前者是直接敲鍵盤輸入日語假名，後者則是用英文的字母照發音拚出日語假名。羅馬拼音輸入法是外國人學習者最入門的打字方式，也是大多數的日本人選用的輸入法，只要看著五十音表中所標記的羅馬拼音，照樣輸入就能打出所要的字，簡單易懂。

　　但是有些日語假名如「ず」和「づ」同音不同字，或是像促音一樣根本不發音。為了對應這些情況，羅馬拼音輸入法會準備較特殊的輸入方式來打出這些特殊的字，以下會一個一個列出來。

❶ 羅馬拼音與實際該輸入的不相符例：
　　を→wo
　　ん→nn
　　ぢ→di
　　づ→du

❷ 促音：
　　只要重複促音後第一個音即可
　　「ざっし」→zasshi
　　「がっこう」→gakkou

❸ 單獨輸入小字：

只要前面先打「l」或「x」即可

「ぉ」→lo或xo

「ぇ」→le或xe

❹ 片假名長音：

直接輸入鍵盤右上角的「－」即可

「コーヒー」→ko－hi－

❺ 特殊假名：

★小「ァ」「ィ」「ゥ」「ェ」「ォ」分別輸入該母音（a、i、u、e、o）

a. 「スァ」「スィ」「スゥ」「スェ」「スォ」→大「ス」的部分皆
   輸入「sw」+★

b. 「ファ」「フィ」「フゥ」「フェ」「フォ」→大「フ」的部分皆
   輸入「fw」+★

c. 「グァ」「グィ」「グゥ」「グェ」「グォ」→大「グ」的部分皆
   輸入「gw」+★

d. 「テャ」「ティ」「テュ」「テェ」「テョ」→大「テ」的部分皆
   輸入「th」+★

e. 「デャ」「ディ」「デュ」「デェ」「デョ」→大「デ」的部分皆
   輸入「dh」+★

f. 「ウァ」「ウィ」「ウェ」「ウォ」→大「ウ」的部分皆輸入「wh」
   +★

g. 「ヴァ」「ヴィ」「ヴ」「ヴェ」「ヴォ」→大「ヴ」的部分皆輸
   入「v」+★

h. 「フャ」「フィ」「フュ」「フェ」「ヒョ」→大「フ」的部分皆
   輸入「fy」+★

4. 日本及與日本相關的入口網站

1) 日本台灣交流協會 https://www.koryu.or.jp/

舉凡打工度假、到日留學辦理等事務都由這個機構處理。

2) goo https://www.goo.ne.jp/

類似Yahoo奇摩，可用來搜尋各種日本的資料。

5. 學習日語的網站推薦

1) 學習網站

❶ 語法酷（簡體中文）

http://grammar.izaodao.com/

❷ 滬江日語（簡體中文）

https://jp.hjenglish.com/

❸ 日本語NET（日語）

https://nihongokyoshi-net.com/

❹ 東外大日本語文法モジュール（日語、中文）

http://www.coelang.tufs.ac.jp/ja/zt/gmod/

2) 學習影音網站

❶ 日本語の森（Youtube影音、日語）

https://www.youtube.com/channel/UCVx6RFaEAg46xfAsD2zz16w

❷ NEWS WEB EASY-NHK（日語新聞）

https://www3.nhk.or.jp/news/easy/

3) 字典

❶ Weblio国語字典（中日、日中）

https://www.weblio.jp/

❷ ニコニコ大百科（日語）

http://dic.nicovideo.jp/

❸ 日本語俗語字典（日語）

http://zokugo-dict.com/

❹ コトバンク（日語）

https://kotobank.jp/

❺ OJAD在線日語聲調字典

http://www.gavo.t.u-tokyo.ac.jp/ojad/

初學日語更多選擇
自學、教學都好用！

深入學習，輕鬆運用
實用日語，從這裡開始！

沒有日語環境就自己創造吧！跟著書裡 24H 日語不間斷！
一本可以讓你「熱情不中斷」的日語學習書！

作者：田泰淑
出版：語研學院
★ 附 MP3

不用出國，直接把日本生活場景搬到你眼前！第一本將日
本生活文化及日語學習元素緊密結合的日語學習書！

作者：奧村裕次、林旦妃
出版：語研學院
★ 附 MP3

涵蓋商務、電話、演講、婚喪喜慶、服務業等各種場合，
話術與舉止不失禮！

作者：岩下宣子
出版：國際學村

真正逼真！再現日語對話現場！「同一場合、不同對
象」，正確表達的實用指南！

作者：Communication 日文研究會
出版：語研學院
★ QR 碼隨刷隨聽

全新開始！學習日語系列
無論是要從零開始、或是重新學習都適用！

史上最完備的日文學習工具，從 50 音到單字、會話、文法、練習的全套完整課程，學好道地日語，你最需要的的內容就在這！

作者：劉世美
出版：國際學村
★ 附 MP3

全新開始學習日語文法，這一次一定能學會！
透過聽覺視覺同步解決初學者所有問題，一次掌握生活中必用、測驗必考的 250 個文法！

作者：藤井麻里
出版：國際學村
★ 附 MP3

最完整的日語會話教學課程！模擬實境式的會話內容，搭配母語人士配音員親錄 MP3，用 QR 碼隨掃隨聽，讓你透過「聽、說」紮下一輩子不會忘的日語力！

作者：藤井麻里
出版：國際學村
★ QR 碼隨刷隨聽

語言學習NO.1

學英語

QR碼行動學習版
我的第一本
經典故事
親子英文

學韓語

韓語文法
精準應用

學日語

想說就說，這樣學日文
在日實測
精準日本語

第二外語

專為初學者設計！
自學西班牙語會話
看完這本就能說！
SPANISH
Conversation

考多益

HACKERS × 國際學村
新制多益
TOEIC
聽力＋閱讀
第一次考多益就高分
全方位指南

考日檢

N5-N1
新日檢
文法大全

考韓檢
全國唯一3～6級分級解析
NEW
TOPIK II
新韓檢 中高級
全方位拆解中高級考古題試卷

考英檢
NEW
GEPT
新制全民英檢
10回試題完全掌握最新內容與題勢！
初級 聽力＆閱讀 題庫大全

想獲得最新最快的
語言學習情報嗎？

歡迎加入
國際學村&語研學院粉絲團

台灣廣廈 國際出版集團
Taiwan Mansion International Group

國家圖書館出版品預行編目（CIP）資料

自學日語 看完這本就能說：專為華人設計的日語教材,50音＋筆順＋單字＋文
法＋會話一次學會！/ 許心瀠著.
-- 初版. -- [新北市]：語研學院, 2020.12
　面；　　公分
ISBN 978-986-98784-9-4(平裝)
1. 日語 2. 讀本

803.18　　　　　　　　　　　　　　　　　　　　　109015876

語研學院
Language Academy Press

自學日語 看完這本就能說

作　　者／許心瀠	編輯中心編輯長／伍峻宏
	編輯／尹紹仲
	封面設計／林珈仔・內頁排版／菩薩蠻數位文化有限公司
	製版・印刷・裝訂／皇甫、秉成

行企研發中心總監／陳冠蒨	線上學習中心總監／陳冠蒨
媒體公關組／陳柔彣	產品企劃組／顏佑婷
綜合業務組／何欣穎	企製開發組／江季珊、張哲剛

發　行　人／江媛珍
法 律 顧 問／第一國際法律事務所 余淑杏律師・北辰著作權事務所 蕭雄淋律師
出　　　版／語研學院
發　　　行／台灣廣廈有聲圖書有限公司
　　　　　　地址：新北市235中和區中山路二段359巷7號2樓
　　　　　　電話：（886）2-2225-5777・傳真：（886）2-2225-8052
讀者服務信箱／cs@booknews.com.tw

代理印務・全球總經銷／知遠文化事業有限公司
　　　　　　地址：新北市222深坑區北深路三段155巷25號5樓
　　　　　　電話：（886）2-2664-8800・傳真：（886）2-2664-8801
郵 政 劃 撥／劃撥帳號：18836722
　　　　　　劃撥戶名：知遠文化事業有限公司（※單次購書金額未達1000元，請另付70元郵資。）

■出版日期：2020年12月　　　ISBN：978-986-98784-9-4
　　　　　　2024年08月13刷　　版權所有，未經同意不得重製、轉載、翻印。